Gaby Hauptmann (Hrsg.)
Gelegenheit macht Liebe

AF202871

Gaby Hauptmann (Hrsg.)

Gelegenheit macht Liebe

Lovestories

Mehr über unsere Autoren und Bücher:
www.piper.de

ISBN 978-3-492-50060-9
© Piper Verlag GmbH, München 2012, 2018
dieses Buch ist der unveränderte Reprint einer älteren Ausgabe
Covergestaltung: Favoritbuero, München
Covermotiv: kiuikson/shutterstock
Printed in Germany

Inhalt

Martina Kempff

Umwege

Ihr Leben war ein einziger Irrtum. Falsche Männer, falscher Beruf, falsche Schuhe. Und jetzt hatte sie auch noch den falschen Zug genommen. Cleo Vivianis warf einen bösen Blick auf die Fenster der Werbeagentur im zweiten Stock und schickte dann das winzige Steinchen hinterher, das schon seit Stunden ihren linken kleinen Zeh malträtiert hatte. Sie hatte sich in der Zeit geirrt. Zwei Stunden Verspätung hatten der Agentur genügt, um die freie Stelle mit einer anderen Kandidatin zu besetzen.

Eine Woche lang hatte Cleo an ihrer Mappe gearbeitet. Acht Stunden hatte die Anreise gedauert. Als sie in der Agentur eingetroffen war, hatte man ihr weder Stuhl noch Kaffee angeboten. Während sie mit gekrümmten Zehen das Steinchen im Schuh umzulagern versucht hatte, war sie von der Sekretärin mit ein paar dürren Worten abgefertigt worden.

Im Internetcafé auf der gegenüberliegenden Straßenseite bestellte sie einen Kaffee und rief ihre E-Mails ab. Jetzt, da sich der Traum von der Festanstellung in der Werbeagentur als ebensolcher erwiesen hatte, durften ihr keine Aufträge durch die Lappen gehen. Bloß nicht wieder aus Versehen ein Angebot als Spam wegklicken!

Der Irrtum bestimmt mein Leben, dachte Cleo. Es hatte achtunddreißig Jahre zuvor ja schon mit einem begonnen. Ihre Eltern, damals gerade erst aus Griechenland nach

Lübeck gezogen, sprachen kein Wort Deutsch und waren auf die Übersetzerdienste eines griechischen Studenten in der Nachbarschaft angewiesen. Dieser war ins Stottern geraten, als er seinen Landsleuten die Diagnose des Arztes mitgeteilt hatte: Zoe Vivianis werde nur dieses eine Kind bekommen können, kein weiteres mehr. Aus eigenem Antrieb fügte der junge Grieche einen Satz hinzu: »Der Arzt ist sicher, dass es ein Junge sein wird.«

»Selbstverständlich!«, nickte der werdende Vater.

Als die Geburtshelferin nach dem Kaiserschnitt den Säugling hochhielt, rief die Mutter: »Κλαιω!«, und brach in Tränen aus.

Die Geburtshelferin nickte, trug in die Akte den Vornamen *Cleo* ein und war nicht überrascht, dass auch der Vater wenig später die gleichen Laute von sich gab und ebenfalls herzzerreißend weinte. Gefühlsausbrüche bei Geburten waren normal und im Süden vielleicht ein wenig heftiger, dachte die Hebamme. Sie bedauerte, dem Paar nicht in seiner eigenen Sprache gratulieren zu können. Hätte sie diese aber verstanden, wäre Cleo mit einem anderen Namen durchs Leben gegangen.

Der Ausruf ihrer Mutter bedeutete schlicht »Ich weine!«, und die Tränen galten dem Geschlecht des einzigen Sprösslings, der ihr je vergönnt sein würde. Als wenig später der griechische Student erschien, bat ihn der untröstliche Vater, die mit der Geburt eines Kindes verbundenen Behördengänge zu übernehmen, und unterschrieb tränenblind die entsprechenden Papiere.

Zum Eklat kam es, als die Eltern wenige Tage später dem Studenten mitteilten, das Kind solle zu Ehren der Mutter des Mannes Efrossini genannt werden. Dem Studenten dämmerte die Entstehungsgeschichte des Namens, den er beim Standesamt angegeben hatte. Eilig wies er darauf hin, dass Cleo – mit Epsilon geschrieben – ein ausgezeichneter Name für ein Einzelkind sei, da dies *ruhmreich* bedeute. Er zitierte

Cicero: »Von des Lebens Gütern allen ist der Ruhm das höchste doch, wenn der Leib zu Staub zerfallen, lebt der große Name noch«, und setzte leise hinzu: »Denken Sie an Cleopatra!«

»Sie wird Efrossini heißen!«, schrie der Vater.

»Dieser Name ist in Deutschland nicht zugelassen«, gab der Student zu bedenken, dem vor weiterem Warten in deutschen Amtsstuben graute.

»Was? In Deutschland ist es nicht zugelassen, die eigene Mutter zu ehren? Ich rufe sofort die griechische Botschaft an!« Fluchend verließ er das Gebäude.

»Eigentlich gefällt mir Cleo ganz gut«, sagte Zoe Vivianis. Der Student nickte zustimmend. Er hatte bisher keine griechische Frau getroffen, die am Namen ihrer Schwiegermutter hing.

»Es wird für Ihren Mann nicht leicht sein, die Papiere zu ändern. Wir sind schließlich in Deutschland«, sagte er. »Nur wenn sich die Botschaft einschaltet...«

Zoe winkte ab.

»Der ruft doch nicht die Botschaft an! Er ist in die Kneipe gegangen, um sich zu betrinken. Und wenn ihn morgen Kopfschmerzen plagen, wird ihm egal sein, wie seine Tochter heißt.«

Noch Jahre später schloss Cleo die Geburtshelferin und den Studenten in ihre Nachtgebete ein, dabei jedes Mal leicht erschauernd, dass sie um Haaresbreite dem Schicksal entgangen war, als *Efrossini,* oder schlimmer und wahrscheinlicher als *Frosso* in der norddeutschen Kleinstadt leben zu müssen, in die ihre Familie wenig später gezogen war.

Der Irrtum, mit dem ihr eigenes Leben begonnen hatte, war längst nicht der einzige, der die Familiengeschichte kennzeichnete. Über den ersten und größten Irrtum wurde bei den Vivianis so laut geschwiegen, dass er nie der Vergessenheit anheimfallen konnte. Dimitri Vivianis, letzter Sohn einer kinderreichen Familie in einem kleinen griechischen Dorf, wurde nach dem Tod seines Vaters das uninteressanteste Stück Land zugeteilt: Acht Hektar direkt am Meer – eine kleine Katastrophe. Ein vernünftiger Mensch konnte gar nicht auf die Idee kommen, dort etwas anzubauen oder gar ein Haus zu errichten. Alles im Dunstkreis der salzhaltigen Luft war der Zerstörung ausgesetzt. Dimitri weinte vor Glück, als ihn ein deutscher Gast für ein paar Tausend Mark von dem wertlosen Stück Land befreite. Er weinte zwei Jahre später wieder, als das Touristenzentrum Form anzunehmen begann.

Wegen seiner Dummheit hatte er im Dorf das Gesicht verloren. Im Wechsel schmiedete er Rache- und Auswanderungspläne, beschloss beide miteinander zu verbinden, nach Deutschland zu gehen und dort den Deutschen das Geld abzunehmen. Wie leicht das ging, hatte er von Nachbarn gehört, die stolz Waschmaschine, Fernseher und Kühlschrank vorzeigten, finanziert vom in Germania arbeitenden Sohn Jorgos. Das Glück winkte Dimitri. Die Fabrik, in der Jorgos arbeitete, wollte auch ihn einstellen. Er regelte seine Angelegenheiten in Griechenland, heiratete Zoe und zog mit ihr in das Land jener Leute, die aus ihm unerfindlichen Gründen ihre Sommerhäuser am Mittelmeer ausgerechnet zur kalten und windigen Seeseite hin mit riesigen Fenstern ausstatteten.

Cleos Vater wäre an den vielen Irrtümern, denen er bereits erlegen war, wahrscheinlich zerbrochen, hätte ihre Mutter nicht all die Kraft aufgeboten, zu der nach Cleos Ansicht nur Frauen fähig waren, denen man nichts zutraute. Zoe beschloss, die Familie zu ernähren. Sie überredete Dimitri, die schlecht bezahlte und eines freien Mannes unwürdige Arbeit in der Fabrik aufzugeben und mit dem letzten Rest des Geldes aus dem nie wieder erwähnten Tauschhandel die Pacht für eine griechische Taverne zwischen Lübeck und Kiel anzuzahlen.

Zoes Moussaka rettete die Familie und Dimitris Stolz. Und schon bald lockten seine Tanzkapriolen zu später Stunde sogar noch mehr Gäste ins Lokal als die Kochkünste seiner Frau. Die Deutschen, die sich auf seinem einstigen griechischen Eigentum in der Sonne aalten, sehnten sich nämlich in der nördlichen Kälte nach der entspannenden Atmosphäre ihres Urlaubslandes. Endlich konnte auch Dimitri fern der Heimat aus dem Tourismus Kapital schlagen. Jede Mark, die in die Kasse floss, stillte etwas von seiner Rache.

Hoch erhobenen Hauptes kehrte er mit seiner Frau ein Vierteljahrhundert nach seiner Auswanderung in sein Heimatdorf zurück, kaufte die Strandtaverne auf seinem ehemaligen Grundstück und ließ sich gefallen, dass ihn die Dorfbewohner nur noch *O Germanos* – der Deutsche – nannten. Ein Irrtum, mit dem er leben konnte.

»Halte fest, was dir gehört!«, war seitdem einer der Lieblingsaussprüche von Cleos Vater. Natürlich erwähnte er nie, weshalb sich seiner Meinung nach die meisten Entscheidungen als Irrtümer entpuppten und man dem Leben daher besser einfach seinen Lauf lassen sollte. Abwarten und Ouzo trinken. Das vermeide irrende Umwege.

Sie sollte ihren Eltern schreiben, dachte Cleo. Sie überprüfte ihre Privatmails und klickte auf die Nachricht einer alten Schulkameradin: die seitenlange Schilderung einer Trekkingtour ins Innere Asiens, die einem Scheidungskrieg gefolgt war und der Schreiberin endlich das Glück der Ungebundenheit vor Augen geführt hatte.

»Umwege«, murmelte Cleo befriedigt, und beim nächsten Satz blieb ihr Herz stehen.

Stell dir vor, Cleo, Viktor Damian ist jetzt berühmt geworden! Wer hätte das von dem mickrigen Kerlchen erwartet. Du kanntest ihn damals doch besser, oder?

Viktor Damian.

Cleos Herz schlug schneller. Sie lehnte sich zurück, schloss die Augen und konzentrierte sich ganz auf ihren

11

Atem. »Nur ein Name, nur ein Name«, murmelte sie leise vor sich hin. Sie drückte die Hände an die Brust. Wie konnte das Eisengitter, das sie vor so vielen Jahren um ihr Herz gelegt hatte, beim bloßen Anblick eines Namens zu zerspringen drohen? Jenes Eisengitter, das ihre Hoffnungen, ihren Lebenstraum fest umschlossen hielt? Mit ihrem Atem verankerte sie es wieder und öffnete die Augen. Verwirrt starrte sie auf die große Uhr des Internetcafés. Unmöglich, dass sie sich eine halbe Stunde lang mit der Lektüre des Urlaubsberichts beschäftigt hatte, und unmöglich, dass sie so lange mit geschlossenen Augen vor dem Bildschirm gesessen haben sollte.

»Ist Ihnen nicht gut? Möchten Sie ein Glas Wasser?«

Der Betreiber des Internetcafés legte eine Hand auf ihre Schulter. Cleo zuckte zusammen.

»Alles in Ordnung«, sagte sie.

»Schlechte Nachrichten bekommen? Shit happens.«

»Ein Glas Wasser wäre gut«, sagte Cleo, um ihn loszuwerden.

Er hat gerade einen Preis für den besten Videoclip des Jahres erhalten, las Cleo weiter, *eine tolle Laudatio! Schau sie dir mal selber an!*

Cleo klickte auf die angegebene Website. Als kreativster Kopf der Videoclip-Branche habe Viktor Damian diesen Preis eigentlich schon lange verdient, hieß es dort. *Auch seine schwarz-weiß gedrehten Kurzfilme mit ihren geheimnisvollen Botschaften und der unheilschwangeren Atmosphäre haben schon seit Jahren Kultstatus. Vergänglichkeit ist sein Thema, der vergebliche Versuch des Menschen, auch nur einem Aspekt seines Lebens – sei es Liebe, Nahrung, Körper, Gegenstand oder Gefühl – Haltbarkeit abzugewinnen.*

Er hatte sich also nicht geändert. Wehmütig lächelnd entsann sich Cleo der Fotos von zerrupften Vögeln, verrottetem Obst, Schlachtabfällen und Eiterpickeln in Großaufnahme.

Er ist seinen Weg konsequent weitergegangen, hat keine Umwege gemacht und ist wahrscheinlich nie zu spät gekommen. Trauer stieg in ihr auf. Doch dann dachte sie an die Verbitterung ihres Vaters, der sich mit den Verlusten, die durch seine Irrtümer entstanden waren, nie gut hatte arrangieren können. Das durfte ihr nicht passieren. Sie selbst hatte Viktor damals fortgeschickt und zugelassen, dass er etwas Unwiederbringliches mitgenommen hatte.

Links zu weiteren Websites waren angegeben. Sie besuchte eine nach der anderen. Überall wurde das Werk des Künstlers gelobt. Seltsamerweise gab es nicht einmal auf seiner Homepage ein Foto von ihm selbst. Sie hätte gern gewusst, wie er heute aussah.

Damals war er mickrig gewesen, wie die Schulkameradin geschrieben hatte. Ein untersetzter Junge, der als Folge eines Unfalls das linke Bein etwas nachzog. Bücher hatten ihm im Krankenhaus die Welt geöffnet, vor allem Lyrik- und Fotobände. Als er an seinem fünfzehnten Geburtstag aus dem Krankenhaus entlassen wurde, schenkten ihm seine Eltern einen Fotoapparat. Von da an antwortete er auf die Frage, was er später einmal werden wolle: »Ich bin Fotograf.«

Allerdings keiner, den man zweimal um eine Porträtaufnahme bat, erinnerte sich Cleo. Er hatte sogar die Klassenschönheit Lydia als Wesen abgelichtet, dem man nicht unbedingt im Dunkeln begegnen wollte.

Als Folge des Krankenhausaufenthalts musste Viktor eine Klasse wiederholen. Die Lehrerin setzte den stillen neuen Außenseiter neben Cleo, die stille alte Außenseiterin, die nach dem Unterricht nicht mit den anderen herumlungerte, sondern immer schnell nach Hause eilte. Dort gab es viel zu tun.

Solange sie zurückdenken konnte, hatte Cleo im Restaurant mitgeholfen. Schon als Fünfjährige hatte sie Gläser, Besteck und Servietten zu den Tischen gebracht, und dies hatte ihrem Vater eine Nacht auf dem Polizeirevier eingebracht.

»Kinderarbeit!«, tobte er, als er am nächsten Morgen zurückkehrte. »Von Familienleben haben die Deutschen wohl noch nie etwas gehört! Wo soll ich meine Tochter denn sehen, wenn nicht im Restaurant? Und wieso ist sie gefährdet, wenn sie ein paar Gläser auf die Tische stellt? Ich habe mit sechs schon auf dem Feld gearbeitet, und das hat mir auch nicht geschadet, ganz im Gegenteil!«

Cleo war auch nicht gut auf die Polizei zu sprechen, die ihr die schönen Stunden im Gastraum geraubt und dafür gesorgt hatte, dass sie fortan in der Küche mithelfen musste. Das war weit weniger spannend und viel anstrengender. Zoe entwickelte von da an einen Extra-Sinn für Gefahren. Mitarbeiter der Gewerbeaufsicht, des Gesundheitsamts, der Fremdenpolizei oder einer anderen Behörde roch sie, lange bevor diese den Weg in die Küche fanden, und scheuchte ihre Tochter immer rechtzeitig die Hintertreppe hinauf. Mit zwölf übernahm Cleo die gesamte Buchhaltung des Familienunternehmens, gestaltete Menükarten, kümmerte sich um alle Behördengänge und die entsprechende Korrespondenz. Ihr Vater hatte in seinen Fabrikmonaten ein paar Brocken Deutsch gelernt, und bei diesen blieb es, bis er fünfundzwanzig Jahre später wieder in die Heimat zurückkehrte. Zoe gab sich mehr Mühe, sprach auch einigermaßen flüssig Deutsch, führte aber einen aussichtslosen Kampf gegen die Buchstaben.

Cleo sah auf die Uhr. Ihr Zug würde erst in drei Stunden fahren. Genug Zeit, um Viktor zu seiner Auszeichnung zu gratulieren. Sie klickte auf die E-Mail-Adresse seiner Homepage.

Hallo, lieber Viktor,

Wie meldet man sich nach mehr als zwanzig Jahren zurück?

Gratuliere zu deinem Preis. Den hast du ja schon seit Längerem verdient.

War das jetzt ein Kompliment? Sie kannte seine Werke gar nicht, also konnte sie sich ein solches Urteil nicht erlauben. Sie strich den letzten Satz und schüttelte wütend über sich selbst den Kopf. Sie war Texterin, Werbetexterin, da sollte es doch ein Klacks sein, einem alten Schulfreund Guten Tag zu sagen! Aber Viktor war nicht nur ein alter Schulfreund, sondern ihr Verbündeter gewesen. Er hatte mit seinen düsteren Fotos einst ihr Leben erhellt. Sie angeregt, Worte für Unbeschreibliches zu finden. Ob gereimte oder ungereimte, schnell herausgeschossene oder schwer erarbeitete; es waren immer Worte, die sie stolz und glücklich gemacht, ihr eine Bestimmung jenseits des elterlichen Gastraumes gegeben hatten. Viktor hatte die Dichterin in ihr erweckt. Sie in ihm etwas anderes. Daran war die Freundschaft zerbrochen.

Wie ich höre, hast du ihn dir redlich verdient. Sie strich *redlich.* Kein Wort, das zu jenem Viktor passte, den sie einmal gekannt hatte. Aber ohne redlich sah der Satz reichlich banal aus. Wieder betätigte sie die Löschtaste.

Nach was für Kriterien wurden Videoclip-Preise eigentlich verliehen? Sie kehrte auf eine der Websites zurück und fand einen Link, über den sie sich den preisgekrönten Clip ansehen konnte.

Die Köpfe der anderen Internetcafé-Besucher fuhren hoch, als Klänge einsetzten, die Erinnerungen an quietschende Kreide auf der Klassentafel weckten. Entschuldigend blickte sich Cleo um und stellte den Ton leiser. Schwarze Schemen hüpften über den Bildschirm, schienen eine Art Tanz aufzuführen. Aus einem drohend dunklen Himmel stürzten Gestalten, die entfernt an Fallschirmspringer erinnerten, sich bei näherem Hinsehen aber als Schildkröten entpuppten. Als sie den Grund berührten, zerbarsten die Panzer und entließen eine Schar von Würmern. Diese schlängelten sich in den Vordergrund, griffen die Tanzenden an und wanden sich blitzschnell um sie herum, bis diese, in steife Stöcke verwandelt, einen Zaun bildeten, hinter dem die Sonne aufging. Das kann nichts Gutes verheißen, dachte Cleo, und natürlich hatte sie recht. Das heiße Licht der Sonne trocknete die Würmerstöcke aus. Sie fielen in kleinen, immer schneller regnenden Stücken wie Kleiebrocken auf die Erde. Als die Sonne hoch am Himmel stand, beschien sie kleine weiße Hügel. Die zuvor von den Kriechtieren umschlungenen Figuren waren verschwunden.

»Den Himmel geschaut und von Würmern verdaut«, sagte Cleo laut. Sie zoomte auf einen der Hügel. Viktor, ihr Viktor von früher, würde aus dem vertrockneten Würmerberg bestimmt ein Kunstgebiss oder eine Brille lugen lassen. Sie fand tatsächlich einen wurmfremden Gegenstand, konnte ihn aber nicht identifizieren und rief den Internetcafé-Betreiber zu sich. Der wurde rot, wand sich und erklärte, er wisse es auch nicht.

»Ein Penis-Ring!«, hörte sie neben sich eine Stimme, die zu einem etwa Zwölfjährigen mit Pickelgesicht gehörte, der sie nun anstrahlte.

»Danke«, murmelte Cleo, verließ die Website und kehrte zu ihrer Mail zurück.

Ein sehr expressives Werk. Aber etwas anderes hätte ich von dir auch nicht erwartet. Ich würde mich sehr freuen, von dir zu hören.

Hören? Wohl kaum. Sie löschte das Wort. *... erfahren, wie es dir geht und wie es dir in den vergangenen zwanzig Jahren ergangen ist. Ich wohne inzwischen in Süddeutschland und arbeite freiberuflich. Natürlich mit Texten. Dich haben eben die Bilder und mich die Worte nicht losgelassen. Ich denke gern an unsere ersten Gehversuche in das, was unsere Zukunft werden sollte, zurück.*

Zu gespreizt. Locker bleiben. Sie löschte die zweite Hälfte des Satzes und schrieb: *... Gehversuche ins kreative Leben zu-*

rück. Es wäre schön, wenn du dich mal melden würdest. Herz-lichst, Cleo

Wie gut, dass ich nicht Sabine oder Sandra heiße, dachte sie, dann müsste ich wohl meinen Nachnamen dahinter schreiben. Wie gut, dass ich nicht Frosso heiße, danke, liebe Geburtshelferin, danke, lieber Student.

Kreatives Leben, welch ein Witz! Sollte er doch denken, dass auch sie ihrem Weg unbeirrt gefolgt und Dichterin geworden war. Als ob man sich davon ernähren könnte. Heute dienten ihr Worte zum Geldverdienen. Aus der Leidenschaft zur Lyrik hatte das Leben ein Werkzeug gemacht, das für die Wirtschaft verlogene Sätze schmiedete. Nie wieder hatte sie nach Viktors Weggang ein Gedicht geschrieben – und als Erwachsene Verse nur fürs Marketing. Jetzt bitte nicht an Broll denken, dachte sie, und dachte an Broll.

Dieses Unternehmen hatte eine Agentur beauftragt, für ein Fitnessgerät zum Abbau von Wohlstandsbäuchen einen verkaufsträchtigen Spruch zu finden. Cleo hatte mit dem Slogan *Am Bauch sitzt zu viel Speck? Brollen Sie ihn weg!* einen Megahit gelandet. Die Agentur konnte sich endlich ihren Anbau leisten, das Fitnessgeräteunternehmen seinen Werbeetat vervielfachen, und Cleo war um dreihundert Euro reicher.

An die Träume ihrer Jugend hatte sie lange keinen Gedanken mehr verschwendet, auch nicht an das Hochgefühl, das sich damals durch gelungene Verse und Viktors anerkennenden Blick eingestellt hatte. Erst sein Name auf dem Monitor brachte alles wieder zurück. Bilder, Gedichte, Hoffnungen – sie dachte mit Groll an Broll und drückte rasch auf *Senden*. Kurzes Aufleuchten, und die Mail an Viktor war weg.

Ihr brach der Schweiß aus. Was hatte sie nur getan? Ihre Hände zitterten. Sie musste sie beschäftigen. Sie griff zu einem Stift und begann, auf dem kleinen weißen Block neben sich herumzukritzeln. Irgendwann wurden daraus Schriftzeichen, ein Satz entstand wie von selbst: *Mit dem auf-*

brechenden Licht treibe ich zurück in das Dunkel meiner sinnlosen Tage.

Sie riss das Blatt ab und zerknüllte es. So ein Quatsch! Was hatte dieses scheußliche, wenn auch preisgekrönte Filmchen nur mit ihr angestellt? Warum melde ich mich überhaupt bei einem Menschen zurück, den ich vor Jahrzehnten in die Wüste geschickt habe? Wahrscheinlich bin ich nach der soeben erlittenen Niederlage in der Werbeagentur nur prominentengeil. Viktor hat Karriere gemacht, und ich will mich jetzt in seinem Glanz sonnen und dichte ihm eine Bedeutung an, die er gar nicht hat. Sie trank einen Schluck Wasser. Augenblicklich fühlte sie sich besser.

Viktor hat mit meinem Leben nichts zu tun, er kommt gar nicht darin vor. Ich sollte den Staub der verlorenen Jugend abschütteln, ins Hier und Jetzt zurückkehren und meine E-Mails checken.

Es war tatsächlich eine neue eingetroffen. Endlich ein Auftrag. Eigentlich sollte der ihr Herz höher schlagen lassen. Die Caran-Agentur brauchte einen griffigen Slogan für den Miniaturwald im Wohnstudio. Desinteressiert betrachtete Cleo den Bonsaiwald im Anhang. Winzige, vergreiste Bäume, war ihr erster Gedanke. Verwitterte Zeugen längst vergangener Zeiten. Wurzeln, die sich nach oben schoben, der Schwerkraft zu trotzen schienen wie die gefurchten Baumstämme den Stürmen. Alles Lüge, alles künstlich, lebendig zwar, aber der Natur gestohlen, in eine Form gezwängt und am Wachstum gehindert.

Rasch aktivierte Cleo die Schere in ihrem Kopf und schnitt diese wirtschaftlich sehr uneinträglichen Gedanken weg. Bäume in der Wohnung sorgen für Sauerstoff, schmücken die Fensterbank und regen zu Träumen an.

Träume sind Schäume sind Bäume. Nein, da musste ihr schon was Besseres einfallen.

Sie kehrte zum Posteingang zurück und erstarrte. Viktor Damian hatte bereits geantwortet.

Mit einer Grafik. Auch er kam ihr mit einem Baum, welch ein Zufall. Kein Bonsai, sondern eine Eiche. In deren Rumpf eine Axt geschlagen war, sodass der Stamm jeden Augenblick umzufallen drohte. *Vor Eichen sollst du weichen*, murmelte sie und schämte sich dieser Einfallslosigkeit. Hätte sie sich früher selbst nie durchgehen lassen. Ihre Mutter hatte sie im letzten Monat angeschrieben und sie gebeten, sich zu erkundigen, ob Eichen auch auf griechischem Boden gedeihen könnten und wie lange es dauern würde, bis so ein Baum ein bisschen Eindruck machte. Wer seine Taverne *O Germanos* nannte, sollte schließlich eine deutsche Eiche vor der Tür stehen haben. So wie es aussah, würde sich Cleo in der nächsten Zeit mit Bäumen beschäftigen müssen. Es gab Schlimmeres.

Sie musterte Viktors Baum. Ein knorriges Gebilde, wie es sich für eine Eiche gehört. Es wäre bezeichnend für Viktor, wenn er eine Botschaft in die ansonsten wortlose Nachricht verpackt hätte. Sie betrachtete den verwundeten Stamm. Kein Spinnennetz. Das hätte auf die verstrichene Zeit hindeuten können. Die Baumkrone sah intakt aus, die Blätter waren grün, aber was war das da unten am Wurzelwerk?

Sie zoomte auf die rätselhafte Stelle. Es waren Ameisen. Sie mussten tot sein, denn welches Ameisenvolk hätte sich schon freiwillig zu einem lesbaren Wort gruppieren lassen? Die Ameisenleichen buchstabierten ein einziges Wort: FREUDE.

Schön, dass er sich freut, dachte Cleo, aber ein bisschen mehr Text hätte es schon sein dürfen. Wie reagiert man auf so ein Foto? Als ihr die Antwort dämmerte, durchfuhr sie ein gewaltiger Schreck. Viktor erwartete natürlich ein Gedicht. Er hatte die Bilder, sie die Worte. So war es vor über zwanzig Jahren gewesen, und daran hatte er angeknüpft. Sie durfte ihn nicht enttäuschen, nicht sich selbst enttäuschen.

Erst die Arbeit, dann das Vergnügen. Aber war Dichten

denn eins? Ich weiß nicht mehr, ob's mir noch liegt; die Quelle ist doch längst versiegt. Erst musste sie der Agentur zusagen. Ratlos klickte Cleo zwischen den beiden Mails hin und her. Schließlich gab sie der Agentur kurz Antwort: *Ich würde am liebsten heute Abend vorbeikommen, um die Details zu besprechen. Ist das in Ordnung?*

Nicht zu lange über Viktors Mail nachdenken, das verkrampft nur. Schreib einfach, was dir einfällt. Sie tippte:

Träume sind Bäume,
die in den Himmel wachsen,
wenn man ihnen
nicht rechtzeitig
die Wurzeln abschlägt.

Sie hatte keine Ahnung, was sie Viktor damit sagen wollte, weshalb gerade diese Worte aus ihr herausgeflossen waren. Sie schienen gut und passend zu sein. Sie hatte die Mail kaum abgesandt, als ihr aufging, dass er gerade diesen Text als Beleidigung auffassen könnte. Ihr wurde heiß. Aber vielleicht legte ja Viktor als gestandener Karrieremann weniger Wert auf seine Wurzeln als damals, als er sie vor ihr bloßgelegt hatte.

Damals machte die Bundesstraße einen scharfen Knick vor dem Haus, in dem die Vivianis wohnten und arbeiteten, und dies war dem Geschäft förderlich. Bei verlangsamtem Tempo konnten Autofahrer das Schild *Taverne* nicht übersehen. Aus Sicherheitsgründen hatten Vivianis keine Ausschankgenehmigung für den kleinen Vorplatz am Eingang erhalten. Das hinderte Dimitri aber nicht daran, zwei blau gestrichene Stühle und einen Tisch unter die Esche vor der Tür zu stellen.

»Nur zur Dekoration, reine Werbung«, übersetzte Cleo, wenn ein Behördenmensch anklagend den Finger erhob.

Gelegentlich übertönte das Quietschen von Reifen die Musik im Lokal. Mancher Fahrer, der die Kurve falsch eingeschätzt oder diese zu spät registriert hatte, hielt an, um sich von seinem Schreck zu erholen, und wurde Stammgast bei Vivianis.

»Das wären tolle Aufnahmen, wenn's einer mal nicht schafft und bei euch ins Haus kracht«, sagte Viktor, als er das erste Mal in die Taverne kam, um mit Cleo ein gemeinsames Schulprojekt zu besprechen.

Entsetzt starrte sie ihn an. »Wer würde in so einer Situation ans Fotografieren denken?«

»Ich«, erwiderte Viktor.

»Wozu sollte das gut sein? Als Beweismaterial vor Gericht?«

»Mir geht es mehr um die Ästhetik«, sagte Viktor. »Ich würde Details festhalten, vielleicht das Bein eines aus dem Wagen geschleuderten Beifahrers, das von der Theke runterbaumelt, oder den Daumen des Fahrers, der in einem Salatteller gelandet ist, eine Radkappe auf einem Gesicht...«

»Über so etwas Scheußliches«, sagte Cleo und knallte eine Limonade auf den Tisch, »darf niemand Witze machen.«

»Oh doch«, widersprach Viktor fröhlich, »jemand, der selbst einmal mittenmang war, schon.«

Cleo zog einen Stuhl heran, ließ sich drauffallen und starrte auf Viktors Bein.

»Wie ist denn der Unfall passiert?«, fragte sie leise und legte eine Hand auf sein linkes Knie.

Viktor griff statt einer Antwort zum Fotoapparat und richtete ihn auf Cleo.

»Nicht«, sagte sie hastig und verdeckte ihr Kinn. »Ich habe da doch einen riesigen Pickel.«

»Mach ich eine Großaufnahme von«, sagte er und machte eine Großaufnahme von zwei wunderschönen dunkelbraunen Augen. Über den Unfall wurde nicht geredet.

Stattdessen zeigte er ihr zum ersten Mal eines seiner Fotos.

»Eine Fliege auf einem Scheißhaufen?«, fragte sie ungläubig.

»Was könnte man damit ausdrücken?«, gab er zurück.

Cleo dachte kurz nach. »Vielleicht sollte man die Fliege sprechen lassen. In etwa so: *Ich halte mich für den Mittelpunkt der Welt. Wer findet das vermessen? Ich nicht. Ich kann diese Haltung jederzeit aufgeben. Wer aber ist bereit, einen neuen zu finden?* Oder ist das nur blöd?«

Er schüttelte den Kopf.

»Nein, im Gegenteil, ganz toll. Genau so etwas habe ich gespürt. Der Triumph der Fliege. Und was fällt dir hierzu ein?«

Cleo betrachtete die Kakerlake auf dem Veilchenblatt und schüttelte den Kopf.

»Das geht nicht so schnell«, sagte sie. »Lass mir das Bild da.«

Seine Augen weiteten sich, als er am nächsten Mittag Cleos Antwort las:

In meinem nächsten Leben
möchte ich
ein Falter werden,
ein flatterndes Verfliegen
zwischen Orchideen.
Und in der aufziehenden Dämmerung
stürze ich
– schon todestrunken –
aus den Lianen ab
in die Veilchenfelder.

»Woher hast du das?«, fragte er.

Nervös streichelte Cleo die Kakerlake auf dem Veilchenblatt.

»Keine Ahnung«, flüsterte sie. »Es schrieb sich irgendwie

von selbst. Wer möchte schon eine Kakerlake sein? Zu kitschig?«

So hatte es mit ihnen angefangen. Viktor wurde zum Stammgast in der Taverne, wo Cleo zwischen Servieren, Abräumen und Abwasch Texte zu seinen Fotos dichtete. Seine obskur arrangierten Stillleben ekelten oder schockierten sie nie. Immer konnte sie ihnen eine Botschaft abgewinnen, die sie, wie bei einem Computerspiel, auf eine höhere Ebene zu bringen schien. Bis er ihr einen seltsam verwackelten Schnappschuss vorlegte. Entsetzt starrte sie auf das Bild.

»Wer ist das?«

Er schüttelte den Kopf.

»Das kann ich nicht«, sagte sie und sah weg.

»Bitte«, flehte er sie an und hielt ihr das Foto wieder unter die Nase. »Gib dem Ganzen Worte. Vielleicht verstehe ich dann mehr.«

Sie sah noch einmal hin. Ein Mann in Jeans und Tanktop mit verzerrtem Gesicht und weit geöffnetem Mund. Vor ihm auf dem Boden lag eine zusammengekrümmte Frau, die mit einer Hand vergeblich versuchte, ihr übel zugerichtetes Gesicht zu verbergen.

»Ich muss arbeiten«, sagte Cleo und verschwand in der Küche. Am nächsten Tag kam er ohne Foto in die Taverne, ging zu ihr an die Theke, wo sie Gläser spülte, und sah sie erwartungsvoll an. Mit gesenktem Haupt murmelte Cleo:

Wenn du mir deine Liebe
nicht geben kannst,
gib mir deinen Hass.
Ich will von dir
nur irgendwas.

Zum ersten Mal hatte sie das Wort Liebe verwendet. In Zusammenhang mit Gewalt.

Wochen später brachte ein anderes Foto Cleos Vater Dimitri aus der Fassung. Es war eine Postkarte aus der Heimat – mit einem Panoramabild der weitläufigen Hotelanlage am Strand. Dies stimmte ihn so melancholisch, dass er am liebsten das Lokal geschlossen und sich ins Bett gelegt hätte. Da Zoe die Postkarte ebenfalls gesehen hatte, fürchtete er, sie könnte ihre Schlussfolgerung in Worte fassen. Also entschied er sich für die einzige Alternative: für Zeibekiko.

»Das«, flüsterte Cleo Viktor zu, »ist etwas ganz Besonderes. Der Tanz aus den Slums von Smyrna, der Tanz der Unterdrückten, der Tanz der Vertriebenen in den Hafenkneipen von Piräus ...«

Musik setzte ein. Dimitri räumte einen Tisch zur Seite, stellte ein gefülltes Weinglas auf den Boden und kreiste mit gesenktem Haupt in abgemessenen, verhaltenen Schritten um das Glas. Sein Rücken schien wie von einer Last gebeugt, eine Last, so ließen seine Bewegungen ahnen, die er nicht mehr lange zu tragen bereit war, derer er sich jeden Augenblick in einer Kraftexplosion befreien würde. Die lang gezogenen orientalischen Klänge verstärkten die Spannung, Dimitris Schritte wurden fast unmerklich schneller. Eine Frau rief: »Das ist aber ganz anders als sonst! Da fängt es wilder an, dann hebt er den Tisch mit den Zähnen hoch, das sollten Sie mal sehen!«

Viktor hob den Fotoapparat, als wollte er die Frau fotografieren. Schnell wandte sie sich ab. Wie ein Adler seine Schwingen breitete Dimitri langsam die Arme aus. Ein einziges Schnipsen seiner Finger hallte wie ein Peitschenschlag durchs Lokal. Dimitri stieß die ausgestreckten Beine schnell nach vorn, berührte mit einer Hand erst den Boden, dann seine Hacken und stieg behutsam übers Glas. Cleo hatte unzählige junge Griechen zirkusreife akrobatische Sprünge zur gleichen Rebetiko-Musik ausführen sehen, doch nichts traf sie so ins Herz wie ihr Vater mit seinen steinernen Schritten.

Aus den Augenwinkeln sah sie, wie sich am Tisch neben der Theke etwas rührte. Viktor war aufgestanden. Er näherte sich Dimitri, hockte sich vor ihn hin, begann im Takt die Hände zusammenzuschlagen und blickte auf den Tänzer, als sei er der Mittelpunkt der Welt. Cleo vergaß, das Weinglas in ihrer Hand zu polieren. Ihr blieb der Mund offen stehen.

Zoe stupste ihre Tochter befriedigt an und sagte auf Griechisch: »Warum hast du mir nicht gesagt, dass dein Freund Grieche ist?«

Ungläubig blickte Cleo zu Viktor, auf sein dünnes dunkelbraunes Haar, die leicht gebogene Nase und die dichten Augenbrauen. Sie hätte nicht sagen könne, ob sich darunter braune, dunkelgraue oder olivfarbene Augen befanden, sie hatte sich den Jungen selbst nie so genau angesehen wie seine Fotos.

Dimitri beendete seinen Tanz, reichte Viktor die Hand, zog ihn hoch, legte einen Arm um ihn und führte ihn zu den Frauen an die Theke.

»Er ist Grieche!«, verkündete er stolz auf Deutsch.

Viktor vermied es, Cleo anzusehen. »Aber nicht spricht Griechisch«, tadelte Dimitri, »nicht ein Wort. Skandal!«

»Jassu«, meldete sich Viktor verlegen.

»Ein Wort«, verbesserte sich Dimitri, drückte seiner Tochter den Zeigefinger auf die Stirn und erklärte in seiner eigenen Sprache: »Du bringst es ihm bei!«

Cleo setzte sich mit Viktor an einen Tisch. »Jetzt bin ich aber gespannt«, sagte sie.

»Mein Vater war Grieche«, sagte Viktor, »mein *richtiger* Vater. Nach der Scheidung und ihrer erneuten Heirat hat meine Mutter meinen Nachnamen um zwei Buchstaben gekürzt. Auf offiziellen Dokumenten heiße ich Damianos. Sie will nicht daran erinnert werden, dass sie mal mit einem Griechen verheiratet war.«

»Und wo ist dein Vater?«, fragte Cleo.

25

Er zuckte mit den Schultern, musterte Cleo finster und erklärte: »Du hast ja keine Ahnung, wie gut du es hast.«

Sie schüttelte ratlos den Kopf. Viktor rückte näher an Cleo heran und flüsterte: »Um Wurzeln, Cleo, darum geht es. Du siehst deine und lebst zwischen ihnen. Ich aber muss meine ausgraben. Und meine Mutter und mein Stiefvater werfen immer neue Erde drauf und verstecken den Spaten. Ich weiß von meinem Vater nur, dass er aus Griechenland stammt, sonst nichts. Niemand, auch nicht meine Mutter, darf Wurzeln abhacken. So etwas sollte verboten sein.«

Und jetzt hatte sie in ihrem Gedicht an ihn die Wurzeln abgehackt. *Baum, Stamm, Stammbaum.* Wie stand er heute zu seinen griechischen Wurzeln? War er in den vergangenen zwanzig Jahren seinem Vater auf die Spur gekommen? Sie fühlte sich gründlich unbehaglich und überlegte, ob sie einen erklärenden Text hinterher schicken sollte. Nein, Erklärungen hatten ihnen nie gutgetan, hatten letztendlich alles zerstört.

Und zwar genau an jenem Sonnabend, an dem er von seinen Wurzeln gesprochen hatte. Nach dem Tanz ihres Vaters ging Cleo in den Hof, um den Mülleimer in die Tonne zu leeren. Sie hasste diese Aufgabe. Nicht wegen des stinkenden Unrats. Sie fürchtete sich vor betrunkenen Gästen, die ihr nachsteigen und im dunklen Hof über sie herfallen könnten. Als sie ein Geräusch hörte, wirbelte sie herum. Ihre Angst hatte Gestalt angenommen. Vor ihr stand ein bedrohlich wirkender Schatten. Der Eimer polterte zu Boden. Sie öffnete den Mund zum Schrei. Dieser wurde in einer Umklammerung erstickt, die ihr die Luft zu nehmen schien. Sie erschlaffte, spürte Arme um ihren Leib und feuchte Küsse.

Ihre Angst verpuffte augenblicklich, als sie erkannte, wer sich da so voller Leidenschaft auf sie gestürzt hatte.

Sie riss sich los. Und versetzte Viktor eine Ohrfeige.

»Spinnst du? Was willst du von mir?«

»*Nur irgendwas*«, zitierte er stotternd und wich zwei Schritte zurück.

Cleo lief eine Gänsehaut über den Rücken. Sie konnte den Gedanken nicht mehr verdrängen, dass Viktor mit dem schrecklichen Schnappschuss sein eigenes Familiendrama abgelichtet hatte. Sie erschauerte im dunklen Hof vor dem Fotografen, vor seinen häuslichen Zuständen, vor der ungestümen Umarmung, vor ihrem eigenen Vers.

»Ich liebe dich, Cleo«, setzte er hinzu.

»Ich dich nicht. Du ekelst mich an. Hau ab. Ich will dich nie wieder sehen.«

Sie sah ihn nie wieder. Auch nicht in der Schule. Am nächsten Tag war er krank- und am übernächsten Tag abgemeldet. Es hieß, seine Mutter habe ihn wegen seiner schwachen schulischen Leistungen auf ein strenges Internat geschickt. Cleo wusste es besser.

Noch in der Nacht des Vorfalls bereute sie ihre Schreckhaftigkeit und ihre Heftigkeit. Warum hatte sie wie ein nasser Sack in seinen Armen gehangen? Sie hätte Viktor mühelos wegschieben können. Ihn nicht fortscheuchen, sondern mit ihm reden sollen. Ihm sagen, dass er sich keine Hoffnungen machen dürfe. Warum eigentlich nicht?

Nur, weil ihn andere für mickrig hielten? Er war ihr bester, ihr einziger Freund. Sie hatten gemeinsam eine neue Welt aufgebaut, in der alle anderen Außenseiter waren. Er trug die Heimat ihres Vaters in sich. Sie ergänzten einander wie die berühmten beiden Hälften Platons. Diese Gedanken wärmten sie. Viktor hatte nicht versucht, sie zu vergewaltigen; er hatte sie überrumpelt und geküsst. Sie hätte seine Küsse erwidern, ihrer gemeinsamen Welt eine neue Dimension geben können.

Warum hatte sie nicht gemerkt, dass er sich in sie verliebt hatte? Weil sie blind gewesen war, gab sie sich selbst die Antwort. Betroffen gestand sie sich ein, Viktor benutzt zu haben, um sich selbst wohlzufühlen, um auf die nächste Ebene zu gelangen. Aber sie hatte nicht nur seine Gefühle ignoriert, sondern auch ihre eigenen unterdrückt. Der Mensch, der selbst so vieles sichtbar machen konnte, war für sie unsichtbar gewesen. Sogar sein Schatten hatte sie schon erschreckt.

Seine Bilder hatten ihren Geist geöffnet, ihre Lyrik hingegen sein Herz. In ihr eigenes hatte sie nie geschaut. Ihr dämmerte, wie viel sie verpasst hatte. Liebe und Lyrik gehörten zusammen. Sie ergänzten einander wie Cleo und Viktor. Der Junge hatte recht gehabt: Es wäre an der Zeit gewesen, ihre Beziehung auf eine neue Ebene zu heben. Um dadurch zu einer einfühlsamen Lyrikerin werden zu können. Sie blieb die ganze Nacht wach und bastelte an ihrem Versöhnungsgedicht.

Der Glanz des Dunklen,
die Abgrundtiefe dieser Helligkeit –
wen wird's vernichten,
was gebären?
Was sagen denn die Sterne
zum Untergang der Planeten?
Unfall, Unfall!
Flüstert es auf den kosmischen Straßen.
Der Hunger dieser endlosen Weite
ist nicht mit einem Liebeskuss zu stillen.

Ihr erstes Werk ohne Fotovorlage. Sie war stolz auf sich und konnte es kaum erwarten, ihm diese Liebeserklärung vorzulegen. Doch er war für immer verschwunden. Und hatte etwas Unwiederbringliches mitgenommen. Cleo verschloss ihr Herz und schrieb nie wieder ein Gedicht.

Bis heute, dachte sie. Er hat meine alte Liebe wieder erweckt. Und dann komme ich ihm mit den Wurzeln, mit denen alles geendet hat. Ich muss noch etwas hinzusetzen.

Zu spät, wie sie mit einem Blick auf den Posteingang erkannte. Er hatte bereits geantwortet.

Wieder ein Bild. Zur Abwechslung mal nichts Ekeliges oder Abstruses. Herbstlaub. Natürlich unnatürlich arrangiert.

Die bunten Blätter beschrieben eine Hamburger Adresse. Cleo war gerade in Hamburg. Welch ein Zufall!

Sie scrollte nach unten und erschrak, als sie ihre erste Antwort an ihn las.

Ich würde am liebsten heute Abend vorbeikommen, um die Details zu besprechen. Ist das in Ordnung?

Was für ein Irrtum! Sie hatte ihre Antworten auf die beiden Mails vertauscht. Ihr wurde heiß und kalt. Viktor blieb zwar jetzt die Beleidigung durch die Formulierung mit den abgeschlagenen Wurzeln erspart, aber dafür konnte sie bestimmt den Bonsaiwald-Auftrag in den Wind schießen. Die Agentur würde ihr mit einem solchen Werbespruch die Hölle heißmachen.

Cleo bestellte sich noch einen Kaffee. Sie sah auf die Uhr. Man muss den Zug der Zeit nicht unbedingt erreichen, dachte sie, man kann sich auch des Zufalls bedienen und ein Taxi zur Hamburger Adresse nehmen.

Ein böser Wind hat uns verweht,
weil wir wie Blätter treiben,
vergilbt, verdorrt, ist es zu spät
zusammen zu verbleiben?

Nein, so durfte sie ihn nicht überrumpeln. Der letzte Satz war besitzergreifender als eine unvermittelte Umarmung im dunklen Hof einer griechischen Taverne. Irgendwas muss der Mensch über die Jahre ja gelernt haben. Und sei es nur, dem anderen Luft zum Atmen zu lassen. Sie sandte den Vers nicht ab.

Eine weitere Nachricht im Posteingang. Von der Agentur.

Na fein, dachte sie, die lassen sich mit ihrer Schelte keine Zeit, auch egal. Sie öffnete die Mail. Und erschrak. Ihr Text, der Spruch, der ursprünglich für Viktor bestimmt war, sollte ordentlich honoriert werden – allerdings mit einer kleinen, dringend erforderlichen Modifikation, wie man ihr mitteilte:

Bäume sind Träume,
die in den Himmel wachsen,
wenn man ihnen
nicht rechtzeitig
die Wurzeln kuriert.

Der Irrtum hatte sich ausgezahlt. Aber ein Monster in die Welt gesetzt. Die, wie sie spontan entschloss, nicht mehr ihre sein sollte. Wer an Wurzeln herumschnippeln und sich einen Bonsaiwald ins Wohnstudio setzen will, ist selbst schuld. Für mich ist mit umgedrehten Worten und euphemistischen Verballhornungen jetzt endgültig Schluss. Ich werde zu meinen lyrischen Wurzeln zurückkehren. Und meinen Eltern eine Eiche schenken.

Ihr wurde leicht ums Herz, als sie die vier Worte an Viktor absandte:

»Bin auf dem Weg.«

Nicola Förg

Abgetaucht

Anette hob die Hand zu einem nachlässigen Winken. Dann blickte sie wieder auf die konzentrischen Kreise, die allmählich größer wurden, bis die Wasserfläche sich vollkommen geglättet hatte. Wie ein Spiegel lag der See vor ihr, kein Blättchen regte sich, nicht mal die Pappeln wisperten. Nur ein Blesshuhn fräste eine schnurgerade Spur.

Wenig später erfuhr der Wasserspiegel erneut eine leise Irritation: Einer der beiden Angler an der etwas entfernten Bucht hatte seinen Köder ausgeworfen. Anette sah kurz zu ihm hinüber. Er lächelte. Man kannte sich vom Sehen, der Angler und die Malerin. Schließlich verbrachte Anette viel Lebenszeit am See und an Meeresgestaden.

Genau genommen war sie erst seit fünfzehn Jahren eine Ufersitzerin, eine Böschungsbewohnerin, Strandanbeterin, Kieselzählerin … Vor fünfzehn Jahren hatte sie Matthias geheiratet, den »Hias«, Schwarm aller Frauen im Heimatstädtchen. Dabei war sie gar nicht sonderlich hübsch. Durchschnittlich groß, mittelmäßig gebaut, mittellange Haare. Immerhin mit Mutterwitz gesegnet und kreativ.

Er war der Hauptgewinn gewesen, verdiente damals schon gut als freiberuflicher Konstrukteur, hatte ihr ein Traumhaus gebaut, eine Profiküche installiert und sogar zugestimmt, dass sie das Dachgeschoss als Atelier nutzen durfte. Hatte ihre Malerei nicht als »Hausfrauengekritzel« abgetan wie ihre Mutter, die immer an allem herummäkeln musste.

Sie war auch die Einzige gewesen, die den Hias nie gemocht hatte. »Zu glatt, zu schön, zu selbstherrlich«, hatte sie über ihn gesagt.

Anette widmete sich wieder ihrem Bild. Sie hatte in Sparkassen ausgestellt und einmal mit anderen Künstlern auf Mallorca. Irgendwann würde sie in der Kunstszene als die »Wassermalerin« berühmt werden. Sie würde ins Guinnessbuch kommen, als die Frau, die alle Wasseroberflächen auf dem Erdenrund kannte, jeden Standkiesel persönlich, jedes Treibholz, jede Ente, jeden Schwan und deren Nachwuchs.

Birgits Finger tanzten. Wie immer. Es war, als hätten sie ein Eigenleben. Birgit blickte hinüber zu den beiden Anglern, einer lächelte auch sie an. Ein sanftes, ruhiges, leises Lächeln, genau wie die Tätigkeit des Angelns selbst. Abwartend und ruhig. Dann betrachtete sie Anette, die den Blick auf ihre Staffelei geheftet hatte.

Birgit bewohnte erst seit zwölf Jahren Uferböschungen. Damals hatte sie ihren Max geheiratet, der im Vergleich zu seinem Zwillingsbruder Matthias mit der Ehe etwas länger gezögert hatte. Warum seine Wahl auf Birgit gefallen war, hatte niemand so recht verstehen wollen. Die übliche Krankenschwester-Arzt-Nummer? Nun ja, Max hatte sich an so ziemlich allen Krankenschwestern gütlich getan, die einigermaßen gut aussehend gewesen waren. Ebenso an den Mädels in der Verwaltung und den Turnschwestern aus der Physiotherapie-Abteilung. Aber die hatte er ja alle nicht geheiratet. Birgit hingegen schon, die etwas einfältig war und aussah wie eine gelungene Mischung aus Schneewittchen und Cher – gerade so verrucht, dass es noch unter Erotik fiel und nicht unter Billigangebot.

Max war der zweite Hauptgewinn der Kleinstadt, und seine Heirat bedeutete das endgültige Aus für all die Hoffnungsträgerinnen, die nach dem Ausscheiden von Matthias aus dem Hochzeitspool wenigstens noch auf Max gehofft hatten. Auch Birgit hatte ein Traumhaus bekommen mit Profiküche und Kreativzimmer im Dachgeschoss, wo sie Patchworkdecken schuf, die so groß waren, dass man damit den Reichstag hätte verhüllen können. Außerdem strickte sie. Strickte an gegen die Langeweile und hätte an Weihnachten allein mit ihren Mützen und Socken alle elenden Senioren ohne Heizung in Rumänien, Bulgarien und in der Ukraine ausstatten können.

Die beiden Zwillingsbrüder taten alles im Einklang: Häuser bauen, mit Inbrunst und voller Erfolg arbeiten, maßgeblich im Lions Club wirken – und tauchen. Matthias und Max tauchten, seit sie Buben waren.

Als Anette ihren ersten Urlaub mit Matthias am Plansee in Österreich verbracht hatte, war sie so stolz gewesen. Wie er aus dem Wasser gestiegen war, wie er seinen Luxuskörper aus dem Anzug geschält hatte, wie die Frauen ihn angesehen hatten – und danach sie. Wie kam diese mittelmäßige Trulla zu so einem Mann?, besagten die Blicke. Ähnlich war es in Ägypten, auf Gran Canaria und am Barrier Reef gewesen. Matthias war abgetaucht, nur zum Essen und Schlafen hatte er sich über der Wasseroberfläche aufgehalten. Die erotischen Urlaubsfreuden waren nach der dritten oder vierten Reise stark abgeflaut. Man konnte auch sagen, sie hatten ausgefallenen Sex. Komplett ausgefallen war der! In den folgenden Urlauben hatte Anette dann versucht, die vielen Angebote der Clubs und Hotels zu nutzen, während Matthias mit den Fischen schwamm. Reiten in Ägypten, wo eines dieser Berberpferde sie rüde in den Sand gesetzt und sie sich zwei Rippen gebrochen hatte. Mountainbike-Kurs auf Gran Canaria, wo der finnische Animateur gerade mal zwei Tage vor Ort gewesen war und sich dermaßen im Gebirge verirrt hatte, dass sie – gestrandet mitten in einem Monstergewitter – erst nach zwei Tagen gefunden worden waren. Ein Kochkurs in Australien, bei dem sie sich eine Fischvergiftung zugezogen und zwei Tage alles von sich gegeben hatte, was an Körpersäften noch vorhanden gewesen war.

Zwischendurch war auch mal Hoffnung aufgekeimt. Sie hatte mit Matthias gesprochen, ihm erklärt, dass sie mit *ihm* Urlaub machen wolle – und nicht mit Flipper! Er hatte Besserung gelobt. Sie waren in die Abruzzen gefahren, garantiert wasserfrei, hatte Anette gedacht. Das Hotel war richtig kuschlig, aber Matthias war so stinkstieflig geworden, dass sie nahe dran gewesen war abzureisen. Dann hatte er einen winzigen Bergsee entdeckt, tauchte ab – und war von der Miesmuschel wieder zum Sonnenfisch mutiert.

Irgendwann waren Max und Birgit dazugestoßen. Unterhaltungen mit Birgit waren zwar etwas einseitig, weil Birgit kaum sprach, aber Anette mochte ihre Schwägerin dennoch. Manchmal blitzte da etwas in ihren Augen auf... So was Keckes! Vielleicht gab sie nur das Dummchen? Und eine fast stumme Schwägerin war immer noch besser als gar keine Gesellschaft.

Irgendwann hatten die beiden Damen begonnen, ihre Lager an den Ufern aufzuschlagen und zu malen und zu stricken. Kontemplativ, meditativ, resignativ, depressiv – während die beiden Männer demonstrativ tief tauchten.

Seit einigen Jahren fuhren sie nur noch an den Attersee. Beide Männer waren beruflich eingespannt, hatten viel von der Welt sowieso schon gesehen, sahen noch mehr davon auf Kongressen und Vortragsreisen – da lag es doch auf der Hand, sich auf die Nahraumerholung zu beschränken, und der kalte Attersee war laut Max »die Herausforderung für ganze Kerle«. Anette hasste solche Sätze. Es war bekannt, dass gerade der Attersee eines der gefährlichsten Tauchreviere Europas war. Die schwarze Brücke, die berüchtigte Steilwand – hier starben die Taucher zu Dutzenden. Als Birgit zum ersten Mal die Inschrift auf dem Kreuz eines gewissen Florian M. las, bekam sie einen hysterischen Weinkrampf.

Hier war mein letzter Tauchgang. Passt auf, es könnte auch euer letzter sein.

Florian war gerade mal sechsundzwanzig gewesen, als er starb.

Max hatte Birgit ausgelacht. »Hasi, wir sind doch keine Tauch-Grünschnäbel mehr. Jetzt schalt doch mal die Heulboje aus.« Und direkt neben dem Kreuz waren ihre beiden Männer ins Wasser gestiegen.

An diesem Tag hatte Birgits Blick sich verändert. Mit ihren Augen war etwas passiert. Das leicht Dämliche war weg, das Kecke auch.

Den Männern war es auch fürderhin egal, ob ihre Frauen Angst hatten. Auch dass das Salzkammergut-Wetter gerne mal Schnürlregen vom Himmel schickte und selbst die Hochsommertemperaturen alles andere als karibisch waren. Die Herren glitten ja unter Wasser in Kaltwasserausrüstung schwerelos dahin, während sich über Anette jedes Jahr eine stärkere emotionale Schwere senkte, die auch ihren Bildern anzusehen war. Düster, grau und mystisch.

Anette hatte sich gefügt – ins Attersee-Wetter und in ihr Schicksal. In dem Moment, als sie ihre innere Auflehnung, die Angst und den Aufruhr in ihrem Herzen ad acta gelegt hatte, sahen ihre Augen wieder neue Schattierungen. Bunte Surfer, Familien mit Kindern, die Steine auf der Wasserfläche hüpfen ließen, Angler wie die beiden da drüben. Allmählich war eine Art Uferrefugium entstanden. Die nette Oma aus Weyregg grillte regelmäßig mit ihren Enkeln, die beiden Angler aus Schörfling trugen ihre Beute bei. Sie hatten über die Jahre den reizenden Buchhändler aus Seewalchen kennengelernt und den Gärtner aus Unterach. Abends saßen sie dann mit ihren Männern im Litzlberger Keller, ihrem Hotel, und waren eigentlich ganz zufrieden.

Die Männer waren abgetaucht, die Frauen allmählich Teil der Attersee-Gemeinde geworden. Seit einem Jahr waren

Anettes Bilder wieder bunter, und Birgit strickte statt Socken und Mützen eine Männerstrickjacke mit einem höchst komplizierten Zopfmuster.

Es war etwas Wind aufgekommen, der See kräuselte sich ein wenig, warm war es jedoch den ganzen Tag nicht gewesen. Die Angler packten zusammen und winkten einen Gruß herüber.

Wie stets um diese Zeit kam der örtliche Gendarm vorbei. Sie pflegten Small Talk, bis Anette irgendwann lächelnd sagte: »Wie die Zeit verfliegt, wie man sie vergisst beim Malen und Stricken. Unsere Männer sind nun schon sechs Stunden unter Wasser.«

Diese Zahl wehte über den See. Wehte mit dem stärker werdenden Wind davon. Sechs Stunden! Anette war seit fünfzehn Jahren mit einem Taucher verheiratet, Birgit seit zwölf Jahren. Sie wussten, was das bedeutete.

Die Suchmannschaften tauchten die ganze Nacht. Schließlich fanden sie Matthias. Einen Tag später auch Max. Die Angler, die Oma, der Buchhändler, der Gärtner, die Gendarmerie sprachen ihnen ihr Beileid aus. Die ganze Uferfamilie war da und tröstete sie.

Schon in mittleren Tiefen konnte es beim Sporttauchen zu ersten Symptomen des Tiefenrausches kommen. Der narkotische Zustand, der dann eintrat, war vergleichbar mit einem Alkoholrausch. Man wurde mutiger, ging über seine Grenzen, verlor das Urteilsvermögen, die Motorik wurde eingeschränkt. Häufig hatte Matthias über die Tauchkollegen gespottet: »Wie kann man so blöd sein, den Atemregler zu verlieren oder den Inflator nicht mehr zu finden!« Der Inflator war ein Knopf, der für Auftrieb sorgen konnte, das hatte Anette über die Jahre gelernt. Sie wusste viel übers Tauchen – zumindest theoretisch.

Natürlich stürzte sich die Presse auf den Fall. Zwei honorige deutsche Upperclass-Touristen, ein Dr. Ing. und ein

Dr. med. – und wieder flammten die Diskussionen auf, ob man das Tauchen reglementieren, gar den See sperren sollte. Das alles aber machte Matthias und Max nicht mehr lebendig.

Die Gerichtsmedizin fand heraus, dass der Unfall auf einer Unachtsamkeit beruht hatte. An ihrem Todestag hatten die Zwillinge einen »Hunderter« tauchen wollen, hundert Meter tief im Schlund des Attersees. Bei der Obduktion hatte man festgestellt, dass die Männer ertrunken waren.

Zu Hause verfügten Matthias und Max über einen ganzen Tauchkeller, in dem sie mithilfe eines Kompressors ihre Flaschen fürs Presslufttauchen selbst befüllten. Längst wusste Anette, dass man bis dreiundsiebzig Meter mit gepresster Luft tauchen konnte, für den Tiefenkick aber technisch tauchen musste, mit Nitrox-Mischgas. Auch in den Urlaub hatten die Brüder ihre gesamte Ausrüstung mitgenommen. Sie verließen sich nicht auf andere und hatten im Hotel sogar einen eigenen Keller bekommen. Zahlungskräftigen Gästen las man jeden Wunsch von den Augen ab – ein Phänomen, das die Zwillinge ihr ganzes Leben lang hatten erfahren dürfen. Erfolg, Charisma und Schönheit machten alle zu Dienern. Erst die liebende Mama, dann die Frauen.

Nach dem Unfall hatte man auch die Tauchflaschen analysiert. Das Ergebnis war tragisch: Die Männer hatten eine hochgiftige Mischung eingeatmet, was zu massiven Krämpfen im Gesicht geführt hatte und zum Verlust des Mundstücks. Die Spekulationen überschlugen sich. Einem der Brüder müsse mit dem Mischgas ein fataler Irrtum unterlaufen sein, glaubte man. Profitaucher wurden befragt: Hätten die beiden das nicht merken müssen?

Ein lokaler Tauchguru kannte die beiden und wusste, dass sie sich immer sehr schnell nach unten fallen ließen, um möglichst lange im Tiefen sein zu können. An der berüchtigten »schwarzen Wand« seien sie rasant schnell auf vierzig Meter abgestiegen, und durch das falsche Mischungsverhältnis sei der Partialdruck des Sauerstoffs auf über drei Bar gestiegen und damit höllisch giftig gewesen – damit hätten sie keine Chance mehr gehabt. Ein bisschen verschämt (»über Tote soll man ja nicht schlecht reden«) hatte der Taucher eingeräumt, dass die beiden schon ein wenig arrogant gewesen seien. Sie hätten sich für unverwundbar gehalten. Und bedauernd hatte er angefügt: »Sie haben wohl das elektronische Analysegerät nicht verwendet, aber das versteh ich. Wenn ich die Flaschen selber befülle, verlasse ich mich auch auf mein Können.«

Am Ende war man sich einig: Auch erfahrene Leute werden mal unvorsichtig, es kommen zum Beispiel begnadet gute Skifahrer und Bergführer in Lawinen um – ja, gerade die!

Dass Anette und Birgit ihre Häuser zu Hause verkauften, war mehr als verständlich. Zu belastend war die Erinnerung. Dass sie aber ausgerechnet ins Salzkammergut zogen, das konnten viele nicht begreifen. »Man muss sich stellen«, erklärte Anette immer wieder. »Man kann dem Schicksal nur entkommen, wenn man sich stellt.«

So ganz hatte das den Verwandten und dem Freundeskreis nicht eingeleuchtet, ebenso wenig wie Anettes zweite Heirat in Österreich nach nur zwei Jahren. Birgit hatte ein halbes Jahr später nachgezogen.

Anette hatte ihren Kopf in seinen Schoß gelegt. Er streichelte ihre Schläfe. Es war wieder Sommer am See, kühl und klar war es und ruhig, weil die bunte Bademeute wohl nach Salzburg gefahren war oder in ein Museum.

An seiner Angel zupfte ein Fisch. »Schau mal, ein Fisch«, sagte Anette träge.

»Meine Herzallerliebste, was interessiert mich ein Fisch, wenn du hier bist«, sagte er und küsste ihre Stirn.

Sie hatte sich schnell in ihn verliebt. Er hatte das zuerst gar nicht bemerkt. Bei den ersten Grillfesten mit der Weyregger

Oma, bei den langen Gesprächen am Ufer, hatte sie seine ruhige Souveränität lieben gelernt. Er musste sich nicht inszenieren wie Matthias, er war einfach da. Er arbeitete halbtags bei einer Firma, die alte Häuser renovierte, und genoss den Rest des Tages. Zweimal die Woche jobbte er ehrenamtlich in einem Heim für behinderte Kinder. Sagte Sätze wie: »Das schaffen wir schon.« Er sagte immer »wir«, selten »ich«.

Sie hatte Matthias jede Menge Zeichen gegeben. »Wir haben mit den Anglern gegrillt. Netter Mann, dieser Christian. Stell dir vor, der arbeitet mit behinderten Kindern«, hatte sie erzählt. »Wir sind mal kurz mit Christian und seinem Freund Karl zum Eisessen. Ich wusste ja, dass ihr erst gegen vier zurück sein werdet«, hatte sie berichtet. »Christian hat gesagt, dass ...« Sie hatte seinen Namen oft genannt, aber Matthias hatte immer nur zerstreut geantwortet: »Schön, Schatz.« Oder: »Aha, ja dann. Was gibt's heute Abend im Hotel zum Essen?« Dann hatte er von seinen Unterwasserheldentaten gesprochen.

Jeder andere Mann hätte etwas gemerkt, doch nicht einer wie er, der »zu glatt, zu schön, zu selbstherrlich« gewesen war. Matthias hatte es doch nicht anders gewollt. Er hatte ihre Botschaften glatt überhört. Fünfzehn Jahre lang hatte er sie übersehen und alles überhört. Es war immer nur um seine Arbeit gegangen und dieses verdammte Tauchen. Vor allem ums Equipment: Jeden neuen Firlefanz hatte er gekauft und mit Max diskutiert. Darüber, dass sie gerne ein Kind wollte, hatte er mit ihr nicht reden wollen.

»Gestern ist schon wieder einer an der Schwarzen Brücke ums Leben gekommen«, sagte Christian. »Mal wieder ein Fall von Selbstüberschätzung. Tiefenrausch, er hat den Inflator nicht mehr gefunden. Wieder mal«, sagte Christian kopfschüttelnd. »Entschuldige, das war unsensibel. Ich meine, Matthias ...«

»Das ist schon in Ordnung, mein Lieber. Der See holt sich seine Opfer. Selbstherrlichkeit kann tödlich sein. Leider!«, sagte sie. »Gehen wir zu Birgit und Karl zum Grillen?«

Er küsste sie erneut. »Mit dir gehe ich überallhin, dich lass ich keine Sekunde aus meinen Augen und Armen.«

Karl fuhr den Müllwagen und war der netteste XXL-Bär, den Anette je kennengelernt hatte. Birgit hatte nach der ersten Mammut-Strickjacke noch vier weitere für ihn gestrickt. Inzwischen hatte sie allerdings nicht mehr so viel Zeit zum Stricken wie früher. Sie fuhr in seinem Wagen mit und reckte im Sommer ihre schlanken Fesseln aus dem geöffneten Fenster.

Karl und sie hatten begonnen, Rad zu fahren, und Birgit im Radldress war in den Gastgärten rund um den See eine Sensation. Karl betete sie an.

Oh ja, Anette und Birgit hatten sich gestellt. Einem neuen Leben. Und nun war Anette schwanger, mit einundvierzig! Christian hatte vor Freude so sehr zu weinen begonnen, dass sie mitgeheult hatte. Zwei ganze Packungen Papiertaschentücher hatten sie verbraucht.

Das Leben war wunderbar. Morgen würde sie einen Kunstpreis des Landes Oberösterreich in Empfang nehmen. Es war ein düsteres Bild des Attersees, auf dem im Vordergrund eine verlassene Tauchausrüstung lag.

Sogar ihre Mutter würde kommen. Als sie ihr damals Christian vorgestellt hatte, war ihre Mutter erstaunlich schweigsam gewesen. Dafür waren die Fragen, sobald sie allein gewesen waren, wie Pistolenschüsse aus ihr herausgeschossen: »Wie hast du es gemacht? Und wie konntest du Birgit ins Boot holen?«

»Was meinst du, um Himmels willen, liebe Mama?«

Den Blick, den ihr ihre Mutter zugeworfen hatte, würde sie nie vergessen. Ihre Mutter hasste es, unwissend zu sein. Aber Anette konnte keine zusätzliche Mitwisserin gebrauchen. Sie hatte schon eine, und die würde ihr Wissen mit ins Grab nehmen. Im entscheidenden Moment war Birgit immer noch stumm – und ein kleines bisschen dämlich.

Letztlich war das Ganze sogar Birgits Idee gewesen. Birgit hatten sie alle übersehen – das schöne Dummchen. Dabei hatte sie gar kein so unstrukturiertes Hirnchen, wie auch Anette lange geglaubt hatte.

»Am Tag, als er mich wegen dieser Inschrift so veräppelt hat, wusste ich, dass er sterben muss«, hatte Birgit kühl gesagt. Es hatte sie furchtbar gestört, dass sie zwölf Jahre lang mit seinem verdammten Tauchschrott hatte leben müssen. Um ihn überhaupt mal zu sehen, hatte sie Stunden im Tauchkeller verbracht.

Sie hatte schon lange gewusst, wie man die Pressluftflasche mit dem Kompressor auf zweihundert bar füllte. Und sie hatte später, als Max auf Nitrox umgestiegen war, oft genug gesehen, wie er Sauerstoff mit einem bestimmten Druck in die Tauchflaschen strömen ließ und dann mit Luft auffüllte.

Es war ganz einfach gewesen, aus der vorgefüllten Flasche das Gemisch bis auf hundert Bar abzulassen und mit reinem Sauerstoff aufzufüllen. Es war auch ganz einfach gewesen, Max gegenüber zu behaupten, dass Matthias gerade die Flaschen aufgefüllt habe. Und wenig später Matthias zu sagen, dass Max sich schon um alles gekümmert habe.

Es war so einfach gewesen, wieder die Angsthäschen zu geben, vor dem »Hunderter«. Es war so einfach gewesen, Max und Matthias zu hassen, als sie laut loslachten: »Unsere kleinen ängstlichen Weibchen! Wir sind doch schon große Kerle!«

Bestrickend einfach war es gewesen. Und es hatte zum Malen inspiriert, zu einem Bild, das nun einen Preis bekommen würde.

Katrin Tempel

*Liebe*SMS

War schön gestern. Wann treffen wir uns wieder? Pauline

Ihr Finger schwebte einen Augenblick lang über der Taste für das Versenden der SMS. War es zu früh? Es war neun Uhr morgens, sie hatten sich erst vor sieben Stunden verabschiedet. Wie lautete die goldene Regel für das Anrufen nach dem ersten Treffen? »Warten. Wenn er sich nicht meldet, dann wird das auch nichts!«, sagte ihre Freundin Lena immer. Wahrscheinlich hatte sie auch recht. Aber Pauline hatte keine Lust, jetzt tagelang mit dem Handy im Anschlag rumzurennen und darauf zu warten, dass Marius in feinster Detektivarbeit ihre Nummer herausfand und sich bei ihr meldete. Er hatte sie nämlich nicht. Sie hätte sie ihm überlassen – aber er hatte nicht danach gefragt. Was nichts ausgemacht hatte. Immerhin hatte er ihr seine gegeben.

Emanzipierte Frauen saßen nicht wie verschreckte Mauerblümchen in der Ecke, sondern wagten den ersten Schritt. Aber gestern war er es gewesen, der sie angesprochen hatte.

Pauline hatte gerade vorsichtig an ihrem ersten Prosecco genippt und die Lage in der Bar beobachtet. Natürlich war ihr Marius sofort aufgefallen. Er war der DJ, den sah jede Frau an. Und er hatte ihr zugezwinkert. Was sie unglaublich dämlich fand. Welche Frau ließ sich schon anzwinkern? Da sollten sich die Jungs doch bitteschön etwas Intelligenteres einfallen lassen. Einen ganzen, grammatikalisch korrekten Satz zum Beispiel. Aber dieser Marius hatte nur einen schmalzigen Liebessong aufgelegt, bei dem einem sofort das rosa Wachs aus den Ohren troff. Grauenhaft. Nur für gefühlsmäßig Inkontinente. Also nicht für sie.

Pauline hatte ihre Gefühle unter Kontrolle. Immer. Seit der Trennung von Max wollte sie mit diesem Schmonzettenkram nichts mehr zu tun haben. Erst drei Wochen war es her, dass er sie wegen dieser Schlampe hatte sitzen lassen. Im Grunde hatte sie keine Ahnung, was für eine Frau das war. Bei Max wahrscheinlich sogar eine nette. Eine, die Lachfältchen hatte und gut kochen konnte. Sie wollte das auch gar nicht wissen. So, wie sie gepolt war, hätte Pauline sie wahrscheinlich sogar noch gemocht. Sie hatte sich geschworen, nie wieder einen Mann so sehr zu lieben. Dem nächsten Typen würde sie auf der Nase herumtanzen. Und zwar in hochhackigen Pumps, damit es ihm auch richtig wehtat. Das nahm sie sich in den Nächten vor, in denen sie sich in den Schlaf heulte, weil ihr sein ruhiges, tiefes Atmen und das vertraute Schnarchen so schrecklich fehlten.

Da konnte ihr so ein DJ mit seinem Liebesschmalz gestohlen bleiben. Sie hatte gestern nur verächtlich eine Augenbraue gehoben und sich dann wieder Lena zugewandt. Sogar leise gewispert: »Hast du diesen aufgeblasenen Plattenaufleger gesehen? Ich glaube, der versucht zu flirten...«

Bei der nächsten Pause hatte er sich neben sie gestellt. Betont unauffällig. Pauline hatte ihn aus dem Augenwinkel heraus gemustert. Groß. Halblange, dunkle Haare, grüne Augen. Sehr weiße Zähne. Ein bisschen arrogant. Wenn sie ganz ehrlich war, eigentlich genau der Typ Mann, den sie gut fand.

Und dann stand plötzlich ein frisches Glas Prosecco neben dem schon halb geleerten. Pauline hatte den Typen hinter der Bar fragend angesehen und der hatte mit einem Schulterzucken auf den DJ gedeutet.

Pauline hatte dem edlen Spender zugenickt. Das konnte man schließlich tun für so einen Prosecco. Sie hatte ihm sogar zugeprostet. Nur ganz leicht, angedeutet. Aber er war gleich näher herangerückt.

»Dich habe ich hier noch nie gesehen!«

Was für ein blöder erster Satz. Ihre Antwort war nicht viel besser ausgefallen.

»Kein Wunder, ich war ja auch noch nie hier!«

Er hatte ihr die Hand gereicht, eine Verneigung angedeutet und sich vorgestellt. »Marius.«

»Wie Müller-Westernhagen?«

»Ja. Meine Mutter ist ein Fan von ihm. Kann man nichts machen, kann man nur DJ werden.« Ihr erschien der Witz ein bisschen zu routiniert. Wahrscheinlich sagte er das zu jeder seiner neuen Eroberungen. Obwohl sie ganz sicher keine Eroberung war und auch keine werden wollte. Nur eine Frau, die einen Prosecco angenommen hatte.

Trotzdem. Sie hatte ihm die Hand gereicht und ihm ihren Namen verraten. Dann eine vage Bewegung in Richtung ihrer Freundin gemacht, die immer noch an ihrem ersten Glas Sekt nuckelte. Konnte ja nicht jeder so einen spendablen Typen an Land ziehen wie sie. »Und das ist Lena.«

Marius nickte kurz in Lenas Richtung, ohne jedoch seinen Blick von Pauline zu wenden. »Und was machst du so, wenn du nicht mit mir an der Bar in diesem Schuppen Prosecco trinkst?«

Blöde Frage. Und doch hatte sie geantwortet. »Ich arbeite in einem Büro. Sekretärin.«

»Heißen die heute nicht alle ›Teamassistentin‹?« Marius hatte sein tolles Gebiss gezeigt und gelächelt. Schön, wenn er witzig fand, was er da sagte.

»Nur, wenn sie wichtig sind. Ich bin nicht wichtig, ich bin wirklich nur Sekretärin. Gehe ans Telefon, tippe Briefe, trage Briefe in die Poststelle, mache Kaffee. Definitiv keine Teamassistentin.« Trotzdem, ein bisschen neugierig war sie jetzt schon. Wann hatte sich das letzte Mal ein so gut aussehender Mann um sie bemüht? »Und du – bist du Vollzeit-DJ?«

Er nickte. »Ich kann nichts anderes. Jeden Abend in einem anderen Laden. Man darf nicht stehen bleiben, wenn man in meinem Job ein bisschen Geld verdienen will.«

Pauline nickte. So, als ob sie irgendeine Vorstellung davon hätte, was ein DJ eigentlich machte. Wahrscheinlich immer lange schlafen. Beneidenswert.

Ehe sie es sich versah, nickte Marius dem Typen hinter der Bar zu – und wie von Zauberhand tauchte ein weiterer Prosecco vor ihr auf. Wenn sie jetzt nicht aufpasste, dann würde sie bald nur noch lallend am Tresen hängen. Aber ihr passierte so etwas nicht. Sie hatte einen Abend wie diesen hier im Griff.

Mit einem entschuldigenden Lächeln griff sie nach dem Glas und stellte es vor Lena ab. »Meine Freundin sitzt schließlich schon auf dem Trockenen!«, hatte sie dabei erklärt.

Doch da war Marius schon wieder bei der Arbeit. Musik auflegen. Pauline hatte ihn weiter beobachtet. Er bewegte sich immer ein bisschen zur Musik, wiegte sich in den Hüften. Sah sexy aus.

Den restlichen Abend über war er immer wieder bei ihr aufgetaucht. Hatte seine Sprüche gemacht, sie alles Mögliche gefragt. Irgendwann war Lena gegangen. Sie hatte Pauline einen aufmunternden Klaps gegeben, etwas gesagt von dem Sturz, nach dem man sofort wieder in den Sattel müsste. Ihr noch viel Spaß gewünscht.

Nur wenig später hatte er sie berührt. Zufällig, an der Hand, nur mit einem Finger. Hatte sich gut angefühlt. Viel besser als bei Max. Auch ein bisschen wie süße Rache an Max. Selbst schuld, so ein Prachtexemplar wie Pauline einfach durch eine andere Frau zu ersetzen.

Dann war es in der Bar hell geworden. Eine Putzfrau fing an, die Stühle hochzustellen. Pauline hatte gerade überlegt, wie sie sich am besten von Marius verabschieden sollte, da hatte er ihr Handy genommen und eine Nummer eingegeben. Seine Nummer. »Ruf mich an!«, hatte er gesagt, ihr noch einen viel zu anständigen Kuss auf die Wange gegeben und war gegangen.

Und deswegen musste Pauline sich jetzt bei ihm melden. Er hatte ihre Nummer ja gar nicht, und da konnte sie lange auf einen Anruf hoffen. Und wie schon gesagt: Emanzipierte Frauen warten nicht, sondern werden selbst aktiv.

Sie drückte auf die Taste.

Wartete.

Und dann, keine zwei Minuten später, erschien mit einem kleinen Brummen die Antwort auf ihrem Display: *Heute Abend? Im Hemingway?*

Erst jetzt bemerkte Pauline, dass ihre Hände ganz feucht waren. Erleichtert atmete sie aus und tippte in ihr Handy: 20.00 Uhr!

Postwendend kam ein *O.K.* zurück. Sie hatte ein Date!

Strahlend rief Pauline Lena an. »Er will mich wiedersehen! Was soll ich nur tun? Und: Was soll ich anziehen?«

Lena blieb sachlich, aber selbst durch das Telefon hindurch hörte Pauline das Grinsen in ihrer Stimme. »Was glaubst du denn, was heute Abend passiert? Small Talk und ein Drink – oder mehr? Wenn es mehr wird, dann solltest du auf jeden Fall deine schrecklichen Baumwoll-Liebestöter zu Hause lassen. Diese Dinger sind der Beweis dafür, dass du viel zu lange in einer Beziehung warst, in der man sich nicht mehr um die Wirkung auf seinen Partner bemühen muss. Jetzt muss was anderes her. Geh shoppen!«

Pauline schüttelte den Kopf. »Aber ich werde doch nicht heute Abend schon mit ihm ins Bett steigen!« Trotzdem lächelte sie bei der Vorstellung. Der Gedanke, endlich wieder begehrt zu werden, war schön. »Höchstens ein Küsschen zum Abschied. Oder zwei. Wo denkst du denn hin!«

»Ich bin nur realistisch«, erklärte Lena. »Das ist ein DJ!

Der kann an jedem Finger zehn Frauen haben. Wenn du ihm gefällst, dann genieße es für ein paar Wochen. Da solltest du deine Zeit nicht mit Zögern und Prinzessin-rühr-mich-nicht-an-Spielen vertun. Aber bloß nicht verlieben, hörst du?« Lenas Stimme wurde mit einem Mal eindringlich. »Auf gar keinen Fall verlieben, diese Typen brechen doch nur alle Herzen, die ihnen zufliegen!«

Keine Ahnung, woher Lena solche Weisheiten hatte. Aber womöglich war was Wahres dran. Pauline griff sich ihre Handtasche und machte sich auf den Weg. Wen interessierte es schon, dass dieser aufgeblasene Abteilungsleiter mit seiner schnieken Gelfrisur gerade eben bei ihr einen Kaffee bestellt hatte? Sollte er sich das Gebräu eben selbst holen. Schmeckte ohnehin nur bitter, der Kaffee, die Firma musste sparen und hatte deswegen auf die billigsten Bohnen umgestellt, die auf dem Markt zu finden waren. Pauline zweifelte hin und wieder daran, dass es sich wirklich um Kaffee handelte. Wahrscheinlich waren es eher in Form gepresste Hasenköttel. Egal. Sie hatte jetzt Besseres zu tun. Sie musste sich neu ausstaffieren, um endlich diesen Max hinter sich zu lassen. Lena hatte ja recht. Sie hatte sich viel zu sehr gehen lassen...

Eine Stunde später lehnte sie sich entspannt bei der Kosmetikerin zurück, während ihre Augenbrauen in Form gebracht wurden und eine Maske auf ihrem Gesicht einwirkte, die sofortige Frische und Klarheit versprach. Am Stuhl lehnte schon die Tüte mit den neuen Spitzendessous. Heute Abend wollte sie unwiderstehlich sein. UNWIDERSTEH-LICH!! Auch dann, wenn dieser Marius diese Dessous wahrscheinlich nicht zu Gesicht bekam.

Irgendwo in ihrem Hinterkopf machten sich jedoch Zweifel breit. War sie sich sicher, dass sie einfach nur etwas Spaß haben wollte – oder drohte ihr schon wieder ein gebrochenes Herz? Der Gedanke an Max schlich sich wieder in den Vordergrund. Der wäre nie so plump-draufgängerisch gewesen. So ekelhaft selbstsicher. Max wollte immer wissen, ob er wirklich nicht störe.

Das Handy kündigte mit einem leisen Summen eine neue SMS an. Vorsichtig hob Pauline das Ding hoch, damit die Crememaske keinen Schaden davontrug.

Klappt leider doch nicht.Vielleicht morgen?

Das traurig aussehende Gesicht konnte Paulines Enttäuschung auch nicht verhindern. Tapfer hämmerte sie ihre Antwort in die Tasten. *Kein Problem – morgen gleiche Zeit!*

Was sollte sie sonst schreiben? *Bin enttäuscht und werde mich mit einer Flasche Wein, einer großen Tafel Vollmilchschokolade und dem Donnerstagabendprogramm im Fernsehen trösten?* Das entsprach zwar der Wahrheit, klang aber nicht so cool und lässig, wie sie jetzt wirken wollte.

Mit einem kurzen Anruf unterrichtete sie Lena von der neuen Entwicklung. Die schien gar nicht so überrascht. Lachte sogar. »Dann machen wir uns eben einen tollen Weiberabend. Ich komme vorbei, und du zeigst mir deine neue Wäsche. Und dazu kochen wir uns etwas Leckeres.«

Am Abend saßen sie wirklich zu zweit vor dem Fernseher, lachten sich schief über die Versuche der Kandidatinnen von *Germany's Next Topmodel*, wenigstens zehn Meter geradeaus zu laufen – und noch mehr über die Bemerkungen von Heidi Klum, die ihnen mit dem Gesicht einer Eiskönigin Fotos überreichte und damit über das Glück und Unglück von Mädchen entschied, die nächste Woche noch einmal ein paar Meter laufen wollten.

Dann wurde Lena ein wenig ernster. »Was hast du eigentlich von Max gehört?«

»Dem Vollidioten? Seit er mir eröffnet hat, dass seine Liebe für mich leider erkaltet ist, habe ich nichts mehr von ihm gehört. Würde ihm aber auch schwerfallen. Ich habe meine Telefonnummer geändert, meinen E-Mail-Account schaue ich nicht mehr an – und er hat mich auch vorher nie in der Arbeit angerufen... Ich hoffe, er verrottet zusammen mit seiner neuen Schnecke!« Der letzte Satz klang zorniger, als sie eigentlich geplant hatte.

Lena musterte ihre Freundin von der Seite. »Du bist immer noch nicht über ihn hinweg!«, stellte sie fest.

Pauline wollte schon aufbrausen – aber nachdem sie kurz überlegt hatte, schüttelte sie nur den Kopf. »Nein. Aber ich will in Zukunft auch nicht mehr so abhängig von einem Mann sein. Deswegen jetzt auch das Treffen mit Marius. Ein paar Küsse, einige Streicheleinheiten für mein Ego. Das soll schon alles sein.«

»Und jetzt seid ihr also für morgen verabredet?«

Pauline nickte. »Ja. Nervös bin ich schon. Was, wenn mir einfach nur der Prosecco zu Kopf gestiegen ist?«

»Dann machst du erst etwas Small Talk und schickst ihn dann nach Hause. Bist doch ein großes Mädchen!« Lena grinste.

Die hatte leicht reden, dachte Pauline. Lena nahm immer alles leicht, plante nichts für die Ewigkeit. Nur Pauline hing jahrelang mit Max ab.

Es gab aber auch schlechtere Männer. Max war nett. Trug vielleicht etwas zu oft Wollpullover – und unrasiert war er meistens auch. Aber jahrelang hatte er klaglos hingenommen, dass Pauline abends gerne in schlabbrigen Jogginghosen und ungeschminkt mit einem großen Becher Eiscreme vor dem Fernseher sitzen wollte. Ausgehen war nicht ihr Ding. »Hier ist es doch so gemütlich!«, war ihre Ausrede gewesen, jedes Mal, wenn er ins Kino wollte. Oder in ein Restaurant. Oder gar in eine Bar wie das Hemingway. Wenn sie nun jedoch darüber nachdachte, hatte er bei jeder Absage enttäuschter gewirkt.

Aber eine andere Freundin? Das hätte sie ihm nie zugetraut. Dafür war Max doch viel zu lieb. Aber genau das war passiert: Er hatte ihr erzählt, er habe eine Neue und jetzt keinen Bedarf mehr für Pauline. Dann hatte er seine Klamotten in einen großen Koffer gepackt, sein Lieblingsbuch, zwei CDs und seine Zahnbürste dazugelegt und war aus ihrem Leben verschwunden. Einfach durch die Tür gegangen, ohne sich noch einmal umzudrehen. Seit diesem Moment hatte sie nichts mehr von ihm gehört.

Lena kippte den letzten Schluck Prosecco aus ihrem Glas hinunter, musterte mit einem Seufzen die leere Flasche und erhob sich. »Dann lasse ich dich jetzt besser alleine. Ein bisschen Schönheitsschlaf wird dir guttun, bevor du dich mit deinem Märchenprinzen triffst!«

Pauline konnte ein schiefes Grinsen nicht unterdrücken. »Vielleicht ist mein Prinz ja doch eher ein Frosch. Bei meinem Pech...«

Sie konnte nicht in den Schlaf finden. Immer wieder versuchte sie, sich Marius' Gesicht vorzustellen – aber es war Max, der stattdessen vor ihrem inneren Auge auftauchte. Mit seinen braunen Augen, die sie leicht belustigt musterten, seinem ewig unrasierten Gesicht... Sie schüttelte entschlossen den Kopf und drückte ihr Gesicht in das Kissen. Es wurde wirklich Zeit für dieses Date mit Marius. Sonst würde sie Max nie vergessen.

Irgendwann schlief sie doch noch ein. Als ihr Wecker läutete, fuhr sie mit einem Ruck hoch. Ihr Hirn schlug sofort Alarm. Heute. Heute würde sie Marius wirklich treffen und ein neues Leben beginnen. Oder zumindest das alte hinter sich lassen.

Nach dem Duschen schlüpfte sie in die neuen Dessous aus Spitze, die sie sich geleistet hatte. Fühlten sich gut an auf der Haut – aber irgendwie vermisste sie auch die ausgeleierten, verwaschenen Baumwollslips, die sie üblicherweise trug. Darüber ein schmaler Rock, ein klein bisschen zu eng und unbequem für ihren Geschmack. Aber die Verkäuferin hatte ihr versichert, dass es sich um den letzten Schrei handelte.

Also keine Jeans. Und das enge T-Shirt war eigentlich auch nicht ihr Ding. Aber die ziemlich braven Blusen, die sie sonst bei der Arbeit anhatte, eigneten sich wohl kaum für ein Date mit einem DJ. Um ihr Styling abzurunden, schminkte sie sich noch. Nicht nur ein bisschen Wimperntusche wie sonst. Sondern richtig mit Farbe auf den Lidern, Make-up, Rouge und Lidstrich. Anschließend musterte sie sich im Spiegel und nickte zufrieden. Diese Frau sah ihr zwar nicht sehr ähnlich, aber sie sah gut aus. Ende zwanzig, ein paar Pfunde zu viel auf den Hüften, dunkelblaue Augen und Haare, die im Sommer fast blond wirkten. Leider war im Moment nicht Sommer, sondern Frühling – ihre Haare waren von einem langweiligen Straßenköterblond.

Gerade, als sie aus dem Haus ging, kündigte sich brummend eine neue SMS an. Aufgeregt klappte sie das Handy auf. *Ich wünsche dir einen schönen Arbeitstag! Bis heute Abend. Marius.* Sie lächelte vor sich hin. So viel Aufmerksamkeit war sie nicht gewöhnt. Max… Genervt schüttelte sie den Kopf. Sie hatte sich doch fest vorgenommen, nicht mehr an ihn zu denken und auch keine Vergleiche mehr zu ziehen. Aber eine SMS hatte er in seinem Leben noch nicht verschickt. Höchstens an seine neue Flamme, konnte ja sein.

Gut gelaunt machte sie sich auf den Weg ins Büro, warf die Kaffeemaschine an, ignorierte den bitter-scharfen Geruch des Billigkaffees und setzte sich hinter ihren Schreibtisch.

Als der Juniorchef an ihr vorbeiging, stutzte er und drehte sich noch einmal um. »Was ist denn heute passiert?«, rief er, während er sich vor ihrem Schreibtisch aufbaute. »Ist heute mein Geburtstag? Endlich kann man einmal Ihre Beine bewundern… Weiter so!«

Das war mehr Aufmerksamkeit, als er ihr in den vergangenen vier Jahren geschenkt hatte. Was ein Rock nur bewirken konnte. Oder lag es an ihrer Ausstrahlung? Mit einem Lächeln auf den Lippen machte sich Pauline an ihre Arbeit. Heute fing ihr neues Leben an. Ganz bestimmt.

Mittags in der Kantine wollte sie schon die köstlichen Käsemakkaroni wählen. Nichts war leckerer als diese leichte Kruste, die so wunderbar knackte, wenn man darauf biss. Einen Moment lang überlegte sie, dann legte sie die Nudelzange wieder zurück. Ein Teller Salat musste reichen, sonst würde dieser Rock noch unbequemer werden.

Etwas später brummte das Handy erneut. Mit einem Lächeln klappte sie es auf. Marius war wirklich eifrig, wenn es darum ging, seine Zuneigung zu zeigen.

Komme eine Stunde später, sorry!

Enttäuscht schloss sie das Handy wieder. Langsam zweifelte sie daran, dass er sich wirklich mit ihr treffen wollte. War er vielleicht nur neugierig, wie lange sie sich hinhalten ließ? Oder hatte er eine Wette mit dem Mann hinter der Bar laufen? Der hatte ihr so seltsam zugenickt. Mit einem Mal war sie sich sicher: Marius und der Barmann hatten gewettet, dass die pummelige Frau ein leichtes Opfer sein würde. Sie glaubte Marius fast zu hören, wie er erklärte: »So eine Frau kann ich immer wieder vertrösten, die wird nicht böse. Mindestens zehn Dates bekomme ich, wetten?«

Sie hatte einfach zu viel Phantasie. Und dabei wollte sie doch eigentlich gar nichts von Marius. Sich nur mal nett unterhalten. Einen Kuss vielleicht. Mal den eigenen Marktwert abschätzen. Oder log sie sich da gerade selbst in die Tasche?

Um sich abzulenken, machte sie sich nach der Mittagspause mit mehr Eifer an die Arbeit, als sie das normalerweise tat. Pauline versuchte seit Jahren, nicht aufzufallen. Und das war ihr in der Firma bisher prima gelungen. Ihre Theorie dazu war einfach: Wer durch gute Leistungen auffiel, dem wurden nur immer noch mehr Aufgaben übertragen. Wer durch schlechte Leistungen auffiel, der wurde irgendwann gefeuert. Und wer überhaupt nicht auffiel, der durfte völlig ungestört sein Leben leben. Und genau das war ihr Ziel. Die wenigen Aufgaben, mit denen sie betraut war, zu erledigen und dabei keine Aufmerksamkeit auf sich zu lenken.

Und ausgerechnet heute hatte der Juniorchef sie im Visier. Das erste Mal. Das konnte doch nicht nur an dem Rock und dem bisschen Make-up liegen! Auf jeden Fall tauchte er schon wieder vor ihrem Schreibtisch auf und legte einen Stapel blauer Ordner darauf ab.

»Könnten Sie bitte diese Bewerbungen durchgehen und eine kleine Vorauswahl treffen? Die Stelle meiner Assistentin wird frei, da muss ich bald Ersatz finden ...« Durch seine Brillengläser hindurch sah er sie aus seinen merkwürdig hellgrünen Augen an. »Oder hätten Sie Interesse an der Stelle?«

Jetzt musste schnell eine Antwort her. Eine kluge. Eine, die zeigte, dass sie durchaus das Zeug dazu hatte, die Assistentin des Juniorchefs zu sein. Die bescheiden und klug wirkte. So, als ob sie mit diesem Angebot ohnehin gerechnet hätte. Sie holte tief Luft. »Ja ...« Die Silbe hing einen Augenblick zu lange in der Luft, bevor sie weitersprach. »... wenn Sie mir das zutrauen.«

Fast hätte sie sich selbst geohrfeigt. Was war das denn für eine Antwort? Wie ein kleines Mäuschen. Dabei wollte sie doch selbstsicher und schlagfertig wirken!

Der Juniorchef musterte sie erneut, dann nickte er. »Als meine Vorzimmerdame erwarte ich dann allerdings immer so ein adrettes Auftreten wie heute. Ihr bisheriges Outfit muss dann leider bis zum Wochenende im Kleiderschrank bleiben!« Er deutete auf den Stapel. »Schreiben Sie Absagen an alle Bewerber. Sie fangen am nächsten Monatsersten an. Über Ihr Gehalt werden wir uns sicher einig.«

Damit verschwand er. Pauline sah ihm verdattert hinterher. So einfach war es, Karriere zu machen? Nicht auffallen und dazu einen engen Rock tragen? Das konnte sie nicht glauben. Und doch ... Nachdenklich drehte sie einen Stift zwischen Zeigefinger und Daumen hin und her. Erst eine

Beförderung, heute Abend der DJ. Ihr neues Leben fing an. Jetzt. Der Abschied von Max war eigentlich der Anfang einer Glückssträhne gewesen.

Leider fiel es ihr schwer, auch wirklich daran zu glauben.

Irgendwann waren die ganzen Bewerbungen abgearbeitet. Es wurde schon dunkel, als sie endlich ihren Computer ausschaltete. Auf der Toilette frischte sie noch einmal ihr Styling auf. Lippenstift und Lidstrich nachziehen, Haare noch einmal kämmen und dann mit einem kleinen Klecks Gel wieder lässig verwuscheln, ein bisschen Puder – und fertig. Sehr zufrieden mit sich selbst machte sie sich auf den Weg ins Hemingway. Sicher, sie war ein paar Minuten zu früh, aber sie war ja eine erfolgreiche, emanzipierte Frau. Als solche konnte sie durchaus eine halbe Stunde alleine in einer Bar sitzen, die anderen Menschen beobachten und einen kleinen Martini trinken. Genau das wollte sie jetzt machen.

Sie suchte sich einen kleinen Tisch in der Ecke aus und setzte sich mit dem Rücken zu der rot gestrichenen Wand auf einen der kleinen Bistrostühle. Als der Kellner an ihren Tisch kam, strich sie in letzter Sekunde den Martini von ihrer Wunschliste und bestellte stattdessen lieber einen Milchkaffee. Sie wollte nicht angetrunken sein, wenn Marius auftauchte.

Der Milchkaffee kam. Sie legte ihre Hände um die große Kaffeetasse und sah sich um. Zwei oder drei Frauen in Businesskostümen, mit streng frisierten Haaren und ein bisschen zu viel Farbe auf den Lippen lachten am Nachbartisch. Ein Stück weiter eine nervöse Zwanzigjährige, die immer wieder auf die Uhr sah. Hat wahrscheinlich ein Date, dachte Pauline. Genau wie ich.

Nachdenklich rührte sie im cremigen Schaum. Das Handy brummte.

Bin gleich da!

Mit einem Lächeln blickte sie auf das Display. Nicht mehr lange und sie würde hier sitzen und mit Marius flirten. Versuchen, möglichst witzig zu sein, mit ihren Fingern im Haar spielen und hin und wieder eine kleine zweideutige Bemerkung machen, die zeigte, dass sie nicht prüde war. So ging dieses Spiel doch, oder? Pauline seufzte. Sie war einfach zu lange aus der Übung. Außerdem drückten die hohen Schuhe inzwischen an der Ferse. Sie hätte heute tagsüber doch lieber die Sneakers anziehen sollen. Obwohl dann vielleicht der Juniorchef sie weiterhin übersehen hätte. Wieder ein Seufzen. Eigentlich hätte sie jetzt gerne Max von ihrer Beförderung erzählt, mit ihm eine Flasche Wein geöffnet und sich auf der Couch an ihn gekuschelt. Stattdessen wartete sie schon eine geschlagene halbe Stunde auf einen DJ, der sie in einer Bar angezwinkert hatte. Mit einem Schulterzucken sah sie wieder zur Tür. Es hatte keinen Sinn, den ausgewaschenen Jogginghosen auf der Couch nachzutrauern. Wenn sie weiter so ihre Abende gestaltete, dann lernte sie höchstens den Pizzaboten kennen und musste ihr Leben als Single beschließen. Darauf hatte sie keine Lust.

Irgendwann war ihr Milchkaffee leer. Der Kellner war aufmerksam, hatte sie schon dreimal gefragt, ob er ihr noch etwas bringen könne. Immer hatte sie mit dem Kopf geschüttelt. Nein, sie warte noch auf jemanden.

Es war schon halb zehn, als sie ihr Handy wieder aus der Tasche zog und hastig auf die Tasten tippte.

Wo bist du?

Keine Antwort.

Die Geschäftsfrauen am Nachbartisch leerten ihre dritte Runde Cocktails und verschwanden in die Nacht. Die Zwanzigjährige saß längst mit einem Mann mit Dreadlocks zusammen, die Hände neben den Weingläsern innig ineinander verschränkt. Alle anderen Tische hatten sich allmählich mit lachenden, lärmenden und glücklich aussehenden Menschen gefüllt. Nur sie saß hier. Alleine mit ihren Spitzendessous, den frisch gezupften Augebrauen und den drückenden Pumps. Und das Handy gab keinen Ton von sich.

Trotzig winkte sie den Kellner zu sich. »Einen trockenen Weißwein. Sauvignon Blanc.« Etwas anderes kam jetzt nicht infrage. Damit der Abend doch noch irgendwie ein gutes Ende hatte. Und dann nach Hause. Zurück zur Couch, auf der sie wahrscheinlich den Rest ihres Lebens verbringen würde. Vielleicht sollte sie sich eine Katze kaufen. Die konnte nicht einfach weglaufen, und sie hätte wenigstens etwas Warmes im Bett.

Etwas zu hastig setzte Pauline das Weinglas an die Lippen und nahm ein paar große Schlucke. Dann lehnte sie sich zurück, musterte noch einmal das wilde Treiben. Es sah so aus, als hätten alle ihren Spaß, nur sie nicht. Sie checkte, ob ihr Handy überhaupt noch Empfang hatte. Schaltete es probeweise aus und wieder ein. Wie lächerlich, die PIN war nach wie vor der Geburtstag von Max. Musste sie unbedingt ändern. Wenn sie die Gebrauchsanweisung finden würde. Ob die wohl in der Küchenschublade...

»Ist hier noch frei?«

Die Stimme klang vertraut. Und sie kannte die Hand, die auf den Stuhl gegenüber von ihr deutete. Verblüfft sah Pauline auf. Wollpullover. Unrasiertes Gesicht. Lächelnde Augen. Max.

»Wie...«

Sie brach ab, noch bevor sie den Satz richtig begonnen hatte. Schüttelte den Kopf und wollte noch etwas sagen, blieb dann aber doch lieber still.

Max nahm einen Schluck von ihrem Wein. Eine merkwürdig vertraute Geste, das hatte er immer getan. Blickte sie weiter aus diesen unvergleichlichen Augen an.

»Siehst gut aus!«, meinte er schließlich.

Pauline versuchte ein entschuldigendes Lächeln. »Ja, ich wollte...«

Wieder beendete sie den Satz nicht, griff verlegen zum

Weinglas. Was sollte sie sagen? Zugeben, dass sie sich für einen dämlichen DJ aufgehübscht hatte wie seit Jahren nicht – und dann in eine Bar gegangen war, in die Max sie seit Monaten hatte entführen wollen? Und sie hatte stets abgelehnt.

Er sah sie immer noch interessiert an, wartete offensichtlich darauf, dass sie weitersprach. Als sie nichts sagte, winkte er dem Kellner und bestellte zwei Gläser von dem Weißwein. Dann prostete er ihr zu, bevor er endlich anfing zu reden.

»Ich muss nicht so tun, als ob ich überrascht wäre, dich hier zu sehen. Du bist hier, weil ich es so eingefädelt habe.«

Für einen Moment blieb Pauline der Mund offen stehen.

»Blödsinn. Ich bin hier, weil ich ein Date habe und nie im Leben damit gerechnet hätte, dich hier zu treffen.«

»Und – wo ist dein Date?« Betont aufmerksam blickte Max sich um. »Kommt er noch?«

Sie zuckte mit den Achseln. »Wohl nicht mehr. Aber er hätte ja kommen können... dann würdest du jetzt nur stören.«

»Er kommt aber nicht. Glaub's mir ruhig.« Max konnte ein Grinsen nicht unterdrücken. »Ich habe Marius dafür bezahlt, dass er dir meine Nummer gibt. Habe mir extra eine neue zugelegt. Du hast immer nur mit mir gesimst. Meine Zusage, meine Absage, meine Verspätung. Ich wollte einfach mal sehen, wie viel Ehrgeiz meine Couchkönigin entwickelt, wenn sie sich wieder um etwas bemühen muss.« Er machte eine Handbewegung, die ihr komplettes Outfit einschloss. »Und ich gebe zu: Ich bin beeindruckt!«

»Was wolltest du mit diesem Spiel beweisen?«, brach es aus Pauline heraus. Ihre Stimme klang belegt. »Dass ich eine blöde Kuh bin, bei der man nur die richtigen Knöpfe drücken muss?«

»Nein.« Max schüttelte den Kopf. »Ich wollte dir nur zeigen, dass du eine wunderschöne Frau bist, der einfach alles offensteht – wenn du dich nur für einen Moment von deinem Trip in die Bequemlichkeit losreißen kannst. Du bist nur noch den Weg gegangen, bei dem du garantiert nicht ins Schwitzen kommst. Bei mir, bei der Arbeit... Pauline wollte keine Abenteuer mehr, sie wollte sich nur noch durchwursteln. Aber dafür ist mir das Leben zu kostbar, zu einzigartig. Also habe ich dich ein wenig wachgerüttelt.«

Verwirrt betrachtete Pauline den Mann, mit dem sie so viele Jahre verbracht hatte. »Du hast gar keine Freundin?«, fragte sie zögernd.

»Nein. Aber ich will eine neue Freundin: die Pauline, die vor mir sitzt. Die in eine Kneipe geht und auch mal einen Rock trägt. Karriere macht. Sich nicht nur treiben lässt.«

Pauline überlegte. Er hatte recht. Für Marius war sie über ihren Schatten gesprungen, hatte sie mehr getan als für Max. Und das nur, weil sie nicht allein sein wollte. Sie holte tief Luft.

»Ich bin da. Und ich verspreche: Ich verschwinde nicht so schnell wieder. Und jetzt muss ich dir von meinem Juniorchef erzählen...«

Sie redete weiter. Und merkte nicht, dass das Handy leise brummte. Eine Nachricht wartete auf Pauline.

Viel Glück. Marius.

Gaby Hauptmann

Spanische Liebe

Er wusste nicht, wie er es seiner Frau erklären sollte. Er hatte es schon nicht gewusst, als er das riesige Gemälde ersteigerte, viel zu groß und auffallend für ihr Haus. Und dann hatte er es auch noch als Geburtstagsgeschenk deklariert. Dabei hatte er sich in Wahrheit nur versteckt hinter dieser Ausrede. Sich und seine Gelüste, die diese fremde Frau in ihm weckte. Es war ein Selbstporträt, ein Akt in dicken Pinselstrichen. Wie hatte sie sich wohl gemalt in dieser aufreizenden Stellung? Hatte sie einen Spiegel benutzt? War sie zwischen Leinwand und Spiegel hin- und hergelaufen, den Pinsel zwischen den Zähnen, umschlossen von den rot bemalten Lippen? Er musste diese Gedanken abschütteln, sie waren zu heftig, aber sie ließen ihn nicht los.

Schon bei der Versteigerung war es ihm so gegangen. Er war in dieses Auktionshaus nur hineingelaufen, weil er es spannend fand. Es lag an einer bekannten Einkaufsstraße, zwischen Nobelboutiquen und Geschäften mit teuren Accessoires, und es hatte ihn verlockt zu sehen, wie es darin zuging.

Gerade als er sich zwischen ausladenden Rokoko-Stühlen, antiken Tischen, überladenen Vasen und Tieren aus Porzellan nach vorne kämpfte, trugen sie dieses Gemälde auf die Bühne. »Ein Selbstporträt einer spanischen Malerin«, trug der Auktionator vor. Von den Details zu deren Wirken und Werken bekam er nichts mehr mit. Die Sinnlichkeit, die dieses über zwei Meter hohe Gemälde ausstrahlte, überwältigte ihn. Dieses Lächeln. Diese Augen. Diese Brüste und diese Schenkel. Nichts an ihr war perfekt, sie war eher lasziv. Sie wollte nicht gefallen, sondern war sich ihrer Schönheit bewusst. Sie stellte sich dem Auge des Betrachters wie eine siegreiche Herrscherin, nicht wie ein durch seine Nacktheit verletzlicher Mensch.

Markus hatte nicht einmal zugehört, als der Auktionator den Preis ausrief. Er hob einfach immer automatisch die Hand, sobald es ihm richtig erschien. Er wollte sie haben, um jeden Preis.

Der Zuschlag bei 12 700 Euro überraschte ihn. Der Wert kam ihm für so eine Frau lächerlich vor, lächerlich gering. Ein bisschen schämte er sich sogar dafür, dass sie so billig weggegangen war. Dann überwog die Freude. Sie war in seinem Besitz. Kurz kam ihm der Gedanke, dass er gerade Marions und sein gemeinsames Urlaubsgeld verpulvert hatte. Einfach mal so, nebenbei. Aber ein schlechtes Gefühl wollte sich nicht einstellen. Auf die Kreuzfahrt hatte er sowieso keine Lust. Wer wollte schon mit Hunderten von Menschen wochenlang in der Karibik herumfahren, sich einen Swimmingpool teilen und fremdanimieren lassen?

Marion stand mit verschränkten Armen vor dem verhüllten Bild. Sie trug ein schmal geschnittenes, sandfarbenes Mantelkleid, hohe, offene Schuhe, hatte die schönen, vollen Haare zu einer blonden Banane gedreht und wartete. Hinter ihr standen die Geburtstagsgäste und vor ihr Markus, der bis zu dieser letzten Sekunde nicht so richtig wusste, wie er seiner Frau dieses Geschenk verkaufen sollte. Sie hatten die einzige Wand, die für ein Bild dieser Größe infrage kam, frei räumen müssen. Es war die Wand, die der Eingangstüre gegenüberlag. Dafür hatte eine praktische Kommode ihren angestammten Platz geräumt. Marion hatte ihn gleich gefragt, wo denn nun die Handschuhe und Schals für den

Winter hinsollten, und all die praktischen, kleinen Utensilien, für die man doch irgendwo eine große Schublade benötige. Markus hatte keine Antwort gewusst. Es war ihm auch egal gewesen. Er brauchte weder Handschuhe noch Schals noch irgendwelche praktischen Utensilien, er wollte vor allem eines: diese Frau. Diese fremde spanische Frau, die ihn mittlerweile bis in den Schlaf verfolgte.

Lag es an diesen Träumen oder an der Frage, warum er tat, was er tat, oder doch eher an dem unbestimmten Gefühl, dass er Marion auf irgendeine Art hinterging? Jedenfalls war sein Schlaf unruhig geworden, er fing plötzlich an zu schwitzen und wachte mit Herzrasen auf; oft musste er sich Wasser holen, weil seine Mundhöhle völlig ausgetrocknet war. Marions erster Verdacht, er könne in der Firma Probleme haben, war unbegründet. Sie fragte ihn nach einer anderen Frau, aber sie war schon seine zweite, und an eine dritte glaubte nicht mal sie. Und den wahren Grund konnte er ihr nicht sagen: Er hatte sich in das Selbstporträt einer spanischen Schönheit verliebt, die nachts aus ihrem Bilderrahmen heraus direkt zu ihm ans Bett kam. Wenn er die Augen aufschlug, sah er sie vor sich. Ihre Schenkel, mit breitem Pinselstrich gezogen, nicht muskulös, nicht fleischig, einfach nur sinnlich. Ihre Brüste, voll, aber nicht vollkommen. Fast asymmetrisch erschienen sie ihm, die linke runder als die rechte, die Brustwarzen nicht jugendlich rosa, sondern dunkelrot. Ihre Form lud ein, an ihnen zu spielen, zu drehen, zu lecken, zu saugen...An dieser Stelle hörte Markus stets auf zu denken und warf sich auf die andere Seite, um dieser Macht zu entkommen.

Jetzt standen sie alle da, erwartungsvoll, und auch Marion schaute ihn mit diesem Blick an, den sie ihm schenkte, wenn er nicht zu Potte kam.

»Ich habe für Marion die Göttin der Sinnlichkeit gesucht«, begann Markus, »weil ich in ihr meine Göttin gefunden habe. Vom ersten Augenblick an wusste ich, dass sie an meine Seite gehört, dass ich ihr bis zu meinem Lebensende verfallen sein werde...« Er machte eine kurze Pause. Es wirkte, er las es in den Gesichtern. Dieses kleine verklärte Lächeln der Frauen, das ihren Männern zeigte, wie gern sie selbst solche Worte hören würden, die leicht hinaufgezogenen Mundwinkel der Männer, die an ihr letztes Abenteuer dachten. Aber vor allem sah er den leisen Spott in Marions Augen. Es war dieses Glitzern, das er ganz besonders an ihr liebte, dieser Spott, der ihn niederhielt, solange sie die Schulmeisterin gab, und den sie wie Haarnadeln wegwarf, wenn ihr danach war. Dann kam die zweite Marion zum Vorschein, die Marion, die ihn an einem Tag unter den Bürotisch gezogen und am nächsten nicht einmal mehr zur Kenntnis genommen hatte. Sie hatte ihn völlig verrückt gemacht, und wenn er schon immer Probleme hatte, Frauen zu durchschauen, war er bei ihr vollkommen hilflos. Und je weniger Aufmerksamkeit sie ihm schenkte, umso stärker wurde sein Verlangen.

»Ich habe lange nach etwas gesucht, das diese Leidenschaft ausdrückt, dieses Begehren, dieses Füreinander-dasein, das Gefühl der vollkommenen Zusammengehörigkeit...« Markus entspannte sich. Er hatte den Dreh raus, alle Augen ruhten auf ihm. »Jeder von uns hat seinen Hausgott. Bei manchen ist es ein Buddha, bei anderen ein Kreuz oder ein Fetisch aus dem Wald. Ich aber habe unser Haus ins Zeichen der Leidenschaft gestellt. Und weil ich meine Frau nicht jedem Besucher darbieten will und kann, steht ein Symbol für die Sinnlichkeit zwischen Marion und mir.« Er griff nach dem Tuch. »Ein starkes Symbol!«

Das leichte Tuch kam ihm entgegen und enthüllte die auf Leinwand gebannte Lust. Markus beobachtete Marion, die zunächst keine Regung zeigte, dann trat er zu ihr hin und nahm sie in den Arm. »Gefällt es dir?«

»*Sie* gefällt *dir*!«

»Sie ist ein Symbol für uns!«

»Sie ist eine Bedrohung!«

Markus schaute zu der Spanierin hinüber. Es war ihm, als hätte sich die Haltung ihres Kopfes verändert, als trüge sie ihn plötzlich anders. Höher. Stolzer.

»Wenn sie dir nicht gefällt...«, Markus ließ einen enttäuschten Schatten über sein Gesicht gleiten.

»Freunde, das ist phantastisch!« Marion klatschte in die Hände und drehte sich zu ihren Gästen. »Wir werden von der Göttin der Sinnlichkeit beschützt werden, es ist wunderbar!« Sie fiel Markus um den Hals, und alle klatschten Beifall.

»Das wirst du mir büßen«, flüsterte sie in seinen Hemdkragen, und ihr heißer Atem kroch über seine Haut. Seine Härchen stellten sich auf. Er küsste sie schnell und schob sie ein Stück von sich.

»Also, auf!«, rief er in die Runde. »Wenn das kein Grund zum Feiern ist: zwei starke Frauen in einem Haus!«

»Na, da kann ja nichts mehr schiefgehen«, murmelte sein bester Freund und warf Markus einen zweifelnden Blick zu.

Marion ließ sie in der Eingangshalle hängen. »Vielleicht ist das gar nicht so schlecht«, sagte sie wenige Tage später. »So hat sie die Kontrolle über jeden, der kommt und geht, und weitere Konkurrenz wird sie nicht dulden.« Sie verzog den Mund zu einem spöttischen Lächeln und küsste Markus auf die Nasenspitze. Als Markus das Lächeln erwiderte, spürte er, dass es nicht echt war. Er fürchtete den Moment, da die Fremde vollkommen von ihm Besitz ergreifen würde. Er wagte es kaum noch, an ihr vorbeizugehen. Immer mehr beschlich ihn das Gefühl, dass sie ihn verfolgte. Was für ihn nicht unangenehm war, nur höllisch erotisch. Sie breitete sich in seiner Phantasie aus, und diese Bilder lähmten ihn. Zum Sex mit Marion fehlte ihm die Lust. Er spielte mit dem Gedanken, das Bild wieder abzuhängen oder, noch besser, es gleich weiterzuverkaufen. Doch ihm fehlte die Kraft dazu.

Und die rechte Überzeugung. Er erkannte sich selbst nicht wieder.

Und dann wusste er es plötzlich.

Er konnte diese übermächtige Sehnsucht nur bekämpfen, indem er sie stillte. Er musste die Frau auf dem Bild in natura sehen, er musste die Malerin aufsuchen und entweder mit ihr schlafen oder von ihr hinausgeworfen werden. Jedenfalls musste er irgendetwas unternehmen.

Er setzte sich an seinen Computer und begann, wie wild zu recherchieren. Dorbeta Rodriguez war aus Madrid. Im Internet fand er die Adresse ihres Ateliers und suchte in den Weiten des Webs ein Selbstporträt nach dem anderen. Stundenlang surfte er im Netz und druckte die Bilder aus. Alle waren sinnlich, fand er, liegend, stehend, mit oder ohne Tuch, leicht oder gar nicht verhüllt, aber keines reichte an seines heran. Sein Akt besaß noch etwas anderes, eine Magie, die den anderen abging. Es war, als stecke die Künstlerin selbst in diesem Bild.

Die Chance bot sich, als Marion zu ihrem jährlichen Mädelsausflug aufbrach. Kaum war sie aus dem Haus, saß Markus schon im nächsten Flieger nach Madrid. Er hatte keine Vorstellung von dem, was ihn erwarten würde, und wollte sich auch keine näheren Gedanken machen. Doch er konnte es nicht verhindern, dass sich quälende Fragen in sein Unterbewusstsein schlichen und ihn vom Schlafen abhielten. Was, wenn er ihr komplett verfallen würde? Wenn sie in Wirklichkeit noch mächtiger wäre als auf dem Bild? Würde er dann seine bürgerliche Existenz für ein völlig anderes Leben aufgeben, eines im Chaos zwischen Kunst, Lust und Pizza aus der Schachtel? War er mit fünfundvierzig nicht zu alt für solche Spiele? Oder war jetzt genau der richtige Zeitpunkt, um das Ruder noch einmal herumzureißen, sein Leben neu anzufangen, es völlig neu zu begreifen? War er nicht schon ein alter Spießer geworden mit seinem Haus, seinem Wagen und seiner teuer gekleideten Frau? Er spürte feine Schweißperlen auf der Stirn.

Das passierte ihm in letzter Zeit immer wieder. Sein inneres Ich rebellierte, irgendetwas in ihm probte den Aufstand. Doch gegen wen? Gegen was? Er kam sich selbst nicht auf die Schliche, aber die ständige Unruhe zehrte an seinen Kräften.

In Madrid hatte er ein Mittelklassehotel gebucht. Er hatte genug Geld abgehoben, um alles bar zu bezahlen. Bloß keine Spuren hinterlassen, dachte er. Er hatte Marion nie etwas von diesem Ferienkonto gesagt. Die Finanzierung ihrer gemeinsamen Ferien war immer seine Sache gewesen. Reisen, Hotels, Restaurants – dafür war er zuständig. Marion brachte ihr Geld im Haus ein. Haushalt, Garten, Heizöl. Den Rest bestritten sie mal so, mal so. Dass jetzt 12 700 Euro fehlten, konnte er ihr nicht beichten. Schon gar nicht, wenn sie dafür auf ihren heiß ersehnten Urlaub verzichten musste. Vielleicht fiel ihm vor der Landung ja noch eine gute Erklärung ein. Oder es kam der lang ersehnte Lottogewinn. Oder er würde einen entsprechenden Auftrag an Land ziehen.

Während er in der Gepäckausgabe des Flughafens auf seinen Koffer wartete, fragte er sich, was er hier eigentlich tat. Er reiste einem Gemälde hinterher, das längst in seinem Haus hing. Es war ein Akt, ein Frauenakt, weiter nichts. Aber kaum dachte er daran, spürte er das altbekannte Ziehen im Magen. Gleich würde er eine Gänsehaut bekommen, die leicht an den Unterarmen anfing und über Oberarme, Schultern und Nacken den Rücken entlang nach unten lief. In ihm zog sich alles zusammen, und er war froh, als er aus dem Flughafengebäude in die warme Sonne trat.

An der Rezeption des Hotels musste er feststellen, dass es die Straße des Ateliers in Madrid offensichtlich nicht gab. So weit hatte er gar nicht gedacht. Warum auch? Konnte es sein, dass der Straßenname falsch geschrieben war, fragte er die junge Frau auf Englisch, aber die schüttelte nur den Kopf und schob ihm einen Stadtplan hin. Er hasste diese Dinger, mit denen alle Touristen herumliefen, ein dickes Kreuz über dem eigenen Hotel, damit auch der Dümmste den Weg zurück findet. Er nahm seinen Kuli und fuhr die Reihe der Straßen mit dem Anfangsbuchstaben G hinunter. Tatsächlich, sie hatte recht. Lag das Atelier womöglich in einem anderen Stadtteil? Sollte er sein Handy anschalten und die Straße über Google Maps suchen? Aber dann wären die Roaming-Gebühren auf seiner Abrechnung zu sehen. Wenn Marion die in die Hände bekäme!

Markus schob ein ausgedrucktes Selbstporträt über die Rezeption. Die junge Frau warf einen Blick darauf und zuckte mit den Schultern. Markus merkte, dass bereits andere Hotelgäste hinter ihm warteten. Er nahm seine Zimmerkarte, bedankte sich und fuhr in den fünften Stock.

So, dachte er, immerhin. Jetzt bist du in Madrid. Ist ja auch schon was, so ein Abenteuer, nur für dich allein.

Doch wo sollte er jetzt zu suchen anfangen? Er klappte seinen kleinen Koffer auf, entschied sich aber, seine Kleider nicht auszupacken. Wozu auch, machte nur doppelte Arbeit. Sein Necessaire deponierte er im schwarz gekachelten Badezimmer. Vor dem Spiegel fuhr er sich mit der Bürste durch die Haare. Immerhin hatte er noch welche, einige seiner Freunde hatten bereits erhebliche Verluste erlitten und pflegten jedes übrig gebliebene mit Akribie. Er begutachtete seine Zähne und sein Kinn. Die Haut seiner Wangen kratzte ein wenig, und wenn er den Vergrößerungsspiegel zu Hilfe nahm, der hier beleuchtet an der Wand hing, war gut zu sehen, dass sich die Bartstoppeln zu den Ohren hin schon hell färbten. Sollte auf manche Frauen sexy wirken, hatte er gehört. Für ihn war das nur ein Zeichen beginnenden Alterns, und das fand er wenig sexy. Aber sonst... Er drehte den Kopf langsam von links nach rechts und wieder zurück. Er sah recht gut aus. Markant, hatte Marion einmal gesagt. Das gefiel ihm. Kantig und markant, ziemlich männlich klang das. Das konnte sich sehen lassen. Ob die Fremde das auch so sehen würde?

Wo sollte er mit der Suche anfangen?

Er steckte Handy und Geldbeutel in seine Jackentasche, dazu den dusseligen Stadtplan und den Ausdruck eines Selbstporträts. Das Glück würde ihn leiten, da war er sich sicher.

Er hatte in seinem Leben immer Glück gehabt.

Zunächst sah es nicht so aus. Aufs Geratewohl betrat er in der Innenstadt die nächste Kunsthandlung, aber die sahen ihn nur verwundert an. Außerdem wollten sie ihm ein eigenes Bild verkaufen und ihn nicht an ein anderes Atelier verweisen. Er hatte Mühe, aus dem Laden wieder herauszukommen.

Er fragte den nächsten Taxifahrer, der in seiner zerbeulten Kutsche in einem Magazin blätterte. Der hatte offensichtlich auch keine Lust, ihm nur eine Auskunft zu geben. Er nickte wissend und deutete nach hinten zur Rückbank. Markus war sich nicht sicher, ob ihm das weiterhelfen würde, aber irgendwo musste er ja anfangen. Er stieg ein. Der Geruch im Taxi irritierte ihn, eine Mischung aus feuchtem Teppichboden und frischer Lackfarbe.

Eigentlich wollte er gleich wieder aussteigen, aber der Fahrer hatte sich bereits nach ihm umgedreht und ließ ihn nicht mehr aus den Augen. Ergeben reichte Markus die Seite mit dem Selbstporträt von Dorbeta Rodriguez nach vorne. Die Augen des Fahrers verengten sich, seine Kiefer unter der welken, braunen Haut hörten kurz auf zu mahlen, dann schob er seinen Kautabak mit der Zunge von der linken in die rechte Wange. Schließlich nickte er ihm zu.

»Kennen Sie ihr Atelier?« Markus stockte der Atem.

Der Fahrer reichte ihm das Blatt zurück.

»One hundred«, sagte er.

Markus glaubte, sich verhört zu haben.

»One hundred?«, wiederholte er skeptisch. »One hundred? Why?«

»Two hundred!«

»Why do you want such a lot of money?«

Wofür um alles in der Welt sollte er so viel Geld zahlen? Kannte der Mann das Atelier wirklich? Lag es möglicherweise sehr weit von Madrid entfernt? Oder wollte der Gute ihn einfach nur ausnehmen?

»Three hundred!«

Dreihundert? Eine Vervielfachung des Preises im Minutentakt? Jetzt wurde es Markus zu dumm. Er griff nach dem Türöffner.

»Ich kann Sie zu ihr bringen!« Das ausgezeichnete Deutsch ließ ihn aufblicken. Wieder waren die Augen des Fahrers stechend auf ihn gerichtet.

»Und was soll daran so teuer sein?«, wollte Markus wissen.

»Sie werden sie nicht finden. Keiner findet sie. Aber ich kenne sie. Sie haben großes Glück.«

»Und das ist sicher?«

»Ich habe lange genug in Deutschland gelebt, um zu meinem Wort zu stehen.«

Markus sagte nichts mehr. Er kratzte sich am Kopf. Was, wenn der Taxifahrer log? Doch viel wichtiger: Was, wenn er die Wahrheit sagte? Er würde sich eine mühsame Suche ersparen, bei der er viel Geld ausgeben würde, für unzählige Taxen, Galerien, Informanten... Wer konnte schon sagen, was da noch alles auf ihn zukam?

»Und woher weiß ich, dass Sie die Wahrheit sagen?«

Das Kichern war untypisch für einen Spanier, zu hoch. Wie in einem schlechten Theaterstück, fand Markus. Das Kichern des Beelzebub, der auf seine dunkle Chance lauert.

»Hundertfünfzig jetzt und hundertfünfzig, wenn Sie das Atelier gefunden haben. Das ist ein Risiko für beide Seiten.«

Markus runzelte die Stirn. »Na, aber doch eher für mich?«

Der Fahrer zuckte die Achseln und schob seinen Kautabak wieder auf die andere Seite.

»Dorbeta Rodriguez ist doch keine unbekannte Frau, ihre Bilder sind überall auf der Welt zu kaufen. Sie werden ja nicht der einzige Taxifahrer in Madrid sein, der dieses Atelier kennt!«

»Probieren Sie es.« Der Fahrer wies zu Tür. »Spätestens morgen werden Sie nach mir suchen.«

Was sind schon dreihundert Euro, versuchte Markus sich selbst zu überzeugen. Wenn ich sie heute finde und geschieht, was ich mir erhoffe, bleiben bis zum Abflug noch fast achtundvierzig Stunden. Wenn ich diese Chance vertue und sie erst morgen finde, ist es nur noch die Hälfte.

»Zweihundert«, sagte er. »Mehr kann ich nicht zahlen. Will ich auch nicht!«

Der Fahrer nickte und hielt seine offene Hand flach nach hinten. Hundert wären wahrscheinlich auch gegangen, ärgerte sich Markus, und legte zwei Fünfzigeuroscheine in die helle Handfläche mit den dunklen Linien.

Dann lehnte er sich zurück.

Der Anlasser rasselte gefährlich, aber der Motor sprang an. Mit einem Ruck setzte sich der Wagen in Bewegung. Bald hatte Markus die Orientierung verloren. Als die Straßen enger und immer schlechter wurden und die Häuser nicht mehr malerisch-morbide, sondern armselig und verwahrlost wirkten, kamen ihm Zweifel. War es möglich, dass eine erfolgreiche Malerin in diesem Viertel lebte? Brauchte man als Künstler vielleicht diese Umgebung, um kreativ zu sein? Die Boheme hatte ja immer schon anders gelebt, redete er sich ein, ob in Frankreich, Italien oder Deutschland. Die wahre Kunst blühte in der Subkultur und verachtete das blutleere Glamourleben. Das wusste schließlich jeder.

Trotzdem kontrollierte er sein Handy auf Empfang. Im Notfall wollte er wenigstens um Hilfe rufen können. Wie und wen, diese Fragen klammerte er bewusst aus.

Die Wagenbremse schlug stockend an, und mit einem Zittern kam das Taxi vor einem fabrikähnlichen Gebäude zum

Stehen. Eine Art Loft, ging es Markus durch den Kopf, dachte ich mir's doch.

Bei genauerem Hinsehen sah das Gebäude weniger nach einem Loft als nach einer Bruchbude aus. Ein nüchterner, asphaltierter Vorplatz, aus dem in zahlreichen Rissen das Unkraut spross, führte zu einem grauen, kahlen Gebäude mit großen, blinden Fenstern. Einzig die kobaltblaue, verwitterte Holztüre, die offenbar nachträglich eingebaut worden war, versprühte einen gewissen Charme. Markus zögerte. Er glaubte nicht daran, hier seine Göttin zu finden.

»Gehen Sie«, sagte der Fahrer.

»Was soll ich da?«

»Sie wollten zu Dorbeta Rodriguez. Hier finden Sie sie.«

Okay, dachte Markus. Ihr Atelier. Das war schon möglich. Wohnen konnte die Göttin der Sinnlichkeit immer noch woanders. Vielleicht in einem der alten, wunderschönen Häuser in der Innenstadt, oder eher modern etwas außerhalb. Diese Umgebung brauchte sie vielleicht als Inspiration, als Abwechslung. Und noch hatte er das Gebäude nicht von innen gesehen. Immerhin war es recht groß, das ließ viele Gestaltungsmöglichkeiten offen.

»Gut«, sagte er. »Aber Sie warten!«

»Ich bekomme noch hundert Euro von Ihnen.«

Markus nickte. Die würde er bekommen.

Die Erregung packte ihn. Er war kurz davor, der Frau seiner Träume gegenüberzustehen, seinem Wunschbild, das ihn überallhin begleitete, seinem willkommenen Albtraum, der nachts mit feuchten Schenkeln an seinem Bett stand und ihm den Schlaf raubte. Als er auf die Holztüre zuging, spürte er die Blicke des Taxifahrers im Rücken und die Sonne heiß im Nacken brennen. Er fühlte das Begehren aufsteigen, das ihn so viele Tage und Nächte begleitet hatte.

Wie würde er sie antreffen? Malte sie sich gerade? Würde sie gestatten, dass er ihr dabei zusah?

Er würde sich still verhalten, in einer Ecke sitzen und ihr zusehen, wie sie zwischen Leinwand und Spiegel hin- und herging, wie sie jede ihrer Posen auf die Leinwand brachte, die Schenkel etwas geöffnet, die Brüste geschwollen, im Bauchnabel ein Schweißtropfen der Lust. Nur seine Blicke würden sie verfolgen, er selbst würde sich nicht bewegen und sich gedulden, die Erregung steigern, den Höhepunkt hinauszögern, bis sie Zeit für ihn hätte, bis sie den letzten Pinselstrich gesetzt hätte und ihm die Hand reichen würde.

Bei dieser Vorstellung wurde ihm fast schlecht.

Er sah keine Klingel, keinen Türklopfer, nichts. Langsam drückte er die verzierte Türklinke hinunter. Sie gab widerstandslos nach. Auch die Scharniere der alten Holztüre quietschten nicht, als er sie langsam aufdrückte. Ein langer, dunkler Flur schloss sich an, von dem rechts und links kleine, leere Zimmer abgingen. Am Ende des Ganges war eine Tür, unter der ein Spaltbreit Licht zu sehen war.

Markus holte tief Luft und ging auf sie zu. Vor der Türe blieb er stehen. Sollte er klopfen oder einfach hineingehen? War es nicht unverfroren, unaufgefordert einzudringen? Was, wenn sie tatsächlich nackt war und ihn für einen Einbrecher hielt? Wie konnte er ihr vermitteln, warum er gekommen war und was er fühlte?

Er schob die Türe langsam auf.

Das Licht war hell und kam aus einem Strahler, der auf eine große Leinwand gerichtet war. Dort nahm Dorbeta Rodriguez gerade Form an. Markus spürte sein Herz schlagen. Dorbeta saß seitlich zu ihm, die Beine angewinkelt, die langen Haare über den Rücken geworfen, das Gesicht dem Betrachter zugewandt. Auch wenn Dorbeta Rodriguez erst im Entstehen war, so spürte Markus doch sofort ihren Blick. Sie hatte ihn im Visier, es war wie zu Hause.

Dann suchte sein Blick das Original. Er trat einen Schritt herein.

»Hola?« Das war das Einzige, was er auf Spanisch konnte.

Eine Figur löste sich aus einer Ecke des Raums, eine Farbtube in der Hand, und kam auf ihn zu. Es war ein Mann. In seinem übergroßen Wollpullover wirkte er schmal, fast schon zerbrechlich. Über seine Haare hatte er eine dunkle Wollmütze gezogen. Im Licht sah Markus, dass sein Gegenüber älter war als er selbst. Beträchtlich älter.

»Hola«, grüßte der Mann zurück und wartete ab.

Markus trat vor und entschuldigte sich auf Englisch für sein Eindringen, er suche Dorbeta Rodriguez.

Der Alte nickte und zeigte mit seiner Farbtube auf die Leinwand. »Sie können es kaufen«, erklärte er auf Deutsch.

»Ich habe schon eines von ihr. Ein großes, wunderschönes Selbstporträt, einen genialen Akt. Jetzt komme ich, um die Künstlerin persönlich kennenzulernen!«

»Das ist sie«, sagte der Mann und wies zur Staffelei.

»Ja, das weiß ich«, antwortete Markus bemüht freundlich. Kapierte der Alte denn nicht, was er wollte?

»Ist Dorbeta Rodriguez selbst denn nicht da? Soll ich später wiederkommen? Oder morgen? Kann ich ihr meine Handynummer hinterlassen?«

»Sie können ein Bild kaufen«, sagte der Mann erneut. »Das ist sie. Eine andere Dorbeta Rodriguez gibt es nicht.«

Markus starrte ihn an.

»Was wollen Sie damit sagen?«

»Sind Sie Journalist? Oder Kunsthändler?«

Markus schüttelte stumm den Kopf.

»Einfach nur Liebhaber?«

Markus schaute ihn an. Der Alte war vor ihm stehen geblieben.

»Nun, gut«, sagte der nach einer Weile, und ein tiefgründiges Lächeln zog sich über sein faltiges Gesicht. »Wenn Sie mich lieben wollen, bitte. Ich bevorzuge allerdings Frauen. Schöne Frauen. Frauen wie Dorbeta Rodriguez.«

Markus schluckte.

»Dorbeta Rodriguez ist nur Ihr ... Modell? Sie malt sich gar nicht selbst? Sie...« Seine Kehle schnürte sich zu. Allein der Gedanke daran tat ihm weh. »*Sie* porträtieren Dorbeta Rodriguez in all diesen... Stellungen?«

Er spürte, wie ihm übel wurde. Die Göttin der Sinnlichkeit nackt vor diesem Gespenst im alten Wollpullover? Dessen lüsterne Phantasien wollte er sich nicht einmal vorstellen. Was, wenn er sie auch anfasste? Wenn sie seine Muse war?

Es ekelte ihn.

»Wollen Sie nun ein Bild kaufen?«, riss der Alte ihn aus seinen Gedanken.

»Nein, ich wollte eigentlich die Künstlerin sehen, ich wollte Dorbeta Rodriguez kennenlernen.«

Der Alte wandte sich ab und schlurfte zu seiner Staffelei. »Dorbeta Rodriguez ist das Produkt meiner Phantasie«, sagte er über die Schultern zu Markus. »Sie schürt das Verlangen der Männer, sie verspricht Dinge, die keine Frau halten kann. Sie nistet sich bei ihnen ein und weckt die Sehnsucht nach der vollkommenen Sinnlichkeit. Und jeder träumt von ihrem leibhaftigen Ebenbild, der Vorlage aus Fleisch und Blut, und stellt sich ihre Hingabe vor. Zum Schluss landen sie alle hier.«

Instinktiv drehte sich Markus zur Türe um.

Das heisere Lachen des Alten holte ihn zurück.

»Alle landen hier?«, fragte er ungläubig.

»Die meisten Taxifahrer wissen inzwischen Bescheid«, sagte der Alte. »Wir teilen uns das Taxigeld.« Er hob beide Hände zum Himmel. »Aber wenn Sie jetzt wieder gehen, sind Sie wenigstens Ihre Traumfrau losgeworden und können wieder ruhig neben Ihrer Frau schlafen. Das ist das bisschen Geld doch wert, oder nicht?«

Wenn sich sein Billigflug hätte umbuchen lassen, wäre Markus direkt zurückgeflogen, so entblößt und so pubertär kam er sich vor. Aber einen weiteren Flug wollte er nicht bezahlen, und so trieb er sich den nächsten Tag ziellos in Madrid herum. Er war heilfroh, als er wieder in seinem Wagen saß und den Flughafen weit hinter sich gelassen hatte.

Marion hatte ihm bereits gesimst, dass sie wieder zurück sei und eine kleine Überraschung für ihn habe. Wo er denn überhaupt stecke?

Sollte er weiter lügen? Er nahm sich vor, ihr alles genau zu erzählen. Und auch die kalte Dusche nicht auszulassen, die ihn wieder zur Vernunft gebracht hatte. Direkt danach würde er Dorbeta Rodriguez zur nächsten Auktion tragen und hoffen, dass das Geld für die Kreuzfahrt wieder zusammenkommen würde.

Es wird alles wieder gut werden, sagte er sich. Das zeigte sich schon daran, dass Marion etwas Schönes vorbereitet hatte. Sicherlich hatte sie etwas Feines gekocht oder eine besonders gute Flasche Wein gekauft, vielleicht war die kleine Überraschung auch aus schwarzer Spitze. Dieser Gedanke gefiel ihm am besten.

Zufällig trafen sie sich vor der Garageneinfahrt. Beide ließen ihre Wagen stehen, stiegen aus und nahmen sich in den Arm.

»Bist du wieder da?«, fragte Marion nach einer kurzen Weile mit eindrücklicher Stimme.

Markus nickte.

So viel Feingefühl war ganz seine Marion. Sie hatte ihn voll durchschaut, er brauchte nichts mehr zu erklären. Dafür liebte er sie umso mehr.

»Sollen wir sie gleich abhängen?«, fragte er.

Marion zuckte die Achseln. »Sie tut ja niemandem etwas.«

Markus nahm sich trotzdem vor, sie schnellstmöglich zu verkaufen. Als Marion die Haustüre öffnete, war er gespannt, wie das Gemälde auf ihn wirken würde. Leblos? Unbedeutend? War der Zauber tatsächlich dahin?

Markus trat ein. Das lebensgroße Gemälde eines gut aussehenden Mannes empfing ihn. Er erstarrte.

»Sieht ein bisschen aus wie George Clooney, findest du

nicht?«, verkündete Marion stolz. »Jedenfalls finde ich, dass er eine tolle Ausstrahlung hat.«

»So, hat er?« Markus schluckte trocken. »Und...wo hast du das her?«

»Gekauft«, Marion lächelte ihn selig an. »Dazu wollte ich dir noch etwas sagen. Es könnte sein, dass es diesen Winter etwas kalt wird...Ich habe nämlich gerade das Heizöl abbestellt.«

Katharina Gerwens

Die Dortmunder Offenbarung
oder Not am Mann

»Du bringst ihn dann mit, nicht wahr?«, fragte ihre Mutter erwartungsvoll.

Sabrina wusste im ersten Moment nicht genau, was sie meinte. Doch dann stieg eine schreckliche Vorahnung in ihr auf, und sie musste sich erst einmal setzen.

»Was soll ich mitbringen?«, fragte sie so harmlos wie möglich und hoffte insgeheim, ihre Mutter würde sagen: »einen Kuchen«, »deine eigene Bettwäsche« oder »einen Gartenzwerg für den Vorgarten«. Denn Gartenzwerge waren wieder einmal in Mode und hatten sich in der Nachbarschaft ihrer Eltern breitgemacht. Nur ihr Vater wollte für so etwas kein Geld ausgeben.

Sabrina fand, dass ihr Vater recht hatte. Dabei hätte sie hundert Gartenzwerge gekauft und eigenhändig auf einer Schubkarre in ihr Dorf gerollt, wenn die Mutter dafür das heikelste aller Themen nicht angesprochen hätte. Aber da war es schon zu spät.

»Deinen Freund«, ergänzte die Stimme am Telefon sanft. »Ich hab nämlich schon allen von ihm erzählt.«

Sabrina spürte Schweißtropfen auf ihrer Stirn.

»Gell, das machst du?«, hakte die Mutter nach, und Sabrina, die es gewohnt war, immer genau so zu reagieren, wie man es von ihr erwartete, murmelte ein leises »Ja«.

Das Ganze hatte einen Haken.

Sie hatte keinen Freund. Und sie brauchte auch keinen. Noch nicht.

Dieser geheimnisvolle Supermann, mit dem sie angeblich die Wochenenden verbrachte und während der Woche einmal ausging, meistens mittwochs, war nur erfunden worden, damit die Eltern nicht dauernd mit einer Mischung aus Sorge und Mitleid fragten: »Bist du auch nicht zu viel allein? Hast du denn jemanden, der sich um dich kümmert?«

»Klar«, hatte sie deshalb eines Tages geheimnisvoll geantwortet. Und so war die Phantasiefigur Sebastian in ihr Leben getreten.

Immer wenn die Eltern nach ihm fragten, erfand sie neue Details, kleine Geschichten, Dinge, die sie angeblich zusammen erlebt hatten. Sätze wie: »Ach ja, gestern waren wir einkaufen. Sebastian wollte eigentlich einen Anorak, aber dann ist es doch eine Lederjacke geworden. Finde ich auch schicker«, kamen ihr mit der Zeit immer leichter von den Lippen.

Logisch, dass die Eltern sich aus ihren Erzählungen wiederum einen Mann zusammenbastelten, der ausschließlich über die allerbesten Eigenschaften verfügte, sich rührend um Sabrina kümmerte und sich, ebenso wie sie, in der Fachhochschule für Finanzen zum Nachwuchsbeamten der Steuerverwaltung ausbilden ließ.

Sabrina galt als Anwärterin auf den mittleren Dienst, und weil ihre Eltern von Sebastian so begeistert waren, unterstellten sie ihm natürlich den Lehrgang für den gehobenen Dienst und hatten sich in die wildesten Spekulationen verstiegen. »Noch seid ihr Finanzanwärter. Lernt ordentlich, dann könnt ihr später eine eigene Kanzlei aufmachen. Steuerberater verdienen gut. Das ist die Zukunft.« Mutter und Vater Bröker hatten Sabrinas Leben fest im Griff.

Was sie nicht wussten, war, dass die Hälfte des Materials, mit dem sie dieses Leben formten, gar nicht existierte.

»Am meisten freut es mich, dass wir es Tante Edith mal so richtig zeigen können«, fuhr die Mutter am Telefon fort. »Die kommt jeden Tag vorbei und singt Loblieder auf ihre verwöhnte und verzogene Tochter. Ständig heißt es: Heike hat dies gesagt, und Heike hat das gesagt. Dabei ist die doch nur Verkäuferin, und du hast die Fachhochschulreife. Aber so was zählt für Edith nicht. Heike geht als Model, hat Edith gestern gesagt. Eine maßlose Übertreibung, denn deine Cousine führt gerade mal auf der Modenschau des Ladens, in dem sie sowieso arbeitet, ein paar Mäntel vor, aber einen Aufstand machen die deswegen, als hätte Heike schon den ersten Preis von *Germany's next Topmodel* gewonnen. Ach, Kind, ich kann dir gar nicht sagen, wie glücklich wir sind, dass ihr was Ordentliches studiert und was aus eurem Leben macht. Edith wird sich noch wundern. Sie und ihr verhätscheltes Gör, die übrigens jetzt auch einen Freund hat. Das wird einer sein, weißt du, der fährt Motorrad.« Sie schien sich zu schütteln. »Also, wir sind ja so froh, dass du unseren Sebastian mitbringst. Dann werden wir ja sehen, wer der Bessere ist.«

Zack, das war ein Schlag unter die Gürtellinie. Sabrina schluckte und schwieg.

Unseren Sebastian. Ging das nicht alles ein wenig zu weit?

»Die Einladungen habe ich übrigens schon in Druck gegeben. Sie werden dir gefallen«, sagte die Mutter nun voller Vorfreude. »Wir freuen uns auf euch. Bis dann.«

Sabrina drückte die Verbindung weg und spürte, wie ihr der kalte Schweiß den Nacken hinunterrann. Ihr gefiel es gar nicht, dass sie inzwischen offensichtlich zu einem Werkzeug mutiert war, mit dem ihre Mutter die jüngere Schwester und deren Tochter Heike übertrumpfen wollte.

Ort und Anlass der Austragung dieses Gefechts würde die Silberhochzeit ihrer Eltern sein. Ein Termin, der seit immerhin vierundzwanzigeinhalb Jahren feststand. Und das ärgerte Sabrina am meisten. Darauf hätte sie sich wirklich besser vorbereiten können.

Dieses Phantom namens Sebastian als Elternberuhigungs-
formel war zwar grundsätzlich gut und schön, aber jetzt
hatte sie ein gewaltiges Problem. Die einzige Möglichkeit,
der ganzen Geschichte aus dem Weg zu gehen, wäre eine
Dienstreise ans Ende der Welt gewesen – aber noch nie
waren Finanzanwärter als Betriebsprüfer nach Australien
oder Neuseeland geschickt worden. Und so, wie sie ihren
Vater und ihre Mutter kannte, würden die doch glatt eine
Petition an den Finanzminister einreichen und in diesem
besonderen Fall und aus Gründen des Ehejubiläums eine
Rücknahme der Dienstreiseanordnung ihrer einzigen Tochter nebst ihres Verlobten Sebastian beantragen.

Dann wäre sowieso alles herausgekommen.

Sie hätte einfach ehrlich sein und klipp und klar sagen sollen: »Es gibt keinen Sebastian.« Oder sie hätte eine weitere
Lüge auftischen müssen: »Sebastian hat mich verlassen.«

»Was, nach allem, was zwischen euch war?«, würde die
Mutter entsetzt fragen und in übertriebener Fürsorge vor-
schlagen: »Gib mir seine Nummer, ich rede mit ihm. Der
weiß ja gar nicht, was für einen wunderbaren Menschen er
in dir gefunden hat. Oder noch besser, ich komme nach
Nordkirchen, und wir setzen uns in aller Ruhe zusammen.
Vati bringt mich.« Und damit hätte sich das Unglück noch
potenziert.

Sabrina hegte schon seit Langem den Verdacht, dass sie
das Beweismittel war, mit dem ihre Eltern der ganzen Welt
verkündeten: Wir haben es richtig gemacht. Unser Leben
hat einen Sinn. Aus unserem Kind ist etwas geworden!
Allein um sich diese Bedeutung zu erhalten und sie weiter
auszubauen, mischten sie sich in alles ein, meinten es
immer nur gut und glaubten tatsächlich, alle Probleme ihrer
Tochter aus dem Weg räumen zu können. Wie riesige
Schneeräummaschinen auf winterlichen Autobahnen.

Hatte nicht Gottfried Benn einmal gesagt: »Das Gegenteil
von gut ist gut gemeint«?

Sabrinas Eltern meinten es immer zu gut. Sie konnten sich beim besten Willen nicht vorstellen, dass sie selbst das einzige wirkliche Problem im Leben ihres Kindes darstellten.

Aber diese Suppe hatte sie sich selbst eingebrockt und würde sie auslöffeln müssen. Mit allem Drum und Dran.

Kurz nachdem Sabrina ihren Studienplatz als Finanzanwärterin und Nachwuchsbeamtin der Steuerverwaltung angetreten und sich – natürlich dank des unermüdlichen Einsatzes von Mama und Papa – in einer kleinen Wohnung in der Nähe des Schlosses Nordkirchen eingerichtet hatte, beschloss sie, ein wenig Klarheit in ihr Leben zu bringen, was in diesem speziellen Fall so viel hieß wie: einen Blick in die Zukunft zu werfen.

Die Wahrsagerin im nahe gelegenen Dortmund war ihr von ihrer Freundin Anna empfohlen worden, die vor allem deswegen die Seriosität dieser Frau pries, weil ihr in einer Sitzung vorausgesagt worden war, dass sie sich erstens von ihrem damaligen Freund trennen und zweitens innerhalb einer Woche vom Mann ihres Lebens angerufen werden würde. Und genau so war es dann auch gekommen. Jetzt war Anna glücklich. Der Mann ihres Lebens hatte sich einfach nur verwählt. Anna und er waren ins Plaudern gekommen, hatten sich sympathisch gefunden und waren nun ein Paar. Und das alles wegen eines Zahlendrehers.

Auch Sabrina wollte wissen, wie sich ihr Leben entwickeln würde, worauf sie sich mit diesem Studium eingelassen hatte, ob es Zahlendreher oder sonstige Zufälle gäbe und mit welchen Gefahren zu rechnen war.

Die Beratung hatte eine knappe Stunde gedauert und achtzig Euro gekostet. Die weise Frau, an der nichts Magisches und schon gar nichts Übersinnliches war und die Sabrina eher an eine Drogeriefachverkäuferin denn an eine Hexe erinnert hatte, trug die Fingernägel rosa lackiert, hatte einen dezenten lindgrünen Lidschatten und war etwa so alt wie Sabrinas Mutter.

Sie kredenzte ihrer Mandantin einen Kräutertee, ließ sie die Karten mischen und mit der linken Hand drei Häufchen abheben, studierte Sabrinas Handlinien und gab lächelnd, aber auch ein wenig wehmütig, Diagnosen ab, in denen sich die Worte »warten«, »fleißig sein«, »arbeiten«, »noch nicht«, »Geduld« und »Beharrlichkeit« häuften.

»Liebe?«, hatte Sabrina eher neugierig als hoffnungsvoll gefragt und dabei an die Prophezeiung gedacht, die für Anna in Erfüllung gegangen war.

»Da sehe ich augenblicklich nichts. Das kann noch etwas dauern. Längere Zeit, würde ich sagen. Ehrlich gesagt: ziemlich lange noch.« Tröstend hatte sie hinzugefügt: »Sie ist Ihnen aber gewiss, die Liebe, denn schauen Sie mal...« Und sie hatte auf eine Kartenkombination mit einer Herz-Acht gezeigt: »Im Alter werden Sie glücklich sein.«

Allerdings hatte die Wahrsagerin ihr nicht verraten, dass so eine wie Sabrina niemals ihre Eltern belügen dürfe, weil darin der Anfang allen Unglücks läge.

Diese »Dortmunder Offenbarung«, wie Sabrina sie insgeheim zu nennen pflegte, war der Grund, warum sie ihr Leben in ein symbolisches Schließfach gelegt und dort eingeschlossen hatte wie Goldbarren in einen Safe. So konnte ihr und ihrem zukünftigen Glück nichts passieren. Beides würde wachsen und reifen und dabei an innerem wie auch an materiellem Wert gewinnen. Das war beruhigend. Besonders tröstlich aber war auch, sich erst einmal nichts erhoffen, sich nichts wünschen zu müssen, sondern sich ganz allein darauf konzentrieren zu können, die Dinge des Alltags so gut wie möglich zu bewältigen und die Beste ihres Jahrgangs zu werden. Das wahre Leben würde später kommen. Noch wuchs es in einer fernen Ecke still vor sich hin, vermehrte sich und neigte sich ihr erwartungsvoll entgegen.

Ganz anders ihre Mitstudenten, die nichts von einem fernen Glück wussten und alles im Hier und im Jetzt haben, fühlen und erleben wollten. Was für ein Stress! Und so viele Baustellen gleichzeitig. Sie konnten sich auf nichts konzentrieren und ähnelten auf eine peinliche Weise Sabrinas blöder Cousine Heike, deren Lebenssinn darin bestand, sich an den Wochentagen eine Traumfigur anzuhungern, sich hip anzuziehen und dauernd beim Friseur aufzukreuzen. Am Wochenende hatte sie in irgendwelchen Clubs herumgehangen und dort mit knallrotem Mund, verwegener Frisur und groß geschminkten Augen auf ihren Traumprinzen gewartet. Und was war der Lohn all dieser Mühen? Ein lächerlicher Typ in Motorradkluft. Das jedenfalls behauptete Sabrinas Mutter.

Auch die männlichen Nachwuchsbeamten in ihrem Semester schienen permanent in irgendwelchen Startlöchern zu hocken und unter Strom zu stehen. Hektisch zogen sie in den Pausen an ihren Zigaretten und gaben unumwunden zu, dass ihnen die Steuergesetze augenblicklich weitaus weniger am Herzen lagen als die Frage, wohin ihr Leben steuern würde und wie lange und wie oft man ein Ruder eigentlich herumreißen konnte.

Wie wohltuend war da die Gewissheit, dass das eigentliche Leben erst später begänne. So konnte Sabrina voller Gelassenheit den hilflosen Aktionen und Verzettelungen der anderen zuschauen und sich dabei ganz auf ihre Ausbildung konzentrieren.

Doch mit dieser Ruhe war es nun vorbei – und das alles nur, weil ihre Eltern vor vierundzwanzigeinhalb Jahren die Unverschämtheit besessen hatten zu heiraten. Tatsächlich gab es Augenblicke, in denen Sabrina ihnen dies verübelte. Was natürlich in hohem Maße ungerecht war, das musste sogar sie sich eingestehen.

Jetzt brauchte sie jemanden, der Sebastian hieß und an

ihrer Seite das Bild einer perfekten Tochter abrundete. Zumindest für das Wochenende der Silberhochzeit.

Bisher war sie heimgekommen und hatte sich in der kleinen Küche ihrer Wohnung ausgetobt. Sie hatte sich ihre Lieblingsmahlzeiten zubereitet und – während diese im Backofen schmorten oder auf dem Herd brutzelten – noch ein bisschen gelernt und Gesetzestexte gepaukt.

Erst danach begann ihr ganz persönlicher Feierabend, indem sie sich mit zwei Flaschen Bier und dem Teller Spaghetti, der Pizza oder dem Hackbraten vor den Fernseher setzte und es sich gut gehen ließ. Kopfschüttelnd hatte sie sich über den Lauf der Welt informiert und von unterhaltsamen Spielfilmen mitreißen lassen. So also sah das Leben der anderen aus. Was für ein Glück, dass sie sich da noch nicht hineinbegeben musste. Wenn es bei ihr mal so weit wäre, würde sie alles anders machen.

Sie stellte sich ihr Glück wie einen Sack voller Überraschungseier vor. Da gab es Regeln: Nur nichts vorher verbrauchen – keine Schokoladenhülle aufbrechen, kein Schatzdöslein öffnen –, damit nichts fehlte, wenn es denn mal so weit war. Ihre Zukunft würde an ihrem fünfzigsten Geburtstag beginnen. Sabrina war gerade dreiundzwanzig geworden.

Ausgerechnet jetzt musste sie ihr bisheriges komfortables Leben aufgeben, um einen Vorzeigemann zu finden, damit ihre Eltern wiederum etwas vorzuzeigen hatten. So war das mit den Notlügen. Sie brachten einen grundlos in Not.

Sabrina war einen Meter achtundfünfzig groß und wog an schlechten Tagen achtzig Kilo. An guten Tagen ging sie einfach nicht auf die Waage.

Nach dem Telefonat mit der Mutter erwies sich der Tag als ein schlechter, und Sabrina stellte fest, dass sie die achtzig bereits um einiges überschritten hatte. Gemerkt hatte sie es schon vorher. Alles war zu eng geworden, und erst neulich waren ihr während einer Klausur zwei Knöpfe einer frisch gebügelten Bluse abgeplatzt, worauf die Dozentin ihr eine Sicherheitsnadel geliehen hatte und die Mitschüler in Kichern und anzügliche Pfeiftöne ausgebrochen waren. Aber sie hatte trotz dieser Katastrophe die beste Note geschrieben. Weil sie sich auf ihr nächstes Ziel konzentrierte, auf einen guten Abschluss, während die anderen bereits jetzt ihr Leben verplanten, ohne zu bedenken, dass einem das Schicksal doch immer einen Strich durch die Rechnung machen konnte.

Wenn sich Sabrina die Jungs in ihrem Semester ansah, wusste sie, dass sie mit keinem von ihnen bei der Silberhochzeit ihrer Eltern die Schlacht gegen Tante Edith und Cousine Heike gewinnen würde. Ganz zu schweigen von all den anderen Verwandten und Freunden ihrer Eltern. Hinzu kam, dass sich niemand an ihrer Schule für sie interessierte.

Allein bei der Vorstellung, welche Märchen ihre Eltern inzwischen über sie und Sebastian auf den Weg gebracht haben mussten, wurde ihr ganz anders.

Über acht Ecken hatte sie erfahren, dass ihr Vater allen stolz von der Steuerberatungskanzlei erzählte, die seine Tochter demnächst mit ihrem Verlobten eröffnen würde. »Selbstverständlich gebe ich dem jungen Paar dann auch ein kleines finanzielles Polster«, hatte er in der Verwandtschaft verkündet.

Es gab Phasen, in denen Sabrina diesen Sebastian hasste und verachtete. Was bildet der sich eigentlich ein?, dachte sie. Da drängte der sich so mir nichts dir nichts, in ihr Leben und ihre Familie und stand an dem Tag, an dem sie ihn wirklich gebraucht hätte, nicht zur Verfügung.

Häufig wurde sie nachts wach und vergegenwärtigte sich nicht wie sonst die unterschiedlichsten Steuerarten, sondern wälzte ihr Problem und litt unter dem immer näher kommenden Verhängnis. Sie hatte nicht einmal mehr drei Monate Zeit, und das war verdammt wenig.

In ihrer Not nahm sie Kontakt zu früheren Freundinnen und Klassenkameradinnen auf. Es fiel ihr schwer. Die waren so anders drauf als sie, waren alle ein wenig nach Heikes Muster gestrickt. Aber es half ja nichts. Und vielleicht konnte ihr eine von ihnen einen guten Tipp geben. Oder ihr einen Mann ausleihen – das wäre natürlich die beste Lösung. Die meisten von ihnen hatten entweder einen Partner oder erst einmal die Nase voll von Männern.

Insgesamt hörten sich die Ergebnisse dieser Recherche so an, als werfe die Suche nach einem Partner mehr Probleme auf, als sie löste. Karina beispielsweise wusste von ihrer Partnersuche per Internet zu berichten. Vorsichtshalber hatte sie nicht die ganze Wahrheit über sich verraten, und der Typ, mit dem sie erst chattete und sich viel später traf, war auch nicht absolut ehrlich gewesen, ja, er hatte sogar ein fremdes Bild als sein Porträtfoto ausgegeben. »Kannst du dir vorstellen, wie viel Lebenszeit ich da investiert habe? Völlig umsonst«, regte sie sich auf und gestand: »Hätte ich von Anfang an gewusst, wie der aussieht und dass er ein Hochstapler ist, hätte ich mich nie auf den eingelassen.«

Claudia war so oft in irgendwelche Clubs gegangen, um einen Mann kennenzulernen, bis ihr der Hausarzt einen Hörschaden diagnostizierte. Wenn ihr in Zukunft jemand etwas Liebevolles zuflüsterte, würde sie es gar nicht mehr hören können.

Marion hatte neunundvierzig Euro in ein Speed-Dating investiert und hätte jedem der männlichen Teilnehmer bedenkenlos ihre Telefonnummer überreicht. Aber niemand wollte mit ihr Kontakt aufnehmen, was wieder einmal typisch war, dachte Sabrina. Marion war zu blauäugig, zu bedürftig und unglaublich naiv. Ihr wäre jeder recht gewesen, sie entdeckte an jedem etwas Liebenswertes und konnte selbst den schlimmsten Ekelpaketen noch eine gute Seite abgewinnen. Wären diese neunundvierzig Euro für das Speed-Dating eigentlich als Werbungskosten absetzbar gewesen? Gab es entsprechende Bestimmungen im Steuerrecht?

Die Einladung zur Silberhochzeit ihrer Eltern lag auf dem kleinen Tischchen direkt neben Sabrinas Wohnungstür, sodass sie zwangsläufig einen Blick darauf werfen musste, wenn sie ging – und wenn sie kam. Der Tag der Entscheidung rückte näher. Und sie war immer noch solo.

An diesem Vormittag stand eine Klausur an, und Sabrina war zum ersten Mal seit Beginn ihres Studiums zu nervös, um sich darauf zu konzentrieren. Ihre Gedanken schweiften ab. Was hatte ihre Großmutter früher immer gesagt?

»Meine Güte, für manche Frauen muss man wohl auch noch den Richtigen backen, anders wird das ja nichts.«

Sabrina starrte auf das Thema der Klausur und auf das vor ihr liegende Nachschlagewerk zum aktuellen EU-Steuerrecht, und anstatt Lösungsvorschläge für einen komplizierten Fall zu erarbeiten, sah sie sich gemeinsam mit ihrer Großmutter im Bauernhausmuseum ein Backhaus mieten, um dort nach Bedarf Männer zu backen.

Vor allem Männer für Marion, Claudia und Karina, und wenn diese Prototypen fertig wären, würden sie sich an Sebastian machen. Da die Großmutter bereits achtundsiebzig war und zur Vergesslichkeit neigte, würde man diese Idee so schnell wie möglich realisieren müssen.

Sabrina starrte auf das weiße Blatt Papier und ihren grünen Filzstift und betrat in Gedanken das Backhaus. Wie sie ihre Oma kannte, musste als Erstes geputzt werden – was sicherlich der Qualität der dort zu backenden Männer zugute kam. Also putzte sie, während die Großmutter die Zutaten bereitstellte. Hefe war wichtig. Eine Prise Zucker, etwas Öl wegen der Geschmeidigkeit und Eleganz, viel Mehl, Wasser und Salz nach Bedarf.

Sie wünschte sich erst einmal einen Mann für Marion. Da die grundsätzlich an allem und jedem etwas Gutes fand, wäre es vertretbar, wenn ihnen der erste selbst gebackene Typ nicht vollkommen makellos geriete. Denn ihre Großmutter und sie neigten dazu, das Große und Ganze im Blick zu behalten und bei Details weniger sorgfältig zu sein, was dazu führen könnte, dass ihr Prototyp verschiedenfarbige Augen und schlecht sitzende Zähne haben könnte. Aber was machte das schon, Marion würde ihn trotzdem lieben.

An ihrem Sebastian konnte sie nicht mehr so viel herumbasteln. Er würde mehr oder weniger dem Bild entsprechen müssen, das sie ihren Eltern vermittelt hatte. Mittelgroß, mittelschlank, dunkles Haar, Brille. Zwei linke Hände, damit nicht immer nachgefragt wurde, ob er nicht ein Regal zusammenbasteln, eine Lampe richten oder den Fernseher reparieren könne. Auf jeden Fall würden sie etwas mehr Charme als nötig in die Teigmasse geben, was den frisch gebackenen Mann unwiderstehlich machen würde. Alle Frauen, vor allem Tante Edith und Cousine Heike, sollten vor Neid erblassen. Sabrina sah das Ergebnis aus Großmutters Backhaus schon bildlich vor sich und war augenblicklich verliebt.

Natürlich sollten die anderen auch einen bekommen, der zu ihnen passte: Für Karina würden sie einen Mann backen, der alles sofort erledigte und bei dem keine Sekunde Lebenszeit umsonst investiert wäre. Das sollte sie für die sinnlos verbrachte Zeit mit dem Internettypen entschädigen.

Der Mann für Claudia sollte sich vor allem durch eine laute und klare Stimme auszeichnen. Sie stand auf Männer mit großer schwerer Intellektuellenbrille, denn sie ging davon aus, dass hinter solchen Brillen immer ein kluger Kopf steckte. Für sie waren Männer attraktiv, deren Augen hinter dicken Gläsern wie in einem dunstigen See verschwanden, sodass sie etwas Geheimnisvolles, Mystisches, ja fast Außerirdisches ausstrahlten. Sabrina würde ihr einen solchen backen.

Während neben, vor und hinter ihr Füllfederhalter und Kugelschreiber über die Blöcke huschten, schrieb sie keine einzige Zeile, sondern stellte sich vor, gemeinsam mit ihrer Großmutter eine Männerbackfabrik zu gründen. Eine Manufaktur für Männer nach Maß. Alle auf Anforderung individuell erstellt und einsatzfähig zum sofortigen Gebrauch. Wie rohe Diamanten würden sie daherkommen oder wie unformatierte Festplatten – die Käuferinnen hätten die Software und könnten sich ihre Herren so einrichten, wie es ihnen passte.

Männer mit Sonderbegabungen, Ehemänner, Liebhaber, fürsorgliche Väter, zuverlässige Gärtner, gewissenhafte Buchhalter, vorsichtige Autofahrer. Gut situierte Vorzeigeherren jeglichen Alters, die Träume aller Schwiegermütter! Und sie würden ins Mietgeschäft einsteigen und wohl auch ans Leasing denken müssen. Frau würde sich ihren Mann für bestimmte Gelegenheiten mieten können, zum Beispiel für unliebsame Familienfeiern.

Sabrina lächelte in sich hinein und sah sich mit ihrer Lieblingsoma neben der Backfabrik eine Miet- und Vermittlungsagentur für selbst gebackene oder nach Vorgaben hergestellte Männer leiten.

Brav säßen die zurückgebrachten Herren in ihren grauen Anzügen in einer Art Lobby und würden sich dort geduldig auf ihren nächsten Einsatz vorbereiten. Jeder von ihnen wäre geneigt, mit egal welcher Frau auszugehen, es gäbe keine merkwürdigen Erwartungen an die jeweiligen Begleiterinnen, und die Männer hätten nichts zu bieten außer sich selbst. Keine Vergangenheit, keine Geschichte, keine Verletzungen, aber auch keine Erfahrung – und leider auch kein Geld. Wenn sie allerdings den Stunden- oder Tagessatz ein wenig anhob, so könnte sie ihnen für ihre Ausflüge in das Leben der anderen ein kleines Taschengeld zustecken.

Sabrina und ihre Großmutter würden eine Sechszimmerwohnung in einer Villa anmieten und durchschnittlich sechs Prototypen zur Auswahl haben. Immer wenn ein neu gebackener hinzukäme, müsste ein anderer gehen.

Die Bewohner der Villa müssten sich selbst versorgen, einer wäre für die Verpflegung, ein anderer für die Sauberkeit in der Wohnung zuständig. Trotzdem: Sie würde in die Leihmännerverträge eine Option zum Dabehalten einbauen – natürlich zum Sonderpreis oder mit Leasingraten. Ein interessantes Geschäftsmodell. Bei der Qualität, die sie bot, würden garantiert alle von ihr gelieferten Herren für immer von den Frauen aufgenommen werden.

Diejenigen, die dennoch zurückkämen, würde sie meistbietend über Ebay verticken: »Sonderangebot mit leichten Gebrauchsspuren – aber noch immer universell einsetzbar und in Maßen programmierbar.«

»So!« Die Dozentin klatschte in die Hände und ging durch die Reihen. »Die Zeit ist abgelaufen. Kann ich bitte Ihre Arbeiten haben?«

Erschrocken blieb sie vor Sabrina stehen. »Frau Bröker, geht es Ihnen nicht gut?«

Sabrina erwachte aus ihrem Traum und strahlte sie an. »Doch, wunderbar.« Tausend Gedanken rasten ihr durch den Kopf: Wenn sie beispielsweise auch für diese Dozentin einen wunderbaren Mann buk, würde man in Akademikerkreisen auf ihre Geschäftsidee aufmerksam werden. Überall war Bedarf, überall war Not am Mann.

»Aber Sie haben ja gar nichts geschrieben! Nicht ein Wort.«

»Tatsächlich?« Sabrina sah sich um und wurde rot.

»Wenn Sie nicht krank sind, muss ich Ihre Arbeit benoten«, fügte die Dozentin hinzu. »Das täte mir sehr leid, denn Sie sind ja sonst immer die Beste.«

Sabrina hatte noch nie in ihrem Leben für eine Arbeit die Note »Sechs« bekommen. Ein Ungenügend. Ebenso ungenügend wie sie selbst, denn sie hatte immer noch nicht das Problem mit der Silberhochzeit gelöst. Sie war eine Versagerin, auf allen Ebenen.

Einige ihrer Kommilitoninnen standen am Rande des Schlossparkes und rauchten, als Sabrina vorbeiging. Sie sah förmlich die Schadenfreude in ihren Augen blitzen, und ihr schoss durch den Kopf, dass sie für diese Frauen absichtlich besonders fiese Männer backen würde. Aber die Vorstellung befriedigte sie nicht wirklich.

Das mit dem Backhaus war ein schöner Traum, doch jetzt musste sie sich der Wirklichkeit stellen. Daran führte kein Weg vorbei.

Sie setzte sich in ihren Wagen und fuhr in die Stadt, um nachzudenken, denn das Letzte, was sie jetzt noch brauchen konnte, war ein Anruf ihrer Mutter, die nach *ihr* und *euch* fragte und von *wir* und *uns* erzählte.

Was für schreckliche Worte. Sabrina hätte sie am liebsten aus dem Sprachschatz entfernt oder mit einer derart hohen Steuer belegt, dass sie von niemandem mehr benutzt werden würden.

»*Wir* haben die Klausur versiebt«, hätte sie ihren Eltern nun gern entgegen geschrien. »Und *ihr* seid schuld, weil *ihr uns* unter Druck setzt!«

Die einzige Lösung lag in der Wahrheit. Anders würde sie aus der Nummer nicht mehr herauskommen.

Jetzt saß sie in einem Straßencafé am Prinzipalmarkt und probte in Gedanken das abendliche Gespräch mit der Mutter. Es roch nach Sommer, und die Sonne wärmte ihre Schultern. Am besten wäre es, gleich mit der Tür ins Haus zu fallen und den einen schrecklichen Satz zu sagen: »Hört mal, ich komme ohne Sebastian.«

In Gedanken überging sie den Entsetzensschrei ihrer Mutter. »Um Gottes willen, Kind, warum denn, was ist passiert?«

Und dann würde sie sagen: »Es gibt ihn nicht.«

Die Mutter würde nach Luft schnappen und auf ihre typische Art mit der Zunge schnalzen und schnell und hektisch atmen. »Das ist nicht lustig, mach nicht solche schlechten Witze mit uns. Kind, du hast mich ja zu Tode erschreckt.«

Und an diesem Punkt müsste Sabrina sehr klar sein und wiederholen: »Es gibt ihn nicht, Mama. Ich habe ihn mir einfach nur ausgedacht.«

»Jetzt hör aber mal auf damit. Ihr habt ihm doch letzte Woche noch eine Lederjacke gekauft.«

Vermutlich würde sie mindestens fünfmal sagen müssen: »Es gibt ihn nicht. Ich komme alleine.«

Wachsendes Entsetzen in der Stimme: »Was soll ich denn dann den Verwandten sagen? Und was Tante Edith?«

Sabrina, immer noch ruhig: »Denk dir doch auch was aus. Dir fällt schon was ein.«

So müsste es eigentlich ablaufen, aber sie fürchtete, dass mal wieder alles viel, viel komplizierter sein würde. Wie eben das meiste im Leben.

Sie bestellte sich einen weiteren Espresso. Es gab keine andere Lösung. Sie musste da einfach durch. Dieser verdammte Sebastian hatte ihr inzwischen schon ein Ungenügend eingebrockt, dabei war für sie klar, dass sie die Beste ihres Jahrgangs werden müsste. Ihre Eltern sollten stolz auf sie sein – zumindest in dem Bereich.

Sie rührte drei Löffel Zucker in ihren Espresso, seufzte und führte die Tasse zum Mund. Und dann sah sie ihn. Er parkte seinen silbergrauen Saab Cabrio vor einem ebenfalls im absoluten Halteverbot stehenden Auto und entsprach genau dem Bild, das ihre Eltern sich von *unserem* Sebastian gemacht zu haben schienen: Pechschwarzes und sehr kurz geschnittenes Haar, schwarz umrandete Designerbrille, Jeans. Mehr konnte sie auf die Schnelle nicht wahrnehmen, aber das genügte auch schon. Vielleicht war das ein Zeichen des Himmels, die Rettung in letzter Minute? Der Typ eilte mit wiegenden Schritten auf einen edlen Küchenladen zu und verschwand darin.

Sabrina winkte dem Kellner und zahlte.

Unauffällig näherte sie sich dem Sportwagen. Er hatte schwarze Ledersitze, und auf der Rückbank lag ein strahlend blauer Kaschmirschal. In den hätte sie sich am liebsten hineingekuschelt und dabei all ihre Sorgen vergessen. Träumend stand sie vor dem Auto.

Die Politesse trug ein flottes Hütchen, ein blaues Jäckchen und Schuhe, die gleichermaßen bequem wie unelegant wirkten. Sie schien ihr Revier zu kennen und hatte einen geübten Blick für Strafzettelkandidaten. Gezielt näherte sie sich Sabrina und umrundete das Auto.

»Mein Mann kommt sofort zurück«, log Sabrina und lehnte sich lässig gegen die Kühlerhaube. Die war noch warm.

Die Politesse maß sie mit einem Blick, der ihren Unglauben über diese Kombination offenbarte. Frau und Auto schienen nicht zusammenzupassen.

»Ist mir wurscht«, meinte sie dann und wies mit einer Kopfbewegung auf ein Verkehrsschild. »Wie Sie sehen, ist hier absolutes Halteverbot.« Sie zückte ihr mobiles Erfassungsgerät.

»Nur eine Minute«, bettelte Sabrina.

»Wenn Sie den Wagen ums Eck fahren, könnte ich zur Not ein Auge zudrücken«, bot die Politesse an. »Dort ist nur eingeschränktes Halteverbot.«

»Super.« Sabrina kramte in ihrer Tasche und suchte nach einem nicht existierenden Autoschlüssel, während ihr das Schräge dieser Situation bewusst wurde: erst ein nicht existierender Mann, nun ein nicht existierender Schlüssel. Diensteifrig tippte die Frau neben ihr Autonummer und Straßennamen in ihr Erfassungsgerät.

»Aber hallo«, ertönte eine Stimme hinter ihnen. Sabrina und die Politesse drehten sich um.

Der Mann mit den schwarzen Haaren und der Designerbrille grinste. »Ist schon gut, ich fahr ja schon weg. Haben
Sie Erbarmen mit mir. Ausnahmsweise!« Er schenkte der
Politesse ein strahlendes Lächeln und würdigte Sabrina keines Blickes.

»Ich hab Ihrer Frau gerade geraten, den Wagen ums Eck
zu fahren, ins eingeschränkte Halteverbot...«, begann die
Hilfspolizeibeamtin.

»Das ist nicht meine Frau«, unterbrach sie der Typ, von
dem Sabrina inzwischen dachte, dass er nicht nur ein Ange-
ber, sondern sicher auch ein Hochstapler war und dass sie
mit so einem nichts zu tun haben wollte. Niemals. Trotzdem
wurde sie rot.

Elegant sprang der Mann nun zu seinem Kaschmirschal
ins Auto und schnallte sich an. Gleichzeitig warf er der Politesse eine Kusshand zu. »Danke, dass Sie mich verschont
haben. Wenn ich mehr Zeit hätte, würde ich Sie zu einem
Kaffee einladen. Vielleicht beim nächsten Mal!« Er zeigte
erneut seine strahlend weißen Zähne.

»Schauen Sie lieber, dass Sie hier verschwinden. Sonst
gibt's doch noch eine Verwarnung«, lächelte die Politesse
versöhnlich, löschte die eingegebenen Daten und wollte sich
dem nächsten im Halteverbot geparkten Wagen zuwenden,
doch der bog bereits um die Ecke.

Sabrina wandte sich ab. Frauen!, dachte sie auf dem Weg
zurück ins Café. Die ließen sich doch wirklich von jedem
halbwegs gut aussehenden Mann einwickeln. Gut, dass sie
da anders war.

Sie konnte warten. Sie musste warten.

Ihr Glück würde sich erst im Alter zu ihr gesellen. Da lag
es in der Natur der Sache, dass sie jetzt noch nichts zum Vor-
zeigen hatte. Sollten die anderen aufkreuzen und Punkte
sammeln, indem sie Männer, Kinder, Schmuck und Kleider
präsentierten – und zwar in genau der Reihenfolge.

Jetzt würde sie noch einen Espresso trinken, noch ein

Stück Torte essen und dann heimfahren, um ihre Eltern anzurufen. Sie würden sich einfach daran gewöhnen müssen, dass nicht alles immer nach ihren Wünschen lief, auch wenn es dreiundzwanzig Jahre lang so gewesen war. Wenn sie konsequent bei ihrem Vorhaben blieb, könnte sie bereits morgen alles überstanden haben.

Ein Schatten fiel auf ihren Tisch. Reflexartig schob sie ihre Tasche beiseite und machte Platz für das Tablett mit Kaffee und Kuchen.

»Darf ich?«

Vor ihr stand ein Mann, an dem alles mehr als erlaubt war. Die Körperfülle, die langen Haare, die großen Hände. Sabrina schätzte ihn auf dreißig. Sein Lächeln war überwältigend, breitete sich, beginnend bei den Augen, über sein blasses Gesicht aus und schien die ganze Welt einzuschließen.

»Kompliment, das haben Sie wirklich super gemacht, diese städtische Wegelagerin einfach ein bisschen auszubremsen. Echt, tausend Dank. Wenn Sie nicht gewesen wären, hätte ich mein zehntes Knöllchen in diesem Monat kassiert, und ich weiß ja nicht, wen sie sonst noch alles drangekriegt hätte. Darf ich Sie dafür auf einen Kaffee einladen? Ich heiße übrigens Sebastian.«

Nicole Joens

Sturmflut

»Wie jetzt? Du brauchst einen Mann für unverbindlichen Sex? Nicht dein Ernst...«

Aber Kela hatte ihre Freundin richtig verstanden. Sie wollte Valerie nur ein wenig quälen, verständlich bei der mörderischen Hitze im Kleiderbunker sowie ihrer dreijährigen Freundschaft, die inzwischen allerlei Scherze vertrug. Aber dieser Sommer in Manhattan war die Hölle. Beide konnten sie nicht weg. Ihr Straflager war der Kostümfundus der *Metropolitan Opera* in Manhattan bei vierzig Grad im Schatten. Vier ganze Wochen ein gemeinsamer Sommerjob in einem fensterlosen Untergeschoss, bei ausgefallener Klimaanlage und endlos zäh zerrinnenden Minuten.

»Willst du wirklich ausgerechnet hier und heute über dein unbefriedigendes Liebesleben reden?«

»Nein, du hast recht. Falscher Ort und falsche Zeit. Lass uns über etwas anderes reden, damit die Zeit schneller vergeht.«

Schweigen. Einige Minuten lang waren sie nur zwei schwitzende, wühlende Frauenleiber inmitten eines riesigen Haufens von zerrissenen, verschlissenen und teilweise völlig unbrauchbar gewordenen Theaterkostümen. Die größere, blonde Valerie aus München zog einen endlos wirkenden königsblauen Samtumhang hervor, der einen Riss hatte. Sie wandte sich der zierlichen Züricherin Kela mit den roten Haaren zu.

»Hast du mal blaue Nähseide?«

»Faden gegen schmutzige Männerphantasien?«

Kela grinste, aber Valerie ging nicht auf sie ein. In dieser Neonbrutstätte für aggressive Verzweiflung sollten sie sich vielleicht nicht unbedingt dem Thema Männer widmen. Es barg zu viel Sprengstoff in sich. Valerie befürchtete, Kelas Spott würde sie schließlich verletzen oder aber von ihrem Vorhaben abbringen. Daher wechselte sie das Thema.

»Ein Königreich für ein Eis!«

»Und ein Kaiserreich für einen unkomplizierten Geliebten?«

Valerie schluckte. Kela würde nicht eher Ruhe geben, bis sie das schmerzliche Thema ausführlich von Neuem seziert hatten. Dabei war Valeries Trennung von Brian jetzt über sechs Monate her. Ihre Freundin war der festen Überzeugung, dass Valerie einen Fehler gemacht hatte. Daher insistierte sie auch jetzt penetrant, während sie Valerie den gewünschten blauen Faden reichte. Treuherzig sah sie zu der Größeren auf.

»Wenn du es richtig anfängst, kannst du dir Brian immer noch zurückholen. Er liebt Sylvia lang nicht so sehr wie dich. Das weiß ich von Thomas. Wirklich, Süße, du musst es nur versuchen.«

»Nein, ich will Brian nicht zurück. Wie oft soll ich es dir noch sagen? Aber ich will einen Liebhaber. Nur für eine einzige Nacht, am besten noch in dieser Woche«, knurrte Valerie missmutig. Kela ging zurück an ihren Nähtisch, jedoch nicht, ohne eine weitere kleine Spitze loszulassen.

»Das Ausziehen ist beim ersten Mal immer am schlimmsten, findest du nicht?«

Als ob Kela sich Gedanken um so etwas machen müsste. Valeries Freundin hatte eine makellose Figur. Außerdem war ihre Beziehung nicht zerbrochen, sondern intakt. Es musste drei Jahre her sein, seit Kela sich das erste Mal vor ihrem Thomas ausgezogen hatte. Aber sie wusste genau, dass jungen Männern in einer Beziehung ein gewisses Maß an Unsicherheit guttat. Kela hielt sich neben Thomas immer noch ein bis zwei Verehrer warm, denn ihr Freund sollte sich ihrer nie zu sicher sein. Er war mit seinen dreißig Jahren ein guter Jurist und eine glänzende Partie. Kela war auf dem Weg nach oben, während Valerie, bald sechsundzwanzig, immer noch im Beziehungsnebel stocherte. Aber Valerie wollte nicht über ihre Ängste reden, nicht bei dieser Hitze. Sie war froh, als Kela einen Anruf bekam und vor die Tür ging.

Mit einem Seufzer widmete sich Valerie dem Riss in dem muffig riechenden Samtumhang vor ihr. Ihren lukrativen Sommerjob hatten sie durch die Beziehungen von Kelas Großmutter bekommen. Der riesige Haufen von ausgemusterten Kostümen sollte aus Kostengründen wiederhergerichtet und in zukünftigen Produktionen verwendet werden. Einige hatten nur kleinere Schäden und brauchten vor allem eine gründliche Reinigung. Alle größeren Risse sollten die beiden Freundinnen vorher flicken.

Valeries Hände waren verschwitzt. Die Nadel entglitt ihr, der Faden rutschte raus, und Valerie durfte mit dem Einfädeln von vorne beginnen. Sie fluchte wütend. Es war wirklich unerträglich heiß hier unten. Am liebsten hätte sie den Job hingeschmissen und wäre ins kühlere Deutschland gefahren, um sich bei ihrer Mutter zu erholen. Aber das konnte sie sich in finanzieller Hinsicht im Moment einfach nicht leisten. Außerdem hatte sie seit ihrer Trennung von Brian schon zu viel aufgegeben, um ihm nicht mehr zu begegnen, unter anderem ihre günstige Mitgliedschaft im Fitnessclub in der Nähe des *Juilliard-Konservatoriums*. Dort studierte sie mit Kela Musik und Drama. Ihr regelmäßiges Training mit Brian hatte geholfen, das anstrengende Üben mit der Querflöte auszugleichen. Jetzt fühlte sich ihr Körper wie der eines aufgedunsenen Meerschweinchens an. Dunkle Schokolade war zu ihrem Liebhaber geworden. Zudem entwickelte Valerie eine abnormale Lust auf die Lieblings-speise ihrer Kindheit: Eier in Senfsoße. Fünf Kilo mehr bescherte ihr die stechende Eifersucht auf Brians neues Glück mit Sylvia. Valerie selbst hatte es die ersten Monate vermieden, sich auch nur in der Nähe eines infrage kom-menden Verehrers aufzuhalten. Sie war zu verletzt. Und bei einem Meter zweiundachtzig kamen viele Männer ohnehin von vornherein nicht infrage, wie ihre Mutter zu sagen pfleg-te. Große Frauen schüchterten die meisten Männer ein, zumindest war das Valeries anfängliche Rechtfertigung.

Ihr Blick fiel jetzt auf eine Wand mit Bühnenfotos. War auf zwei der Fotos nicht der königsblaue Umhang, den sie gerade nähte, zu sehen? Luciano Pavarotti trug ihn mit Ele-ganz. Besonders eines der Fotos drückte Leidenschaft pur aus. Seinen Mund beim Singen geöffnet, streckte er beide Arme dramatisch seiner Operndiva entgegen. Hatte er bei dieser Aufführung den langen Riss verursacht? Ein rostiger Bühnennagel, der sein erotisches Tremolo ins Stocken brachte?

Valerie erwischte sich dabei, wie sie unauffällig an dem Umhang in ihren Händen roch. Aber keine Spur von männ-lichem Eros, lediglich Mottenchemie und muffiger Staub. Die Spuren von dunklem Rot an dem Riss führten ihre Phantasie auf düstere Pfade. War das vielleicht altes Blut?

Kela hatte ihr Gespräch beendet und kam zurück. Mit ver-schwörerischem Lächeln sah sie Valerie an.

»Thomas wird dir helfen. Er weiß vielleicht, wo du in der Sommerpause einen Spinnwebenentferner hernehmen könntest. Dachtest du an einen Gigolo gegen Bezahlung? Mein Schatz meinte, dass die gar nicht schlecht sein sollen. Zumindest verstehen sie, dass das weibliche Vergnügen bei Bezahlung im Vordergrund steht. Darum geht es dir doch, oder? Um das Vergnügen? Mal wieder üben...?«

Valerie machte sich nicht einmal die Mühe, ihren Kopf zu schütteln. Auf solch plumpe Sticheleien von Kela reagierte sie grundsätzlich nicht. Sex gegen Geld! Ostentativ wandte sie der Freundin den Rücken zu. Sie bereute bereits, sich Kela überhaupt anvertraut zu haben. Es musste an der Hitze liegen, dass sie vorhin so unvorsichtig gewesen war. Kela hatte viele gute Eigenschaften, konnte aber nichts für sich behalten. Eine *Ratschkathl*, wie man in Bayern sagte. Zudem kannte Kelas Freund Valeries Ex viel zu gut. Brian und Thomas hatten zusammen Jura studiert. Es wäre wirklich ekelhaft, wenn Brian jetzt wüsste, wie verzweifelt Valerie war.

»Wehe, wenn du Thomas auf dumme Ideen gebracht hast...«

»He, tut mir leid... sollte nur ein kleiner Scherz sein. Ich weiß doch, dass du Sex gegen Bezahlung gar nicht fertigbringst. Thomas weiß das auch... Du brauchst ganz einfach einen neuen netten Freund. Darüber habe ich mit ihm geredet, nur darüber. Wirklich... Wieder gut?«

Valerie nickte zögernd. Im Grunde genommen war Kela in Ordnung, und oft beneidete Valerie sie auch um ihre Leichtigkeit. Beziehungen waren für Kela ein Spiel. Die geborene Züricherin hatte es leicht bei den Männern. Rote kurze Haare, strahlend blaue Augen und eine Bikinifigur. Ihre vorlaute Zunge war neben ihrem Schweizer Akzent ihr einziger Nachteil. Bei Valerie war das anders. Rein äußerlich konnte sie nicht bei vielen Männern punkten. Der Engländer Brian war ein Glücksfall. In der *Columbia University* hatte er sich den Spitznamen »Wasserleiche« eingefangen, weil er auffällig blass und groß war. Über Thomas und Kela hatte Valerie ihn kennengelernt. Sie war von Brian derart humorvoll hofiert worden, dass sie Feuer fing. Über ein Jahr waren sie zusammen. Er wollte mehr, aber Valerie konnte sich nicht entschließen, in eine gemeinsame Wohnung zu ziehen. Danach hatte er sie betrogen. Eine eindeutig sexuelle Geschichte, wie Kela versicherte. Es sollte tröstlich klingen. Drei Wochen später war allerdings Sylvia bei Brian eingezogen. Er war eine ebenso glänzende Partie wie Thomas.

Ein ungewisses Gefühl von Trauer stieg in Valerie auf, als sie die letzten Stiche an Pavarottis Umhang vernähte. Sie dachte plötzlich an ihren Vater. Schnell stand sie auf, um den schweren Samt zurück an seinen Platz zu hängen. Wehmütig strich sie über das königliche Blau. Zu gerne hätte sie Pavarotti ein einziges Mal auf der Bühne erlebt. Mit ihrem kranken Vater hatte sie als Kind am Sonntagnachmittag gerne seine Arien gehört. Danach gab es immer Eier in Senfsoße. Ihr Vater, fast vierzig Jahre älter als ihre Mutter, starb, als Valerie zwölf war, aber sie vermisste ihn immer noch.

Sie strengte erneut ihre Nase an. Doch, da am Hals, an der Stelle, wo der Samt mit goldenem Brokat gesäumt war, hing zweifellos ein verblichener Männergeruch. Pavarotti? Sie schloss die Augen: windschiefe Pinien an einem Felsen über dem Mittelmeer in sinnlich träger Nachmittagssonne. Den winzigen Rest eines italienischen *Eau de Cologne* glaubte sie wahrzunehmen. Definitiv Pavarotti!

Ein kurzer Moment der Zufriedenheit überfiel Valerie aus dem Nichts. Ihr Mann für eine Nacht müsste auf alle Fälle gut riechen, beschloss sie und begann, leise ihre Lieblingsarie von Pavarotti zu summen.

»Paolo kommt gegen sechs. Also, wenn du ihn reinlässt und ihm seinen Schlüssel gibst, wäre das lieb, aber notfalls gibst du den Schlüssel unten beim Portier ab. Mein Bruder weiß Bescheid. Er wird nach dem langen Flug ohnehin todmüde ins Bett fallen. Bis später, meine Süße!«

Es war endlich Freitag. Sie hatten die harte Woche im Fundus auch ohne einen Mann für Valerie überstanden. Ein herrlich faules Wochenende stand bevor. Nach den üblichen Küsschen fiel hinter Kela die Tür ins Schloss. Es war unnatürlich still im Atelier, wie immer, wenn Valeries Mitbewohnerin gegangen war. Kela hatte die Eigenschaft, Räume mit ihrer überpräsenten Energie zu füllen. Sie war feuriges Leben pur, liebte die Aufmerksamkeit und wollte permanent im Mittelpunkt stehen. In ihrer Gegenwart verstummte Valerie gerne, einfach nur, um sich in dem lebhaften Plätschern von Kelas oberflächlichen Gedanken auszuruhen. Bei ihrem einzigen Besuch in New York in drei Jahren befand Valeries Mutter, dass ihre eher introvertierte Tochter großes Glück mit ihrer Mitbewohnerin hatte.

»Kela ist anders als du, aber vielleicht kannst du von ihr ein wenig über Leichtigkeit, Humor und Spontaneität lernen. Mit Männern würdest du dich dann besser verstehen. Wer will auf Dauer schon eine Frau, die nie aus sich herausgeht, sondern immer nur ehrgeizig ihre Ziele verfolgt?«

Typisch Mutter, dachte Valerie und verkniff sich eine bissige Antwort. Bei ihrem Weihnachtsbesuch in München erwähnte sie Brian dann auch mit keinem Wort. Warum auch? Ihre Mutter hätte ohnehin geunkt, dass Valeries Beziehung nicht halten würde. Und so war es letztendlich auch gekommen. Wie sollte Valerie ihrer Mutter erklären, dass es einen großen Unterschied machte, ob man aus einer überaus vermögenden Familie stammte, so wie Kela, und das Musikstudium bezahlt bekam, oder aber wie Valerie eine Stipendiatin aus Deutschland war. Jedes Studienjahr musste sie erneut gegen den weltbesten Nachwuchs an Querflötenspielerinnen antreten. Natürlich war sie es gewohnt, hart zu arbeiten, denn sie hatte keinen Vater mehr, der sie beschützte. Zwischen sechzehn und zwanzig besuchte sie keine einzige Party, sondern übte neben der Schule bis zu sechs Stunden täglich, um eines Tages zu den besten Flötistinnen der Welt zu gehören. Es war schwer, aber bisher hatte sie es geschafft. Doch nun stand ihr letztes Studienjahr bevor. Die Konkurrenz wurde härter.

Kelas Leben hingegen verlief völlig anders. Sie studierte vor allem, um beschäftigt zu sein. Auf sie wartete ein Erbe von mehreren Millionen. Ihre Freundin spielte zwar mehrere Instrumente, aber auf niedrigem Niveau. Während Valerie im kommenden Jahr in bezahlten Aufführungen brillieren würde, hatte es Kela mit dem Cello nicht einmal in ein drittklassiges Quartett geschafft. Das war der Unterschied. So einen harten Ferienjob wie im Kostümfundus machte Kela auch nur, um Valerie zu imponieren, so zumindest deren Verdacht.

Doch musikalische Leistungen interessierten Valeries Mutter nicht halb so sehr wie der Erfolg, den Kela bei Männern hatte. Männer, Männer, Männer ... es war einfach zum Kotzen. Bisweilen dachte Valerie ernsthaft darüber nach, das Thema ein für alle Mal zu den Akten zu legen. Aber kann eine Frau sich selbst sexuell umerziehen? Ein Versuch würde schon an den Parfums scheitern. Valerie war ein ausgesprochener Geruchsmensch. Wenn der lockend männliche Geruch nicht wäre, diese Mischung aus Kraft, Sonne und tierischem Vergnügen, nach dem Valerie sich nach wie vor jeden Morgen beim Aufwachen sehnte, würde sie ihr Glück vielleicht in der Frauenwelt suchen.

Es klingelte. Valerie ging an die Gegensprechanlage. Der Portier kündigte Paolo an, Kelas Halbbruder.

Hochnotpeinlich war das einzig treffende Wort, das Valerie einfiel, als sie fünfzehn Minuten später im Aufzug stand. Sie musste dem zu eng gewordenen Atelier im sechzehnten Stock des *Beaux-Arts*-Gebäudes in Midtown entfliehen. Sie hätte Kela erwürgen können. Mit keinem Wort hatte die Freundin sie vorgewarnt. Ihr Halbbruder würde das Wochenende über bei Valerie wohnen, hatte Kela lapidar gesagt. Paolo würde sich nach seinem Flug in dem großen Bett im Atelier, in dem Kela sonst schlief, ausruhen. Kela würde bei Thomas nächtigen, was inzwischen meistens der Fall war. Vielleicht würde sie kurz vorbeischauen, um Paolo zu begrüßen, aber das betraf Valerie nicht weiter. Valerie hatte zu allem genickt. Für den fairen Mietpreis, den sie an Kelas Mutter zahlte, konnte sie auch gar nichts dagegen haben, dass der Bruder übers Wochenende einquartiert wurde. Immerhin hatte Valerie, ein halbes Stockwerk höher in der Maisonettewohnung, ihr abschließbares Zimmer mit Bett, Schrank und Schreibtisch. Alles war klein, aber vor neugierigen Blicken geschützt. Privatsphäre war Valerie wichtig. Gemeinsam ein Bad zu benutzen war okay, aber schon die Küche stellte ein Problem dar. Das Atelier ließ sich zu zweit eigentlich eher von einem Paar bewohnen. Wenn Valerie sich ihre Eier mit Senfsoße machte, befand sie sich in Kelas Reich, denn deren großes Bett stand mitten im Atelier. Kela verbrachte auch deshalb viele Nächte bei ihrem Freund. Allein die Akustik der hohen Glasfenster und der sechs Meter hohen Wände des Ateliers waren mehr als liebesfeindlich. Außerdem gab es keine Vorhänge. Das *Beaux-Arts* war eines der höheren Gebäude der vierundvierzigsten Straße, aber im Bürohaus gegenüber brannte oft bis spätnachts noch Licht. Kela und Valerie hatten einige Male einen Mann mit Feldstecher gesehen, wenn sie im heißen Sommer nur Unterwäsche trugen.

Im Aufzug trat Valerie unruhig von einem Fuß auf den anderen. Warum hatte Kela ihr nichts gesagt? Sie wusste, wie ihr Halbbruder gebaut war, und vor allem, wie betörend Paolo roch, selbst nach einem Nachtflug. Schlimmer noch, sie kannte Valeries Männernot. Wie also war diese Situation zu verstehen?

Die Stockwerke rauschten vorbei, während Valerie fieberhaft nachdachte. Es hatte nicht einmal eine Sekunde gedauert, bevor sie es beide wussten. Paolo genauso wie sie. Es waren diese verdammten Geruchsstoffe, die verströmt wurden, noch bevor man das Gesicht seines Gegenübers gänzlich gemustert hatte. Kleine fiese Angelhaken in hungrigem Fleisch. Nach ein paar Minuten gezwungener Konversation hatte Paolo seine Bitte nach einer ausgiebigen Dusche geäußert. Unter einem Vorwand und mit peinlichem Stottern hatte Valerie nach ihrem Schlüssel gegriffen und war geflüchtet.

Mein Gott, ist dieser Mann schön, dachte sie jetzt, während ihre Beine im Aufzug beinahe unter ihr nachgaben. Und noch dazu überragte er sie um gut fünf Zentimeter. Für einen Italiener war er riesig. Valerie zitterte vor Aufregung. Darf man sich in einem Aufzug auf den Boden setzen? Nur kurz? Da hielt der Lift mit dezentem Klingeln. Achter Stock. Ms Liebermann trat mit ihrem hechelnden schwarzen Pudel auf dem Arm ein und grüßte höflich. Sie kannten sich vom Sehen. Valerie lächelte mühsam und versuchte zu vergessen, was ihren Kopf und ihre Nase okkupierte. Das Leben bestand aus mehr als schwarzen Locken, einem braun gebrannten Männerhals und feinen Dufthaken aus Zypresse, Zitrone und Meer. Jetzt zum Beispiel roch es penetrant nach nassem Pudel.

Ms Liebermann und Valerie tauschten höfliche Worte über die unerträglich schwüle Hitze des New Yorker Juli aus. Selbst Ms Liebermanns Pudeldame Flora trübten die steigenden Temperaturen die Sinne. Wenn es zu heiß wurde, hob Flora zum Pinkeln mitten im Wohnzimmer ihr Bein wie ein ungezogenes Männchen, weswegen eine Abkühlung dringend nötig war. Wider Willen fühlte Valerie ein Grinsen in sich aufsteigen. Einmal etwas zu tun, was sich für eine vornehme Pudeldame nicht gehörte, musste ungemein befreiend sein.

Eine Viertelstunde später stand Valerie schwer beladen erneut im Aufzug, diesmal auf dem Weg nach oben. Schweißperlen hatten sich in ihrem Ausschnitt gebildet, nur von dem kleinen Spaziergang zum koreanischen Obstmann an der Ecke. Sie hatte die größte Wassermelone gekauft, die sie finden konnte. Zu zweit würden sie das Teil bestimmt aufessen. Paolo hatte hungrig ausgesehen.

Draußen hatte es ekelhaft gestunken. Die Müllmänner von Manhattan streikten am liebsten in der heißesten Woche des Jahres. Das war bekannt. Gesotten in schwarzem

Plastik, sonderte der Müll derart penetrante Gerüche ab, dass Valerie würgen musste. Sie war froh, wieder im Aufzug zu sein und ihren Gedanken nachgehen zu können. Paolo, allein schon sein Name hatte für sie einen wunderschönen Klang. Eine sanft geschwungene Küste am Meer, an der sich die Wellen brachen, sah sie vor sich. Ihr Herz klopfte in verräterischer Vorfreude. Sie könnte versuchen den schönen Mann im Atelier zu erobern, schoss es ihr durch den Kopf, ihn nur für eine einzige Nacht zu verführen. Sex ohne Folgen und Erwartungen, einfach nur wegen des Vergnügens, schamlos und frei, wie Valerie die Liebe noch nie erlebt hatte, weil sie bisher immer eine Beziehung wollte. Diesmal aber würde sie es anders machen. Alles, was sie plante, war eine folgenlose Verschmelzung für eine einzige Nacht. Vergnügen pur und rücksichtslose Ekstase. Fast wäre ihr die eisgekühlte Wassermelone runtergefallen, so sehr beschäftigte sie ihr Plan. Wie sie ihre Lust wohl am besten in die Tat umsetzen konnte? Männerphantasien, hungrig und skrupellos, eindeutig gesteuert von ihrer Körpermitte, beherrschten ihre Gedanken. Plötzlich wurde sie von einem Geruch abgelenkt. Eine verräterische Pfütze in der Ecke auf dem schwarzen Boden. Hatte Ms Liebermanns Pudeldame ganz und gar unweiblich ihr Bein gehoben, um auch hier ihr Revier zu markieren? Valerie nahm den feuchten Fleck näher ins Visier. Nein, das war keine Hundepisse. Es roch nach Alkohol. Wein oder Wodka war hier ausgelaufen. Sofort fielen ihr die infrage kommenden Wohnungsbesitzer mit einem kleinen Alkoholproblem ein. In dem Gebäude gab es davon einige. Das *Beaux-Arts* war den Königen und Königinnen der schönen Künste gewidmet, also Sängern, Musikern, Schauspielern, Schriftstellern und Regisseuren. Manche von ihnen waren Dinosaurier mit erstaunlichen Vorlieben, um es sanft auszudrücken. Seit Valerie vor drei Jahren aus München mit ihrem Koffer und ihrer Querflöte eingezogen war, hatte sie nach und nach durch verschiedene Aufzugsbegegnungen viele von ihnen kennengelernt. Inzwischen liebte sie dieses ehemalige Hotel, das im Jahr 1929 in Wohnungen und Ateliers umgewandelt worden war. Kelas Großmutter war hier in jungen Jahren als Sängerin an der *Metropolitan Opera* Dauermieterin gewesen, bevor sie einen Züricher Bankier geheiratet hatte. Später hatte ihre einzige Tochter, Kelas Mutter, in diesem Gebäude als junge Theaterautorin in den Siebzigerjahren ein wildes Leben geführt. Ihr Sohn, Kelas Halbbruder Paolo, soll in diesen Mauern mit einem verheirateten italienischen Sänger gezeugt worden sein. Doch nicht einmal Kela kannte den Namen des Mannes. Ob Paolo selbst wusste, wer sein Vater war?

Braune, neugierige Augen blitzen Valerie an, während sie sich mit dem zu kleinen Messer auf dem Holztisch mit dem großen fruchtigen Ball abmühte. Sie hatte darauf bestanden, die Melone alleine aufzuteilen, obwohl Paolo ihr sofort seine Hilfe angeboten hatte. Aber Valerie hatte ihre Aufgabe unterschätzt, wie sie jetzt bemerkte. Eine halbe Ewigkeit schien zu vergehen, bis sie eine Hälfte kleingekriegt hatte. Außerdem waren alle Stücke krumm und schief. Paolo lächelte charmant.

»Wie für ein Stillleben von Picasso! Wundervoll! Genau richtig bei diesem Wetter...«

Paolos Deutsch war hervorragend, obwohl er viele Jahre seines Lebens in Rom verbracht hatte. Seine Stimme schlich sich in die Zwischenräume von Valeries Rippen, wo ihr Herz aufgeregt wartete. Sobald er ihr auch nur ein klitzekleines Zeichen gab, würde sie das Wagnis eingehen. Sie würde diesen Mann erobern.

»Darf ich?«

Sorgfältig suchte er die beiden am wildesten aussehenden Stücke der Melone aus. Ihr überreichte er das größere von beiden. Stumm aßen sie die ersten Bissen. Sie ließen die Süße auf ihren Zungen zergehen und sahen sich dabei ab und zu an. Seine Augen waren trotz der Übermüdung durch den Flug bestimmt die tiefgründigsten und gleichzeitig humorvollsten, die Valerie je gesehen hatte. Er war neun Jahre älter als sie, also vierunddreißig, und noch nicht verheiratet. Aber war er nicht liiert? Hatte Kela nicht eine Freundin in Rom erwähnt? Ihre Gedanken standen keine Sekunde still. Bestimmt war es zu früh, um von Paolo ein Zeichen von Interesse zu erwarten. Bestimmt war er erschöpft vom Jetlag.

»Warst du schon mal auf Stromboli?«

Er lächelte sie warm an, als sie verneinte. Seine schwarzen Locken, noch feucht von der Dusche, lagen eng um seine gebräunte Stirn. Er war gerade zwei Wochen dort gewesen, wie er ihr erzählte, um an einer neuen Oper zu schreiben. Während ihre Zähne immer wieder in dem saftigen Rot der Melone versanken, um das süße Fleisch bis zur Schale abzuschaben, erzählte er ihr von der kleinen Insel mit dem großen Vulkan.

»Es ist überraschend schön dort, aber auch beunruhigend. Ich musste immerzu an eine Sturmflut denken oder an einen Vulkanausbruch. Ich meine, die Leute auf der Insel würden bestimmt nicht alle rechtzeitig fortkommen...«

Wieder schwiegen sie. Beide schluckten sie die Kerne runter, nachdem sie in ihren Mündern zermahlen waren.

»Brian hat die Melonenkerne immer ausgespuckt...«

Es waren Valeries erste Worte, seit sie mit dem Essen der Melone begonnen hatten. Aber warum sprach sie ausgerechnet jetzt von ihrem Ex? Und warum musste sie noch drei weitere peinliche Sätze nachschieben, um sich dafür zu entschuldigen, dass sie von ihrem britischen Exfreund sprach? War sie völlig bescheuert?

Aber Paolo lachte fröhlich.

»Das ist die Hitze! Was auf Stromboli der Vulkan ist, ist in New York im Juli und auch noch im August diese verdammte schwüle Hitze. Sie macht uns alle ein wenig... wie soll ich sagen, vielleicht spontaner als sonst? Es muss dir nicht peinlich sein, über deinen Exfreund zu reden. Erstens ist er dein Ex, was ihn in meinen Augen zu einem Dummkopf macht, und außerdem zeigt es, dass du nicht leichtfertig liebst. Nicht wahr?«

Er sah Valerie derart intensiv an, dass ihr ganz schwindelig wurde.

»Du vergleichst mich mit deinem Exfreund. Das ist normal. Du suchst nach einem neuen Partner. Aber suche ihn dir diesmal besser aus. Nicht jeder bringt heute noch ein Herz mit in eine Beziehung. Viele bringen nur ihren Körper, ihre Lust und ihre Eitelkeit. Der andere ist austauschbar und wird schnell ersetzt. Aber du, du bist vielleicht anders ...?«

Sein Lächeln war eine Einladung zu sprechen. Aber Valerie war durch seine schonungslos direkte Art so befangen, dass sie sich schnell ein weiteres Stück Melone einverleibte, um nicht antworten zu müssen. Nein, sie wollte ihr Herz eigentlich nicht mehr in jede Beziehung mitbringen, und diesmal ganz sicher nicht. Ihr Plan mit Paolo war ein anderer.

Da sie schwieg, fuhr er fort. Sein Lächeln vertiefte sich zu zwei Grübchen in seinen Wangen.

»Vielleicht kommst du eines Tages nach Stromboli. Dann musst du auf den Vulkan klettern. Man fühlt sich dort wunderbar endlich und voller Demut dem Leben gegenüber.«

Er sprach über die Kraft eines Vulkans, die Zärtlichkeit des nächtlichen Mittelmeers, aber vor allem über seinen unmöglichen Beruf. In Stromboli, Rom und New York bereitete er als Komponist derzeit eine moderne Oper vor, ein, wie er ihr verriet, völlig hoffnungsloses Unterfangen.

»Ich bin zu jung für so ein ernstes Thema. Es war ein Fehler, diesen Vertrag zu unterschreiben. Aber sie haben mir Geld gegeben, und jetzt muss ich etwas abliefern, obwohl ich inzwischen nicht mehr von meiner ursprünglichen Idee überzeugt bin.«

Eine steile Falte zwischen seinen Brauen unterstrich seinen plötzlichen Ernst, als er von dieser künstlerischen Herausforderung sprach, die ihn im Moment überforderte.

»Ich lebe für meine Arbeit. Das ist mein schlimmstes Laster. Nichts sonst ist mir wirklich wichtig. Aber diesmal habe ich mir etwas ausgesucht, das eine Nummer zu groß für mich ist. Diese verfluchte Oper hat bereits meine Beziehung gesprengt...«

Hier machte er eine kleine Pause. Unsicher sah er Valerie an. Man sprach nicht über solche Dinge, nicht bei Wassermelone und einem ersten Zusammentreffen. Aber Valerie verstand ihn gut. War ihre Liebe nicht ebenfalls daran gescheitert, dass sie lieber mit ihrer Querflöte Zeit verbrachte, als für Brian zu kochen? Sie lächelte ihn schüchtern an.

»Aber wenn eine Liebe so etwas nicht aushält, dann ist es vielleicht gar keine richtige Liebe, sondern eher eine Affäre oder eine *Amour fou*? Eine richtige Liebe... also, so wie ich das verstehe und mir erträume, überwältigt mich mit der Kraft einer Sturmflut. Und diese Kraft, die kann ich dann auch wieder an meine Flöte weitergeben. Alles andere ist doch nur Vampirismus...«

Sein Gesicht war ernst geworden. Er sah aus dem Fenster, um ihren Blick zu meiden. Gegenüber drehte sich in der flimmernden Mittagshitze ein riesiger Kran vor der Skyline von Midtown über einer Baustelle in schwindelnder Höhe. Drinnen saß ein einzelner kleiner Mann und lenkte das Monster. Paolos Stimme klang traurig.

»Man sollte im Leben besser nicht allzu viel von der Liebe erwarten. Oder was meinst du? Dein Gefühl von Sturmflut klingt nach ewiger Verbundenheit. Aber genau das ist doch eine Illusion für jeden Künstler, der sein Talent weiterentwickeln will. In der Kunst ist letztendlich jeder für sich allein.«

Der Kran hatte sich einmal fast um die eigene Achse gedreht. Direkt vor ihrem Fenster zog der kleine Mann im Führerhaus jetzt einen riesigen Stahlbalken nach oben.

Valerie spürte ebenfalls Traurigkeit. Aber nicht nur der Verlust der Nähe zu Brian zog an ihrem Herzmuskel, sondern auch eine Einsamkeit, die mit dem Tod ihres Vaters begonnen hatte. Valerie kannte Einsamkeit und Hoffnungslosigkeit und selbst das nagende Gefühl, auf dieser Welt völlig überflüssig zu sein, war ihr nicht fremd. Und sogar die Tatsache, dass ein neues Gebäude genau diesem Fenster, an dem sie mit Paolo stand, schon in wenigen Wochen die Sonne nehmen würde, tat ihr mit einem Mal weh. Sie hätte losheulen können. Nur noch zu einem Flüstern war sie fähig, als sie, ohne ihn dabei anzusehen, sagte:

»Nichts kann bleiben, wie es ist. Immerzu verändert sich alles. Eine Liebe kommt und geht. Vielleicht ist es gut, wenn sie wieder geht, vielleicht aber auch nicht. Ich weiß nur, dass man nichts im Leben wirklich festhalten kann, nicht einmal das Leben selbst. Wozu soll man es überhaupt versuchen? Vielleicht sollte man einfach nur jeden Tag für sich genießen. Keine Erwartungen und keine Hoffnungen. Nur dann könnten Liebende nie voneinander enttäuscht werden. Vielleicht wäre das ja die Antwort auf die Frage der Liebe... Nie wieder eine Sturmflut, sondern immer nur ein wohltuender warmer Regen?«

Valerie sah ihm in die Augen, um ihren letzten Satz noch zu unterstreichen. Sie wollte möglichst glaubwürdig in ihrer Unverfänglichkeit erscheinen, denn sie hatte trotz aller Traurigkeit immer noch ihren Plan.

Doch seine Augen glaubten ihren Worten nicht. Er sah mit einem Mal wütend aus.

»Ich erzähle dir jetzt meine Geschichte der beliebigen Affären. Ich kann nicht ohne Herz. Ich krieg ganz einfach keinen hoch. Deshalb war ich immer treu und liebte jede meiner Frauen über Jahre, bis es eben nicht mehr ging. Weil unsere Wege woanders hinführten, musste es zu Ende sein. Aber genau deswegen bin ich immer noch wütend auf Carla! Warum nur musste sie mich betrügen? Noch dazu mit einem Dirigenten, den ich seit Jahren gut kenne ... Ich hätte sie umbringen können!«

Seine braunen sehnigen Schultern in dem weißen ärmellosen T-Shirt bebten vor unterdrücktem Zorn. Valerie war verwirrt. Hatte Kelas Halbbruder nun durch seinen Ehrgeiz gerade die Liebe seines Lebens verloren, oder hatte ein Rivale ihm die Frau ausgespannt? Sie wollte es genauer wissen.

»Erzähl mir mehr von Carla, wenn du magst.«

Doch plötzlich schien auch er befangen. Er schüttelte den Kopf und nahm sich ein weiteres Stück Melone. Schweigend und mit großen Bissen aß er jetzt, gieriger als zuvor kam er ihr vor. Valerie konnte sich nicht sattsehen an dem Spiel der Muskeln in seinem Kiefer, während er ein Stück nach dem anderen zermalmte. Er versuchte ein harmloses Lächeln.

»Ich wusste nicht, wie hungrig ich war. Du hattest Glück, die Wassermelonen in New York können mehlig und fad sein, aber deine ist eine Offenbarung. Sie lässt mich meine Sorgen vergessen ... So sollte es sein, nicht? Man steigt in ein Flugzeug, verlässt einen Kontinent und landet in einem neuen Leben, hoffentlich ohne Kummer.«

Später lachte Paolo wie ein kleiner Junge. Die riesige Melone war bis auf auf wenige Stücke in ihren Bäuchen verschwunden. Valerie entdeckte die erste rote Spur auf seinem Hemd und lachte ihn aus. Gut gelaunt zeigte er kurz darauf auf ihr hellgrünes Kleid. Drei Flecken und eine klebrige Straße in Richtung Ausschnitt.

»Deine Flecken sehen aus wie eine süße einladende Blüte. Das Rot passt perfekt zu deiner Unterwäsche ...«

Valerie errötete. Instinktiv schlug sie ihre Beine übereinander. Sie hatte vergessen, dass sie heute nicht die üblichen Jeans trug, sondern ein formloses Hängerkleid in fahlem Grün mit türkisem Rand an Ausschnitt und Trägern. Darunter trug sie BH und Höschen in Himbeerrot. Hoffentlich hatte Paolo den Träger ihres BH gemeint. Sie lachte unsicher und griff sich das vorletzte Stück. Falls er ihr zwischen die Beine gesehen hatte, weil sie wie ein Kerl dasaß, konnte er das durchaus als Auftakt verstehen. War sie wahnsinnig geworden? Wollte sie wirklich mit einem Mann etwas anfangen, der immer noch sauer auf seine Ex war? Ihr Plan war inzwischen ins Wanken geraten. Auf Aggressionen im Bett hatte sie keine Lust.

»Und woran denkst du jetzt gerade, Melonenprinzessin?«

Sie hatten ein Spiel daraus gemacht. Diesmal wollte Valerie allerdings nicht antworten. Was gingen ihn schließlich ihre albernen Pläne an? Aber seine Augen fixierten sie mit festem Blick.

»Bist du etwa zu feige?«

Obwohl die alte Klimaanlage in dem Atelier mit den großen Fenstern auf Hochtouren lief, schien die Luft um sie herum jetzt vor Spannung zu flimmern. Das Weiß seiner Augen war vom langen Flug mit zahllosen kleinen roten Äderchen durchzogen. Mit einem Mal hatte er etwas von einem Vampir.

»Meine Schwester hat mir nur wenig von dir erzählt. Nur, dass du Querflöte spielst und aus München kommst. Das weiß ich von dir. Ansonsten hat Kela mir viel von diesem Thomas erzählt, obwohl ich nicht verstehen kann, was sie auf Dauer mit einem Juristen anfangen will. Sie wird vertrocknen wie unsere Mutter...«

Valerie musste lächeln. Er sprach ihr aus der Seele. Künstler und Paragrafenreiter waren sehr unterschiedlich in ihrem Wesen. Neugierig sah sie Paolo an.

»Von dir weiß ich, dass du elf Jahre älter bist als Kela, einen talentierten, geheimnisvollen Vater hast und verrückte Kompositionen schreibst. Außerdem bist du mit einer der schönsten Frauen Roms liiert...«

»War ich«, korrigierte er ruhig. »Ich habe Carla zum Teufel gejagt. Und ich werde sie auch vergessen können.«

Während er genüsslich das letzte Stück Melone vom Tisch

nahm und es verzehrte, folgte Valeries Blick dem roten Saft, der von der rauen Holzplatte unaufhörlich auf das helle Linoleum tropfte. Auch er sah zu, wie sich die Lache am Tischrand sammelte, zu einzelnen Tropfen verdichtete, die mit kaum wahrnehmbarem Laut auf dem Boden zerplatzten.

»Kannst du den Geschmack der Melone auch hören?«

Er flüsterte, aber Valerie wusste sofort, was er meinte. Sie liebte Töne und Gerüche, aber Töne waren durch die Musik ihr Leben. Der Klang des aufprallenden Tropfens auf dem Boden war zart und fast nicht hörbar, doch Valerie verstand, was er meinte.

»Hört sich an, wie Jasmin riecht...«

»...in einer Septembernacht im Süden.«

Das Lächeln, mit dem ihre Augen ineinander versanken, war ein einziges Einverständnis. Man würde nicht weiter benennen, was zwischen ihnen keine Worte brauchte. Sie bewohnten den gleichen seltenen Planeten.

Mit weichen Knien stand sie auf und ging zur Spüle. Sie holte einen feuchten Lappen, kehrte zurück und kniete sich zu seinen Füßen nieder. Wieder lächelte er mit seinen rot geäderten Vampiraugen. Wenn, dann ist er ein sanfter Blutsauger, dachte sie, während sie um seine wohlgeformten Füße herum den süßen Saft aufwischte. Seine Fußnägel waren hell. Selbst die Hornhaut an seiner Ferse war weich von den vielen Strandspaziergängen auf Stromboli. Sie konnte das Meer an ihm förmlich riechen. Ungeduldige kleine Kribbeltiere liefen an ihrer Wirbelsäule auf und ab. Zu gerne hätte sie seine Haut berührt, aber sie traute sich nicht.

Paolos Stimme war rau vor Sehnsucht.

»Es ist lange her, seit ich eine andere Frau als Carla berührt habe... Es wäre ein Geschenk für mich, dich glücklich zu machen. Was meinst du, ist dieser Tag heiß genug für ein wenig Unvernunft?«

Valerie sagte nichts. Ihr Mund war trocken. Sie konnte ihr

113

Glück kaum fassen. Nichts, rein gar nichts musste sie tun, um diesen Halbgott zu verführen. Paolo brauchte ganz einfach, was sie auch brauchte. Zwei ausgehungerte Körper, die Liebe ohne lästige Nebeneffekte wollten, weiter nichts.

Wie selbstverständlich glitt er vor seinem Stuhl zu ihr auf den Boden. Sie knieten sich einander gegenüber hin und sahen sich in die hungrigen Augen. Er nahm ihr Gesicht in seine Hände und näherte seine Lippen den ihren.

In diesem Moment schlug oben die Wohnungstür zu.

»Paolo? Mein Paolo...wo bist du?«

Nicht einmal fünf Sekunden später war es Kela, die in Paolos Armen lag, während Valerie mit hochrotem Kopf den Lappen mit dem Melonensaft in der Spüle auswusch. Ihre Lippen brannten, obwohl sein Mund den ihren kaum berührt hatte. Ihr Atem ging heftig, und ihren Brüsten war der BH mit einem Mal viel zu eng. Am liebsten wäre sie auf der Stelle unter die eiskalte Dusche geflüchtet, um Kela nicht in die Augen sehen zu müssen. Nicht auszudenken, was ihre Freundin gesehen hätte, wenn sie nur fünf Minuten später gekommen wäre!

»Valerie...hallo, Erde an Valerie! Ich habe dich etwas gefragt! Würde es dir etwas ausmachen, für ungefähr zehn Leute deine tollen Eier mit Senfsoße zu machen? Und hättest du Lust, mit Paolo, Brian und noch ein paar anderen Leuten raus in Mamas Strandhaus zu fahren? Wir wollen Paolos Ankunft feiern...und Eier mit Senfsoße sind sein Lieblingsgericht.«

Eine wertvolle Skizze von Eiern mit Senfsoße hing Jahre später an der Wand von Valeries exklusivem Arbeitszimmer in New Yorks Upper Eastside. Valerie war nicht die Einzige mit diesem seltsamen Leibgericht. Diese Skizze von zwei gepellten Eiern, die miteinander in dicker scharfer Soße schwammen, hatte ein berühmter Künstler einst Paolos geheimnisvollem Vater geschenkt. Bei seiner Aufführung war dem Tenor im Feuer der Leidenschaft der Umhang an einem Nagel hängen geblieben, und er war auf der Bühne gestürzt. Trotz gebrochenem Arm hatte er zu Ende gesungen. Der berühmte Maler war davon so beeindruckt, dass er den Tenor zum Essen einlud. Sie entdeckten ihre gemeinsame Lieblingsspeise. Mit am Tisch saß eine junge Theaterautorin, die sich unsterblich in den italienischen Tenor verliebt hatte, der leider verheiratet war.

Paolo verriet Valerie erst nach der Geburt ihres ersten Kindes den Namen des Tenors, dessen Stimme seine Mutter einst verzaubert hatte, so sorgfältig gehütet war dieses Geheimnis. Paolo selbst hatte seinen Vater nie kennenlernen dürfen, aber er hatte rührende Briefe zu jedem seiner Geburtstage bekommen. Und so war es selbstverständlich, dass Valeries und Paolos erster Sohn nach einem weltberühmten Tenor benannt wurde.

Doch all das geschah Jahre nach ihrer ersten magischen Nacht in dem Strandhaus auf Fire Island. Paolos Ankunft sollte mit Valeries Eiern in Senfsoße und weiteren Köstlichkeiten gefeiert werden. Aber war das der Anfang? Oder hatte ihr Schicksal bereits früher begonnen, vielleicht in dem heißen Kostümfundus der *Metropolitan Opera*, in dem sie über einen Fleck rätselte?

In dem hölzernen grauen Strandhaus, das auf Stelzen in der vordersten Dünenreihe stand, spürten Valerie und Paolo, dass zwischen ihnen mehr als ein lauer Regen plätscherte. Weder sie noch er brachten auch nur einen einzigen Bissen runter. Ihr Exfreund Brian konnte mit seiner neuen Sylvia von den Eiern in Senfsoße nicht genug bekommen. Valerie wunderte sich. Hatte sie wirklich diese britische Wasserleiche geliebt? Es musste in ihrem anderen Leben gewesen sein.

Ein einziger Atemzug zirkulierte durch ihre Körper, als Valerie und Paolo sich im Morgengrauen das dritte Mal in dieser Nacht im Rhythmus der Wellen im Schlafzimmer von Paolos Mutter liebten. Aufrecht waren sie, die Augen wie Süchtige ineinander versunken, ihre Beine als Blütenblätter um den Körper des anderen gefaltet. Valerie, die beim Liebesspiel sonst nur ungern den Ton angab, dirigierte den dritten Tanz. Gemeinsam schwebten sie jenseits der menschlichen Ebene der Lust. Sie fühlte sich in seinem Blick schöner als jede Göttin. Er war sie, und sie war er. Aufgehoben in dem Wissen, dass es sie wirklich gibt, die große Liebe, gab sie ihm, was sie in ihrem Inneren an Schätzen angesammelt hatte.

Als sie danach in der ersten Morgensonne runter ans Meer gingen, musste seine Stimme das Rauschen der Wellen übertönen.

»Wie klingen wir zusammen?«

Valerie lächelte. Sie hatten während der drei Liebesakte nicht geredet, nicht ein einziges Wort. Trotzdem wusste sie, was er meinte.

»Wie eine Sturmflut«, rief sie und zog ihn mit sich ins salzige Wasser. Sie hatte die Absicht, ihn nie wieder loszulassen.

Susanne Mischke

Das Luder

»Ja, pfui Deiwel!« Mit spitzen Fingern hält Elfriede ein Textil weit von sich weg, das beim Abziehen des Bettes zum Vorschein gekommen ist. Es ist nicht das erste Beweisstück, das sie findet. Da waren neulich schon die langen, blonden Haare, die den Abfluss der Dusche verstopften, und der verblasste Lippenstiftabdruck an einem Weinglas, den der Öko-Spülgang nicht beseitigt hat. Beim Spülen sparen, aber stattdessen einen Haufen Geld für Viagra ausgeben! Die Packung mit den blauen Pillen hat sie letzte Woche in seinem Schreibtisch entdeckt, angebrochen, zwei fehlten. Hoffentlich, denkt Elfriede, übertreibt er es nicht, immerhin hatte er schon mal Probleme mit dem Herzen. Doch auf so etwas nimmt dieses dahergelaufene Luder natürlich keine Rücksicht!

Aber dieses...dieses...Dingsda ist mit Abstand das frivolste Indiz dafür, dass er seine jüngste Eroberung neuerdings auch nach Hause bringt: ein grellrotes, durchsichtiges Dreieck an dünnen Schnüren. Elfriede kann sich beim besten Willen nicht vorstellen, wie man so etwas tragen kann, ohne dem ständigen Bedürfnis nachzugeben, sich die Schnur aus der Poritze zu ziehen. Sie überlegt, wie mit dem Corpus Delicti zu verfahren ist. Soll sie es demonstrativ auf das Kopfkissen legen? Oder auf seinen Schreibtisch? Sie entscheidet sich dagegen. Vorerst braucht Sepp-Dieter nicht zu merken, dass sie Bescheid weiß. Wissen ist Macht. Ein

Wissensvorsprung bedeutet Handlungsfreiheit. Sie steckt das obszöne Kleidungsstück in eine Plastiktüte und trägt sie nach draußen, zur Mülltonne. Wütend knallt sie den Deckel zu und bleibt dann für einen Augenblick im Vorgarten stehen. Sie ist erschöpft, nicht nur körperlich, auch seelisch. Vor allem seelisch. Vielleicht sollte auch sie sich Pillen verschreiben lassen, es gibt doch gegen jedes Leiden irgendwelche Pillen. Aber das wäre sinnlos, sieht Elfriede ein, denn sie kennt die Ursache ihrer Niedergeschlagenheit ganz genau: die Häfele. Gegen die Häfele hilft keine Pille. Vielleicht sollte sie aufgeben, die Segel streichen, freiwillig den Dienst quittieren, ehe man sie davonjagt? Denn dieses Mal scheint nichts zu helfen. Die anderen haben sich alle mehr oder weniger leicht vergraulen lassen: ein Briefchen hier, ein bisschen Telefonterror dort, ein paar kleine »Aufmerksamkeiten« effektvoll platziert... Aber die Häfele ist ein harter Knochen. Weder die zwei platten Autoreifen noch die tote Ratte auf dem Fußabtreter haben sie nachhaltig beeindruckt. Wenn es so weitergeht, dann wird sie am Ende noch hier einziehen – in den abbezahlten Bungalow auf dem Eselsberg. Das würde dieser Schnepfe so passen!

Elfriedes Blick schweift über die akkurat geschnittenen Buchsbäumchen, die Rhododendren, die Zierkirsche. Die Fassade wurde letztes Jahr frisch geweißelt und blendet mit den blitzblank geputzten Fensterscheiben um die Wette. Dies alles sollte sie aufgeben? Achtzehn gemeinsame Jahre einfach wegwerfen, wegen so einer dahergelaufenen Zuddel? Auf keinen Fall! Elfriede stampft mit dem Fuß auf und schüttelt trotzig den Kopf mit der praktischen Kurzhaarfrisur. Jede hat ihre Schwachstelle, man muss sie nur finden. Natürlich hat Elfriede bereits recherchiert, ganz nach dem Motto: Kenne deinen Feind. Das Luder heißt Barbara Häfele, Alter: 38. Zwanzig Jahre jünger als er! Sie fährt einen silbergrauen Z4, ein unvernünftiges, auffälliges Fahrzeug, das seit Kurzem einen hässlichen Kratzer quer über der Kühlerhaube hat. Ihr gehört ein Laden für – ja was eigentlich? Kruscht! Lampen, Bilder, Gartenfigürchen, Vasen, Blumentöpfe, Tongeschirr... Lauter Dinge, die die Welt nicht braucht, und wahrscheinlich alles made in China. Der Laden befindet sich im Zentrum von Ulm, in einem aufwendig renovierten Altbau, die Wohnung der Häfele liegt direkt darüber.

Wer kauft bloß dieses Zeug?, hat sich Elfriede bei einem Blick durch das Schaufenster gefragt. Wahrscheinlich so oberflächliche Naturen wie die Ladenbesitzerin selbst. Frauen also, die das sauer verdiente Geld ihrer Männer mit vollen Händen für Klamotten, Kosmetik und Krimskrams ausgeben. Elfriede findet so etwas verwerflich. Sie ist in bescheidenen Verhältnissen groß geworden, sie hat das Sparen noch gelernt. Sie benutzt sogar die Teebeutel zweimal.

Ins Geschäft der Häfele hat sich Elfriede nicht gewagt, aus Furcht, von ihr erkannt zu werden. Sie ist ihr zwar im Haus noch nie begegnet, Gott bewahre, aber das könnte ja eines Tages passieren, so hemmungslos, wie die zwei in letzter Zeit ihren niedrigen Begierden nachgehen. Aber durchs Schaufenster hat sie ihre Feindin schon häufiger beobachtet. Wie die sich aufdonnert! Schlimmer noch als die Verkäuferinnen in der Kosmetikabteilung von Kaufhof. Die steht in der Früh bestimmt eine Stunde vor dem Spiegel! Alles in allem lautet Elfriedes Urteil: zu blond, zu braun, zu dürr. In zehn Jahren wird sie aussehen wie ein eingeschnurrter Lederapfel, ihre Beine erinnern jetzt schon an Hühnerflügel, die zu lange auf dem Grill gelegen haben. Aber so etwas sehen Männer ja nicht. Ein paar blonde Zotteln und etwas Schminke wirken auf sie wie Bananen auf Bonobos. Und eines vergessen sie sowieso: Nach zwei, drei Jahren sieht es unter jeder Bettdecke gleich aus. Sagt ihre Freundin Maria, und die muss es wissen, nach zwei Scheidungen. Dann zählen andere Werte. Und welche hat dieser aufgedonnerte Hafen da bitteschön zu bieten? Ach, Sepp-Dieter, du Schoofseggl, du blinder!

Elfriede geht wieder ins Haus. Angeekelt und mit dem

Gefühl, gerade etwas höchst Demütigendes zu tun, stopft sie die Bettwäsche in die Waschmaschine. Dann räumt sie die Küche auf: zwei Teller, zweimal Besteck, Kerzenstummel im Mülleimer. Hat er gestern Abend etwa für sie gekocht, ein romantisches Candle-Light-Dinner? Oder gar sie für ihn? Elfriede kann sich nicht vorstellen, dass dieser Hungerhaken kochen kann, und wenn, dann bestimmt nur Salat und Sushi. Und das, wo Sepp-Dieter doch so gerne deftig isst! Für ihre Linsen mit Spätzle und ihren Rollbraten würde er sterben, das hat er erst neulich wieder zu ihr gesagt.

Auf dem Esstisch steht ein Gegenstand aus Keramik, der bis gestern noch nicht zum Haushalt gehörte. Beim genauen Hinsehen stellt sich heraus, dass seine Funktion – Kerzenständer – hier auf sehr anschauliche, zweideutige Weise umgesetzt wurde. Elfriede stockt der Atem. So was Frivoles, so was Ordinäres! Seine Herkunft ist ja wohl eindeutig: der Kruschtladen der Häfele. Hoppsala! Jetzt ist er ihr runtergefallen, und das gleich drei Mal. Sepp-Dieter wird ihr das kleine Missgeschick sicher verzeihen.

Elfriede gießt den Gummibaum und die Kakteen, die sie über all die Jahre hat wachsen sehen, dann wischt sie das Parkett, bis es glänzt wie eine Eisfläche. Arbeit lenkt von jeglichem Kummer ab, und beim Putzen sind ihr schon immer die besten Ideen gekommen. Zum Beispiel die mit dem Katzenfell, das sie der Letzten – einer Katzenbesitzerin – an die Haustür genagelt hat. Die hat die Botschaft wohl verstanden, und schon ward sie nicht mehr gesehen...

Leider hat die Häfele keine Haustiere. Elfriede hat mehrmals ihre Mülltonne kontrolliert, da waren weder Tierfutterdosen noch Katzenstreu, nur Verpackungen von Magermilch, Magerquark, Diätjoghurt und Diätmargarine und Espresso, alles teure Markenprodukte. Für Aldi oder Lidl ist sich Madame wohl zu schade. Nein, die Häfele hat nicht einmal Fische oder einen Wellensittich. Die hat nur ihr Horn. Und das macht sie so gefährlich.

Mit wütenden Strichen bürstet Elfriede den guten Anzug und die Rohrspatzen-Uniform. Beides wird Sepp-Dieter in den nächsten Tagen öfter brauchen, denn die Ulmer Schwörwoche steht vor der Tür. Schon heute, am Freitag, tobt das Volksfest in der Friedrichsau, und morgen Abend findet die Lichterserenade statt, bei der über fünftausend Kerzen die Donau hinunterschwimmen. Romantisch ist das, Elfriede hat sich das letztes Jahr angesehen, zusammen mit ihrer alten Schulfreundin Maria. Sie seufzt. Wie viel lieber würde sie sich das mit Sepp-Dieter ansehen. Arm in Arm könnten sie am Ufer stehen, vor ihnen die Laternen, über ihnen die Sterne, und dann würde er sie küssen. Liebe Frau Krammetbauer, würde er sagen ... Schmarrn! Frau Krammetbauer! Er würde sie natürlich beim Vornamen nennen. Liebe Elfriede, würde er also sagen, liebe Elfriede, schon so viele Jahre sorgst du für mich und das Haus, wie es keine Frau besser gekonnt hätte, nicht einmal meine Isolde, Gott hab sie selig. Ich möchte, dass du nicht länger meine Zugehfrau bist, sondern meine Ehefrau wirst ... Elfriede Kretschmer. Sie bräuchte nicht einmal ihre Initialen zu ändern.

Im Geist hört Elfriede schon die Hochzeitsglocken läuten, aber es ist nur der Schlag der Standuhr, der sich in ihre Tagträume mischt. Jesses, schon zwölfe! Um eins kommt Sepp-Dieter zum Mittag aus seinem Versicherungsbüro. Na ja, heute muss es nichts so Üppiges geben, die Herrschaften haben ja gestern Abend ausgiebig gespeist. Ob er wohl mit der Häfele zur Lichterserenade geht? Am Ende wird er noch die Häfele fragen, ob sie ... Nein! Schluss damit! Elfriede verbietet es sich, weiter solchen Gedanken nachzuhängen, und bürstet stattdessen einen kleinen Fleck vom Revers der Uniformjacke. Am Montag steigt das große Ulmer Stadtfest, dafür braucht er den Anzug und die Uniform in tadellosem Zustand. Alle Geschäfte sind an diesem Tag geschlossen, die ganze Stadt ist auf den Beinen. Das Spektakel beginnt vormittags um elf Uhr mit dem Rechenschaftsbericht des Oberbürgermeisters auf dem Balkon des Schwörhauses auf dem Weinhof. »Reichen und Armen ein gemeiner Mann zu sein«, schwört das Stadtoberhaupt am Ende seiner Rede. Als Stadtrat darf Sepp-Dieter Kretschmer bei diesem offiziellen Akt natürlich nicht fehlen. Am Nachmittag des Schwörmontags nimmt dann der inoffizielle Höhepunkt des Festes seinen Lauf: das Nabada. Ein Karnevalsumzug auf dem Wasser, mit phantasievollen, aufwendig gestalteten Themenbooten und zahlreichen Kapellen auf Schiffen und Flößen. Dazu kommen Tausende Bürger, die in individuellen, teilweise abenteuerlichen Eigenkonstruktionen an dem Wasserumzug teilnehmen. Sie alle »baden« über sieben Kilometer die Donau hinab bis zur Friedrichsau, wo im Anschluss an das Nabada die Hockete stattfindet, der gemütliche Teil des Abends.

Letztes Jahr, erinnert sich Elfriede, war sie eine von sechzigtausend Zuschauern gewesen, die am Ufer gestanden und den Themenbooten und schwimmenden Kapellen zugewinkt haben. Als Sepp-Dieter mit seinen Rohrspatzen an ihr vorbeischwamm, hat sie gejuchzt und wild applaudiert. Er hat sie aber nicht bemerkt, wie auch, bei dem Krach und den vielen Leuten. Klatschnass ist sie hinterher gewesen, denn wer ganz vorne steht, bekommt auch am meisten von der Spritzerei ab. Dieses Jahr ist auch die Häfele auf dem Floß mit dabei. Seit drei Monaten ist sie mit ihrem Flügelhorn Mitglied des Bläserensembles Ulmer Rohrspatzen. Natürlich glaubt Sepp-Dieter, dass sich er und die Häfele per Zufall bei den Rohrspatzen kennengelernt haben. Das hat jedenfalls neulich in dem Briefentwurf gestanden, der in seinem Papierkorb gelegen hat. Er hat es dann wohl doch nicht übers Herz gebracht, diesen Schmonzes abzuschicken. Liebesschwüre wie ein Teenager und Schweinskram, den man gar nicht wiedergeben möchte. Wie kann ein gestandener Mann so tief sinken? Aber Elfriede weiß, dass das mit den Rohrspatzen kein Zufall war. Die Häfele überlässt nichts dem Zufall, die hat sich aus purer Berechnung in die Bläsertruppe eingeschlichen. Das war die einfachste und effektivste Art, um an Sepp-Dieter heranzukommen. Elfriede selbst hat es vor Jahren ebenfalls einmal mit der Posaune versucht, aber nach einem halben Jahr der Quälerei und zahlreicher Beschwerden aus der Nachbarschaft hat sie einsehen müssen, dass sie nicht im Geringsten musikalisch ist.

Die Häfele aber hat es geschafft. Dabei sucht die doch nur einen Gespickten, eine gute Partie, damit sie ausgesorgt hat und nicht mehr auf ihren hohen Hacken in diesem langweiligen Laden herumstehen muss. Wahrscheinlich steht das Geschäft kurz vor der Pleite. Viel Kundschaft hat Elfriede jedenfalls noch nie darin gesehen. Dazu die Wohnung, das protzige Auto... Und dieser verliebte Gockel durchschaut das nicht, der läuft geradewegs in sein Unglück, in die Fänge dieser... dieser Heiratsschwindlerin!

Nein, das fehlte noch, dass sie, Elfriede, am Ufer steht und der Häfele zujubelt. Niemals! Es muss endlich etwas geschehen, man muss dieser Person endgültig das Handwerk legen. Und während sie mit zärtlich ordnenden Fingern die Fransen der Rohrspatzen-Uniform kämmt, formt sich in ihrem Kopf langsam eine Idee.

Das schnittige, ferrarirote Metzeler-Schlauchboot lagert seit Urzeiten in Elfriedes Keller. Es stammt noch von ihrem Vater, der es zum Angeln benutzt hat. Aber es hält nach wie vor dicht, sie hat es am Samstag an einem Fischweiher ausprobiert und auch gleich ein bisschen das Paddeln geübt. Allerdings ist sie darin nicht sehr geschickt. Überhaupt ist das Wasser nicht Elfriedes Element. Bodenständig, wie sie als Tochter eines Schusters nun einmal ist, hat sie lieber festen Grund unter den Füßen. Aber besondere Umstände erfordern eben besondere Maßnahmen.

Pünktlich um 15 Uhr, dem Beginn des Nabada, lässt sie ihr Boot im Schatten zweier Imbissbuden zu Wasser. Es herrscht ein Mordsverkehr auf der Donau, und während das Manövrieren im Fischweiher zuletzt ganz gut geklappt hat, erweist sich die Donau als schwierig schiffbares Gewässer, zumindest für ein Schlauchboot. Je hektischer Elfriede mit dem Paddel im Wasser herumstochert und mit der Strömung kämpft, desto öfter kommt es zu Zusammenstößen mit anderen Wasserfahrzeugen.

»Obacht, Suggl!«, brüllt die Besatzung eines Wikingerschiffes.

»Sperr doine Glotzbebbel auf, Säule!«, blafft eine dralle Nixe.

»Bass doch auf, Halbdackel, b'soffener!«, rufen die Angerempelten einer venezianischen Gondel. Die Gondolieri haben ein Bierfässchen an Bord und sind nicht mehr ganz nüchtern.

Elfriede grinst, was jedoch keiner sehen kann. Die Schweinemaske hat sie vor einigen Jahren an Fasnet getragen, zusammen mit dem weiß-blauen Ringel-T-Shirt, das ihr bis zu den Waden reicht. Ihre Freundin Maria hat sie damals mit zum Umzug geschleppt, und Maria war es auch, die neulich Elfriedes geheime Ängste ungeniert laut aussprach. »Du musst vorsichtig sein«, hat sie gesagt. »Eine neue Frau wird immer alles daransetzen, als Erstes die Haushälterin ihres Geliebten rauszuekeln. Denn das ist die Frau, die ihm am nächsten steht. Abgesehen von seiner Mutter, natürlich.«

Aber Sepp-Dieter hat keine Mutter mehr, er hat nur sie, Elfriede. Ist ihm das eigentlich klar? Und Elfriede hat nur ihn. Sie war einmal verlobt, zwölf Jahre lang, dann hat der Saukerl sie wegen einer anderen verlassen. Damals war Elfriede so verzweifelt gewesen, dass sie nicht mehr im Reisebüro arbeiten konnte. Sie ertrug die glücklichen Pärchen nicht mehr, die bei ihr ihre Urlaubsreisen, Flitterwochen und Silberhochzeits-Kreuzfahrten buchten. Schließlich antwortete sie auf eine Annonce, in der eine Haushälterin gesucht wurde, denn Kochen und Putzen, das konnte sie und machte es sogar gern. Es tat gut, Ordnung ins Leben anderer

Leute zu bringen, wenn schon das eigene aus den Fugen geraten war. Sepp-Dieter war damals frisch verwitwet und kam natürlich hinten und vorne nicht klar. Elfriede übernahm im Nu das Ruder im verlotterten Haushalt des unglücklichen Mannes, und verliebte sich überdies binnen weniger Wochen in ihn. Sie ließ sich nichts anmerken, sie besaß ja Anstand, sie wollte erst das Trauerjahr abwarten. Doch es war noch nicht ganz vorbei, als er schon das erste Techtelmechtel mit einem wildfremden Frauenzimmer anfing. Und das war nur der Auftakt zu einer Endlosserie. Wo bekam er eigentlich diese Weiber immer her? Vermutlich aus dem Internet. Das Internet machte das Schlechtsein heutzutage ja so leicht.

Der diesjährige Schwörmontag ist ein strahlend schöner Julitag, die Sonne knallt erbarmungslos vom Himmel herunter. Elfriedes Kopf kocht unter der Gummimaske im eigenen Saft wie Schweinskopfsülze. Ein paarmal muss sie die Maske abnehmen, um nicht zu ersticken und sich den Schweiß mit kühlem Donauwasser abwaschen. Das dünne braune Haar klebt ihr am Kopf. Bloß gut, dass Sepp-Dieter mich nicht so sieht. Aber sieht er mich überhaupt je genauer an, oder gehöre ich für ihn schon zum Mobiliar? Ihren neuen Kurzhaarschnitt im vergangenen Monat hat er jedenfalls mit keinem Wort kommentiert.

Der Rüssel behindert die Sicht, was Karambolagen mit anderen Booten zusätzlich begünstigt, aber das Floß der Ulmer Rohrspatzen sieht Elfriede trotzdem sofort. Langsam und majestätisch bewegt es sich den Fluss hinab, und flott sehen sie aus, diese roten Uniformen mit den goldenen Litzen und Tressen, passend zum in der Sonne glänzenden Blech der Tuben, Posaunen, Hörner und Trompeten. Außerdem sind die Rohrspatzen nicht zu überhören, sie sind bestimmt eine der lautesten Kapellen auf der Donau. Zwanzig Musiker mit Instrumenten und Notenständern drängeln sich auf dem Floß, dazwischen stehen ein paar Sprudelkisten und ein Fünfzig-Liter-Fass Gold Ochsen. Vorne rechts bemerkt sie Sepp-Dieter, er ist der erste Posaunist. Ihr Herzschlag macht einen kleinen Holperer, und sie widersteht dem Impuls, ihm zuzuwinken. Er könnte sie ohnehin nicht erkennen – das ist ja der Zweck ihrer Maskerade. Wie schmuck und stattlich er doch aussieht, auch wenn die Uniform um die Leibesmitte ziemlich spannt. Das ist etwas, das er mit Elfriede gemeinsam hat. Auch sie hat in letzter Zeit um die Taille herum etwas zugelegt. Kummerspeck wahrscheinlich. Aber dafür hat sie kaum Falten im Gesicht, und das mit Ende vierzig. Ob Sepp-Dieter das je aufgefallen ist? Neben ihm steht die Häfele, diese halb verhungerte Habergois! Den Uniformrock hat sie wohl extra noch ein Stück gekürzt, damit man auch ja ihre dürren Stecken sieht. Dafür quillt ihr der Busen aus der Bluse, dass es aussieht wie zwei Dampfnudeln. Silikon-Dampfnudeln, spekuliert Elfriede. Die können unmöglich echt sein. Sie verzieht das Gesicht unter ihrer Maske. Peinlich, wie sich das Drecksmensch mit ihrem Horn ins Zeug legt, die Backen aufbläst und mit den Hüften wackelt.

Schwungvoll intonieren die Rohrspatzen »Mein kleiner grüner Kaktus«. Elfriede arbeitet sich näher an das Floß heran. Auf dem Wasser herrscht ein immer dichteres Gedränge, zahlreiche Kapellen wetteifern darum, die lauteste zu sein, Themenschiffe, die die Lokalpolitik aufs Korn nehmen, werden beklatscht und bejohlt, die Zuschauer am Ufer werden von den übermütigen Bootsbesatzungen nass gespritzt. Niemand beachtet Elfriede, niemand erkennt sie. Ein Schweinskopf fällt hier nicht weiter auf, sondern ist eine oft zitierte und stets gern gesehene Anmerkung zur Lokalpolitik.

»Eine Seefahrt, die ist lustig…« Nachdem die letzten Töne des Stücks verklungen sind, greifen die Musikanten nach ihren Bierkrügen, und der Dirigent deklamiert:

O du schöner Gerstensaft,
wie stärkst Du meine Glieder
– und wo da Dreck am diafsdn is,
do wirfst Du mi na nieda.

Auch Elfriede verspürt nun einen rasenden Durst – und eine rasende Wut, denn sie muss jetzt hilflos zusehen, wie Sepp-Dieter den Krug wieder absetzt und seine bierfeuchten Lippen gierig auf die angeschmierte Gosch der Häfele presst.

»Und des vor alle Leit!«, flüstert Elfriede in ihren Rüssel. »Dia ham iberhaupt koin A'schtand mehr!«

Was folgt ist sowohl Teil ihres Plans als auch Reflex. Elfriede holt aus, die Kante des Paddels fährt der Häfele mit Schmackes in die Kniekehlen. Ihr Aufschrei beendet den Kuss, etwas Goldenes fliegt im hohen Bogen ins Wasser.

»Mei' Hörnle!«

Es platscht ordentlich, als die Häfele ihrem Instrument hinterherspringt.

»Schätzele, noi!« Sepp-Dieter beugt sich übers Wasser, anscheinend unschlüssig, ob er seiner Liebsten ins kühle Nass folgen soll oder besser nicht. Die Häfele geht auf Tauchstation, dem sinkenden Horn hinterher. Die anderen Ulmer Rohrspatzen – die meisten von ihnen gestandene Mannsbilder mit einer Statur ähnlich der von Sepp-Dieter – eilen herbei, um zu sehen, was los ist. So viele wohlgenährte Spatzen auf einer Seite bringen das Floß jedoch arg in Schräglage; Notenständer kippen um, das Bierfass kommt ins Rollen, ebenso die große Pauke, Sprudelkisten und Bierkrüge geraten in Bewegung und schlagen gegen Schienbeine, Arme rudern, Leiber wanken, prallen aufeinander, verlieren den Halt, rutschen unter der Reling durch und stürzen in die schöne blaue Donau. Es ist eine geradezu apokalyptische Szene, die Elfriede beobachtet, wobei sie sich vor Entsetzen die Hände vor den Rüssel hält. Das Floß, nun befreit von seiner Last, schaukelt wieder zurück in die Waagerechte.

Die Ulmer Rohrspatzen dagegen tummeln sich hustend und spuckend im Wasser, Trompeten, Posaunen, Hörner und Klarinetten werden verzweifelt in die Höhe gehalten, während die ersten schon wieder versuchen, das Floß zu erklimmen. Das scheint indessen nicht so einfach zu sein, denn die Körper der Musikanten sind überwiegend unsportlich, und die vollgesogenen Uniformen machen die Sache nicht gerade einfacher. Elfriede hält Ausschau nach der Häfele und nach Sepp-Dieter, aber da sind nur chaotisch durcheinanderwimmelnde Leiber, das Ganze erinnert ein wenig an eine Krokodilfütterung. Erschwerend kommt hinzu, dass die Köpfe der Herren mit dem spärlichen, klatschnassen Haar – böse Zungen würden sie »Moschtköpf« nennen – alle irgendwie gleich aussehen. Zum ersten Mal und nicht gerade im passenden Moment, das muss Elfriede zugeben, kommt ihr der Gedanke, dass womöglich auch ein Sepp-Dieter Kretschmer austauschbar ist.

Der Tumult hat andere Boote angezogen, man bemüht sich zu helfen. Unter den ersten geretteten Schiffbrüchigen hebt ein großes Spucken, Prusten und Schimpfen an, denn einige der wertvollen Instrumente sind in den Wellen der Donau verschwunden. Darunter ist wohl auch das Horn der Häfele, die sich gerade wie eine Hafendirne fluchend auf das Floss stemmt. Unkraut verdirbt nicht, denkt Elfriede verärgert.

Das Motorboot der Wasserwacht nähert sich, gefolgt von einem Polizeiboot. Ihr Verstand sagt Elfriede, dass es klüger wäre, rasch von hier zu verschwinden, für den Fall, dass doch jemand beobachtet hat, wie ein Schwein im Ringelhemd ein Paddel gegen die Haxen der Häfele schmetterte. Hier kann sie ohnehin nichts mehr tun. Betont unauffällig paddelt sie mit dem Strom und entfernt sich zügig, aber nicht zu hastig, vom Ort des Geschehens. Sie überholt die große Pauke, die flussabwärts treibt, und ein paar Hüte der Rohrspatzen. Als sie weit genug weg ist, zieht sie sich die

Schweinemaske vom Kopf und lässt sie klammheimlich in die Donau fallen. Auch das Ringel-T-Shirt landet im Wasser, besser, man bleibt jetzt inkognito, sonst hagelt es noch Schadensersatzklagen wegen der untergegangenen Instrumente und Notenständer, und die Uniformen müssen sicherlich auch gereinigt werden, das alles könnte ein teurer Spaß werden.

Die vergangenen Tage hat Elfriede wie in Trance verbracht. Doch jetzt, als eine Schaufel Erde nach der anderen auf den eichenen Sargdeckel poltert und die Ulmer Rohrspatzen »Ich hatt' einen Kameraden« spielen, wird ihr langsam klar, was sie da angerichtet hat. Auf dem Rückweg durch die Gräberreihen plärrt sie so hemmungslos Rotz und Wasser, dass sie die Schritte überhört, die hinter ihr auf dem Kies knirschen. Erst als sich behutsam eine Hand auf ihre Schulter legt, fährt sie erschrocken herum.

»Warded Se gschwend! Sie sind die Elfriede, gell?«

»Was isch? Mir bressird's«, antwortet Elfriede barsch. Es ist ihr peinlich, dass die Häfele sie so in Tränen aufgelöst sieht. Aber auch ihr Gegenüber sieht mitgenommen aus, die Augen haben schwarze Trauerränder von der zerlaufenen Schminke, und um ihren Mund herum haben sich Kummerfalten eingegraben, es sieht aus wie bei einem fest zugezogenen Turnbeutel.

»Der Sepp-Dieter hodd allweil vo' Ihne' g'schwärmt«, erzählt die Häfele nun.

»Wirklich?«, wundert sich Elfriede verlegen.

»Mir zwei wäred sicher guat mitanand' aus'komme', wenn er net...wenn er net...« Sie schnäuzt sich in ein besticktes Stofftaschentuch und lamentiert weiter: »S' war scho' arg fahrlässig vo' ihm – ohne Schwimmwescht' auf so a wackligs Floß!«

Eitelkeit, vermutet Elfriede. Wie hätte eine Schwimmweste denn zur Uniform ausgesehen? Und darunter passte sie erst

recht nicht, er hatte ja so schon Mühe, die Jacke zu schließen.

»Ham Sie g'wusst, dass der Sepp-Dieter net schwimme'
ko'?«, will die Häfele jetzt wissen.

»Na«, antwortet Elfriede. Nein, sie hat es wirklich nicht
gewusst. Hätte sie das auch nur geahnt, nie hätte sie ihn dieser Gefahr ausgesetzt. »S' isch halt jahrelang guat gange'«,
murmelt Elfriede und denkt dabei: Bis du aufgetaucht bist!
Andererseits – da, wo Sepp-Dieter jetzt liegt, gehört er ganz
ihr. Sie wird sein Grab pflegen, sonst macht das ja niemand.
Sie fühlt sich jetzt schon wie seine Witwe. Es ist gar nicht so
schlecht, dieses Gefühl.

»Frau ... äh ...«

»Krammetbauer. Elfriede Krammetbauer.«

»Frau Krammetbauer, es isch vielleicht net grad der richtige Moment, aber wer weiß, ob mir zwei uns no' amol
sähed. Es isch nämlich so: I suach scho' seit ewig und drei
Dag' a guate Buddzfrau, und der Sepp-Dieter hodd Sie
immer ibr de griane' Klee g'lobt. Und jetzt, wo er dod
isch ... Kennded Se net zweimol in d'r Woch' bei mir zum
Buddza komme', in d' Wohnung und ins G'schäft?«

Elfriede zögert. Sie wird Sepp-Dieters Bungalow und seine
Ersparnisse erben, das hat ihr der Anwalt, Dr. Beuerle, vor
der Beerdigung unerwartet mitgeteilt. Wahrhaftig ein guter
Mann, der Sepp-Dieter. Angeblich hat er sie schon vor Jahren als Alleinerbin eingesetzt. Elfriede kann es noch gar
nicht fassen. Sie müsste also in nächster Zeit nicht unbedingt arbeiten gehen. Aber was in aller Welt soll sie denn
sonst tun? Auf einen windigen Heiratsschwindler warten,
jetzt, wo sie selbst eine gute Partie ist? Vielen Dank auch!
So dumm wie die Mannsbilder sind, ist sie nicht.

Schließlich nickt Elfriede. Warum denn nicht? Eigentlich
ist die Häfele ja doch ganz nett, und dann hat sie wenigstens
wieder jemanden, den sie versorgen kann.

Gisa Pauly

Arschgeweih

Es klingelt. Dreimal kurz, einmal lang. Ich versuche es zu ignorieren, aber mir ist klar, dass Julie sich damit nicht abwimmeln lassen wird. Sie hat mein Auto im Garagenhof gesehen und weiß, dass ich zu Hause bin.

Schwänzt sie etwa schon wieder die Schule? Ihre Mutter wird mir die Hölle heißmachen, wenn sie herausbekommt, wo Julie den Vormittag verbringt. Auf keinen Fall will ich Julies Komplizin werden. Jedenfalls nicht, solange ihre Mutter sich um meine Post und meine Zimmerpflanzen kümmert, wenn ich unterwegs bin.

Ich klemme meinen Zeichenstift zwischen die Vorderzähne und nehme meinen Entwurf mit zur Tür, damit Julie gleich sieht, wie beschäftigt ich bin. Aber ihre Sensibilität ist leider schwach ausgebildet, wenn es um die Bedürfnisse anderer geht. So sind Fünfzehnjährige eben.

Julie schiebt mich zur Seite, kaum dass ich die Tür geöffnet habe, damit ich gar nicht erst auf die Idee komme, ihr etwas von Termindruck oder Zeitnot zu erzählen. So entert sie meine Wohnung und besetzt gleich darauf mein Arbeitszimmer. Jung und von gut gepolsterter Gesundheit, angefüllt mit Optimismus, der genau bis zu den hängenden Mundwinkeln reicht, von einer Lebensfreude, wie sie nur Fünfzehnjährige herausfluchen, -schimpfen und -nörgeln können, und von einem Egoismus, wie er nur so unreifen Menschen wie Julie zu verzeihen ist.

Sie lässt sich auf meinen Schreibtischstuhl fallen, auf dem ich selber gerne Platz genommen hätte, als wollte sie von vornherein klarstellen, dass sie von der pünktlichen Abgabe eines Entwurfs nichts hören will.

»Meine Erzeuger sind die letzten Spießer! Ich bin so was von angepisst!«

Ich brauche nicht zu fragen, worum es geht. Seit Tagen geht es immer um dasselbe: die Tätowierung, die Julie sich ertrotzen, erzwingen, erkämpfen will. Aber bis jetzt sind ihre Eltern eisern geblieben. Keinen Cent wollen sie rausrücken für etwas, was ihnen subjektiv überflüssig erscheint und was man objektiv nicht wieder los wird.

Ich kann Julies Eltern verstehen. Aber mit einer diesbezüglichen Äußerung muss ich vorsichtig sein. Julie verzeiht ohnehin nicht leicht, aber ganz sicherlich niemandem, der ähnliche Ansichten vertritt wie ihre Eltern oder gar Verständnis für deren erzieherische Maßnahmen hat. Bisher kann ich stolz darauf sein, Julies Vertraute zu sein, darf erfahren, welche Jungen total cool und welche nur peinlich sind, welche Mädchen ihr erstes Mal schon hinter sich haben und dass der Direx einen Sohn hat, der so süß ist, wie man das von dem Sohn eines unbeliebten Schulleiters niemals erwartet hätte.

Aber im Lauf der Zeit sind unsere Gespräche eindimensional geworden, mein Überdruss wiegt jedes Mal ein bisschen schwerer als meine Freude darüber, dass Julie mir vertraut, obwohl ich schon achtunddreißig bin und damit auf direktem Weg ins Greisenalter. Das verdanke ich meinem künstlerischen Beruf, den Julie cool findet. Ihre Mutter gibt Nähkurse an der Volkshochschule, ihr Vater ist Beamter bei der Finanzbehörde. Beides findet Julie megapeinlich. Einer Designerin dagegen verzeiht sie sogar ihr hohes Alter.

»Sie wollen mir die Kohle für das Tattoo immer noch nicht geben«, fängt sie wieder an. »Aber ich lasse mir das nicht gefallen. Und wenn die denken, sie könnten mir ein Arschgeweih verbieten, ist mir das scheißegal. Die sollen bloß nicht meinen, dass ich sie anbettel. Ich kratz das Geld schon irgendwie zusammen. Und dann lass ich mir das Tattoo machen, ob sie wollen oder nicht. Das ist erledigt, bevor die auch nur irgendwas gecheckt haben.« Sie legt ihre Zahnspange frei, trotzdem würde ich nicht von einem Lächeln reden. »Wenn ich das Tattoo erst hab, können sie nichts mehr tun. Das lässt sich nicht so einfach wieder wegmachen.«

»Genau das könnte mal ein Problem werden«, gebe ich zu bedenken. »Was, wenn dir das Tattoo später nicht mehr gefällt?«

Julie winkt ab. Diese Frage hängt ihr längst zum Halse heraus. Und an ein Leben jenseits der zwanzig will sie gar nicht denken. Erst recht nicht an die Möglichkeit, dass etwas in zehn Jahren megauncool sein könnte, was heutzutage alle haben müssen.

»Wie wär's mit einem Piercing? Da bleibt später wenigstens nur ein kleines Loch übrig.«

»Eine Abschleppöse?« Julie winkt ab. »Nö, find ich total assig. Ich lass mich doch nicht zutackern.«

Mein Ton wird vermutlich dem ihrer Eltern immer ähnlicher, aber ich kann einfach nicht anders. »Ich weiß, wovon ich rede, Julie. Ich habe eine Tätowierung, die ich lieber heute als morgen los wäre.«

»Echt?« Einen kurzen Moment flackert Neugier bei ihr auf, doch dann redet sie weiter. »Das ist aber was ganz anderes! Wahrscheinlich irgendein Schlampenstempel, den heute sowieso keiner mehr will.«

Ich will gar nicht wissen, was ein Schlampenstempel ist, aber ich würde sie gerne zwingen, mir zu erklären, warum das gleiche Phänomen auf ihrem Körper eine andere Wirkung haben soll als auf meinem ...

In diesem Moment geht die Klingel ein weiteres Mal. Auch gut! Genau genommen bin ich erleichtert, dass ich das Thema nicht vertiefen muss, obwohl ich befürchte, dass

Julies Mutter vor der Tür steht, um mir vorzuwerfen, dass ich ihre Tochter beim Schuleschwänzen unterstütze. Julie hat wohl dieselbe Befürchtung, weshalb sie auf den Balkon flüchtet, vermutlich um sich von dort ins Erdgeschoss abzuseilen.

Ich weiß nicht mehr, wann genau ich mich in Remo verliebte. Doch weil ich mit Donald zusammen war, durfte es nicht sein, und da Donald nicht nur attraktiv, sondern auch jähzornig, ungerecht und nachtragend war, erst recht nicht. Als ich endlich glauben konnte, dass Remo all das nicht war, sondern einfach ein Mann, der mich glücklich machen wollte, war es zu spät für uns.

Donalds makabrer Humor, seine Freude an kleinen Kränkungen, seine Späße, die immer auf Kosten anderer gingen, sein Vergnügen daran, sogar seine besten Freunde bloßzustellen, sein Egoismus und sein blinder Zorn, wenn er zurückgewiesen wurde … all das erkannte ich zum Glück noch früh genug. Und diese Erkenntnisse hatte ich Remo zu verdanken. Indem er mir zeigte, wie wunderbar ein Mann sein konnte, der wirklich liebte, begriff ich endlich, dass Donalds Gefühle für mich nicht ehrlich waren. Und ich schaffte es tatsächlich, ihn zu verlassen, obwohl er mir drohte, mich verfluchte und mir prophezeite, dass ich es irgendwann bereuen würde.

Nach der Trennung beschloss ich, mich auch räumlich so weit von Donald zu entfernen wie nur möglich. Also trennte ich mich nicht nur von ihm selbst, sondern auch von seinem Freundeskreis, seinem ganzen Lebensumfeld, sogar von der Stadt, in der er lebte. Remo aber konnte mir nicht folgen. Er hatte einen Job dort, wo Donald lebte, und er blieb Donalds Freund. Damit blieb er auch Teil meiner Erinnerung an Donald, die ich doch schleunigst überwinden und vergessen wollte.

Deswegen wurde schon Remos erster Besuch in meiner neuen Wohnung eine Enttäuschung, weil er zu viel von Donald sprach. Beim zweiten Mal richtete er mir Grüße von Donald aus, was meine Wiedersehensfreude schlagartig niedermachte, und beim dritten Mal hielt ich ihn nicht zurück, als er einen früheren Zug nach Hause nahm. Später wurde mir klar, dass er Donald ebenso hätte verlassen müssen wie ich – dann hätten wir vielleicht eine Chance gehabt. Aber so war außer einem Kuss nichts passiert.

Wir führten noch ein paar Telefongespräche, und als ich fünfunddreißig wurde, fiel mir auf, dass ich das letzte Mal etwas von Remo gehört hatte, als er mir zum dreißigsten Geburtstag gratulierte.

Seit knapp zehn Jahren habe ich ihn also nicht gesehen, und nun steht er vor meiner Tür. Groß, breitschultrig, grau gelockt, lachfaltig und viel attraktiver, als ich ihn in Erinnerung habe. Sein Lächeln ist ernst, seine Augen sind ohne jede Doppelsinnigkeit, sodass ich mich sofort frage, warum er gekommen ist. Und zwar noch ehe ich mich frage, ob es mir gefällt.

Warum hat er seinen Besuch nicht angekündigt? Jede Frau möchte einem Mann, den sie einmal zu ihren Verehrern zählte, zehn Jahre später höchstens gereift, aber nicht gealtert gegenübertreten. Und dazu braucht man, wenn man Ende dreißig ist, eine Vorbereitungszeit von mindestens zwei Stunden. Duschen, Haare waschen, Gesichtsmaske, Augenbrauen zupfen, Beine enthaaren, Bluse bügeln und Jeans in den Trockner stecken, damit sie eine halbe Größe kleiner wird. Das ist das Mindeste! Aber was macht Remo? Taucht einfach unangemeldet bei mir auf! Er kann froh sein, dass ich ihn überhaupt reinlasse.

Er sieht sich in meinem Wohnzimmer um, als wollte er die Einrichtung kaufen. Auf meine Aufforderung, sich zu setzen, reagiert er genauso wenig wie auf meine Frage, ob er was trinken möchte. Er blickt mich an wie damals, als ich mit Donald Schluss gemacht hatte, dann sagt er: »Ich wollte nicht, dass du es morgen aus der Zeitung erfährst.«

Ich weiß mit einem Schlag, dass es völlig egal ist, ob meine Haare gewaschen und meine Beine enthaart sind. »Was kann ich morgen in der Zeitung lesen?«

Remo macht einen Schritt von mir weg und sieht mich nicht an, als er antwortet: »Donald ist tot.«

Donalds Stern begann zu steigen, kurz nachdem ich mich von ihm getrennt hatte. Er wurde zum Star der deutschen Kunstszene, zum richtungweisenden Vertreter avantgardistischer Malerei, mit der er seine gebrochene Persönlichkeit zum Markenzeichen machte, zum Zauberer mit Farben und Formen, die sich unter Donalds Händen miteinander verbanden, gerade wenn sie sich gegenseitig abstießen, so hatte es einmal ein Kunstkritiker beschrieben. Wirklich berühmt wurde er aber nicht durch seine Kunst, sondern weil er es geschafft hatte, eine der bekanntesten Schauspielerinnen des Landes in sein Atelier einzuladen. Der Maler Donald Gier wurde noch bekannter, als er durch seine Kunst jemals hätte werden können, als der wutschnaubende Ehemann seine Frau aus seinem Atelier herausholte. Übrigens im Beisein der Regenbogenpresse, die dafür sorgte, dass Donald Gier dieser peinlichen Konstellation als Held entstieg, während der Ehemann den Widerpart erhielt und zum Antagonisten wurde.

Von da an hätte ich überall damit angeben können, dass ich mal Donalds Freundin gewesen war. Aber nur Julie hat davon erfahren, als sie im Kunstunterricht etwas über die Mischtechniken Donald Giers lernte. Das konnte nur noch von der Tatsache getoppt werden, dass ich für die Fastfood-Kette, der Julie einen Teil ihres Taschengelds anvertraute, ein neues Logo entwickeln durfte. Ich bekam für Julie Vorbildfunktion.

Endlich begreife ich, dass Donald wirklich tot ist.

»Woran ist er gestorben?«, erkundige ich mich.

Remos Stimme klingt gedämpft, als hielte er sich ein Tuch vor den Mund. »Selbstmord«, sagt er. »Donald litt seit Längerem unter Gicht. Sein bestgehütetes Geheimnis!« Er räuspert sich, seine Stimme klingt nun wieder klar und kräftig. »Vor einer Woche hat er mir gesagt, dass es mit dem Malen vorbei ist. Er konnte kaum noch den Pinsel halten. Dass damit für ihn auch das Leben vorbei war, habe ich nicht geahnt. Sonst hätte ich es vielleicht verhindern können.«

Die Trauer um seinen Freund rührt mich zu Tränen. Als ich Remo weinend umarme, ist er noch der Mann, der mich mit Donald verbindet, und ich bin die Frau, die Donald mal geliebt hat. Remo ist auch die Erinnerung an Donald, die ich nicht wollte, und ich bin diejenige, die keinen Schritt mehr in die Vergangenheit setzen möchte. Doch als wir uns küssen, sind wir auf einem Stück Land angekommen, das Donald nicht besetzt hält. Sein Tod scheint alles verändert zu haben.

Als wir uns voneinander lösen, sehen wir uns verlegen in die Augen. Ich merke, dass Remo etwas sagen will, dass er in seinem Kopf etwas formuliert, was zu wichtig ist, als es einfach in mein Haar zu murmeln oder an meinen Hals zu flüstern. Ich bekomme Angst, dass er davon reden will, wie schwer ihm der Verzicht gefallen ist, als ich noch mit Donald zusammen war, wie sehr er darunter gelitten hat, dass er mein Herz nach meiner Trennung von Donald nicht mehr erreichen konnte und dass jetzt doch alles anders ist, weil Donald nicht mehr lebt.

Aber Remo sagt nichts dergleichen. Er gibt mir die Gelegenheit festzustellen, dass seine braunen Augen voll winziger Bernsteinsplitter und seine Brauen schwungvoll und kräftig sind.

»Überleg dir, was du tun willst«, sagt er schließlich. »Spätestens morgen, wenn die Zeitungen über Donalds Tod berichten, wirst du dich vor Angeboten nicht retten können. Du solltest dir dann über deine Pläne im Klaren sein.«

Ich dränge ihn zum Sofa, stelle fest, dass sein Anzug sehr gut sitzt und seine Haltung selbstbewusst und männlich ist. Er lehnt sich nicht zurück, als er sich niedergelassen hat, und antwortet nicht, als ich frage: »Wovon redest du?«

Erst als er mich an seine Seite zieht und dafür sorgt, dass sich meine Schulter in seine Achsel schmiegt, entgegnet er: »Donald hat seinen Freitod gut vorbereitet. Er hat Anordnungen getroffen, was mit seinen Bildern zu geschehen hat. Die Gemälde, über die er noch verfügte, hat er Museen vermacht.« Remo stößt ein Lachen aus. »Sein Galerist ist außer sich. Der ärgert sich über jedes Bild, das er in den letzten Monaten verkauft hat. Donalds Gemälde sind über Nacht das Doppelte wert. Und bald werden sie dreimal so viel wert sein. Aber Donald wollte nicht, dass die Galeristen mit seinen Bildern Kohle machen und reiche Kunstsammler seine Gemälde zu hundert anderen in den Tresor legen.«

Ich löse meine Schulter aus Remos Achsel, damit ich ihn ansehen kann. »Warum erzählst du mir das?«

»Weil ich dabei war, als die Verfügung verlesen wurde, die Donald neben sich gelegt hatte, bevor er die Tabletten nahm. Die Polizei war auch dabei, sein Galerist natürlich und unglücklicherweise sogar ein Vertreter der Presse.«

Ich verstehe noch immer kein Wort und glaube auch nicht, dass ich etwas von Donalds Verfügung wissen will. Dass Remo sehr lange, dichte Wimpern hat, finde ich um einiges interessanter.

In Remos Augen steigt ein Lächeln, das seine Mundwinkel nicht erreicht. »Auch dein Name kommt in dieser Verfügung vor. Das Bild, das Donald dir vor Jahren geschenkt hat, darf in deinem persönlichen Besitz bleiben. Kein Museum soll es bekommen.«

In diesem Augenblick stellt sich heraus, dass Julie sich keineswegs von meinem Balkon ins Erdgeschoss abgeseilt hat. Ihr ist nämlich aufgegangen, dass nicht ihre Mutter bei mir Einlass begehrt hat, sondern ein attraktiver Mann. Und zu Julies unangenehmen Eigenschaften zählt auch die Neugier.

»Hey«, nuschelt sie zwischen Zahnspange und Kaugummi hindurch. »Wir haben Donald Gier in der Schule durchgenommen. Hat der echt abgelöffelt?«

Remo muss sich erst mal von seiner Überraschung erholen. Mit einer muffeligen Fünfzehnjährigen auf meinem Balkon hat er nicht gerechnet. Während ich Julie entschlossen Richtung Wohnungstür schiebe, erzählt sie Remo noch schnell, dass sie alles über meine Beziehung zu Donald Gier weiß, auch, dass ich anscheinend die einzige Frau bin, die dem Künstler je den Laufpass gegeben hat. »Dass sie sein Gemälde behalten soll, ist ja wohl ein Witz. Geschenke darf man sowieso nicht zurückfordern.«

Als sie dann noch anfangen will, Remo von dem Stress mit ihren Eltern zu erzählen, die ihr keine Tätowierung bezahlen wollen, obwohl Julie sich nichts sehnlicher als ein Arschgeweih wünscht, gelingt es mir endlich, die Tür hinter ihr zuzudrücken.

»Sie vertraut mir gern ihre kleinen Probleme an«, erkläre ich Remo und sehe, dass diese eigentlich unspektakuläre Tatsache seine Gefühle zu mir noch vertieft. Verliebt sieht er mich an. Ich könnte darauf verzichten, nach der Fliegenklatsche zu greifen, und Remo würde mir für meine Tierliebe einen Heiligenschein aufsetzen.

Wie ein Kind fühle ich mich, das vor dem Weihnachtsbaum steht und sich fragt, wie das Christkind ihn in die Stube bekommen hat. Remo liebt mich immer noch! Die Frage, warum Donald für diese Erkenntnis erst sterben musste, verbiete ich mir.

Es geht bis zum Abend so weiter. Für den Kaffee, den ich koche, ernte ich Bewunderung, für den Sherry, den ich heraushole, ebenfalls, das einzig Essbare, das ich im Hause habe, gehört angeblich zu den Köstlichkeiten, für die Remo nachts zum Kiosk laufen würde. Und als ich ihm nicht glauben kann, dass altersschwaches Salzgebäck ihn wirklich so begeistert, ist er hingerissen von der Idee, in Antonios Pizzeria das Abendessen einzunehmen. Dass Remo nicht die Absicht hat, noch am selben Tag den Zug zurück zu nehmen, wird mir spätestens jetzt klar.

Der Abend wird wunderbar, obwohl Remo erneut auf das Bild zu sprechen kommt, das Donald mir hinterlassen hat.

»Hast du einen Tresor? Du musst es sicher unterbringen.«

Ich schüttle den Kopf. »Nicht nötig.«

»Ist es groß? Oder eine von diesen Miniaturen, die Donald früher oft gemalt hat?«

»Besonders groß ist es nicht.«

»Du willst es behalten, weil sein Wert weiter steigen wird?«

»Ich werde es auf jeden Fall behalten.«

Remos Fragen nach den Ausmaßen des Gemäldes, nach den Farben, den Materialien, dem Motiv und der Technik weiche ich so gut es geht aus, und schließlich gelingt es mir, das Thema zu wechseln.

Zum Glück ist Remo weit mehr an der Frage interessiert, warum nicht früher etwas aus uns beiden geworden ist und warum Donald erst sterben musste, damit wir uns frei genug fühlen, dort anzuknüpfen, wo wir vor fast zehn Jahren aufgehört haben. Wir rufen uns die Blicke in Erinnerung, die Donald damals nicht bemerken durfte, die kleinen Gesten, wenn Donald uns den Rücken zukehrte, und unsere Hilflosigkeit, als wir einsehen mussten, dass Donalds Gegenwart auch nach meiner Trennung von ihm nicht abzuschütteln war.

Remos inniger Blick kühlt sich erst ab, als ich Antonio frage, ob in seiner Pension, die er neben der Pizzeria betreibt, noch ein Einzelzimmer frei ist. Remo hat sich etwas anderes erhofft, so viel steht fest. Und meine Wünsche sehen eigentlich auch anders aus. Aber es geht nicht.

»Wir sollten es langsam angehen lassen«, sage ich, weil diese Erklärung immer geht.

Remo versucht Verständnis zu signalisieren. »Ich liebe dich seit fast zehn Jahren. Und etwa so lange warte ich darauf, eine Nacht mit dir zu verbringen. Wir haben es weiß Gott langsam angehen lassen.«

Bisher habe ich nicht an Remos Gefühlen gezweifelt, aber nun ist Donald tot, und Remo hat ein bisschen zu viel von dem Bild geredet, das Donald mir hinterlassen hat. Man könnte sogar meinen, er sei nur deshalb zu mir gekommen. Ich muss erst klarer sehen, ehe ich ihm verraten kann, was es mit diesem Bild auf sich hat.

Ich lade Remo zum Frühstück ein. »Um neun muss ich meinen Entwurf abgeben, um zehn bin ich wieder zu Hause. Mit frischen Brötchen!«

Unser Abschied fällt zärtlich aus, die Versuchung, Remo das Pensionszimmer zu ersparen, ist groß. Aber als ich auf die Straße trete, bin ich zufrieden mit mir. Ich brauche Zeit. Mindestens eine Nacht! Ob mir der Gedanke an Remo oder die Erinnerung an Donald den Schlaf rauben wird, das wird sich zeigen. Vielleicht lässt mich auch das Bild nicht schlafen, das Donald mir hinterlassen hat. Aber wenn ich Glück habe, weiß ich nach dem Aufwachen, wie es weitergehen soll. Und wie groß Remos Interesse an dem Bild ist. Größer als an mir?

Ich ziehe den Reißverschluss meiner Jacke bis zum Kinn. Mir ist plötzlich sehr kalt.

Am Morgen kann ich nicht fassen, wie gut ich geschlafen habe, obwohl am Vortag mein Leben erschüttert wurde. Als mich anhaltendes Klingeln aus dem Tiefschlaf schreckt, stelle ich fest, dass ich sogar den Wecker überhört haben muss. Dreimal kurz, einmal lang. Ich sollte Julie dankbar sein, dass sie mich davor bewahrt, meinen Entwurf unpünktlich abzugeben. Aber das muss sie ja nicht wissen.

»Bist du wahnsinnig, mich so früh aus dem Bett zu werfen?«, fauche ich sie an, statt ihr einen guten Morgen zu wünschen, und füge gleich an: »Schule schwänzen ist nicht! Glaub nicht, dass du dich heute Morgen bei mir herumdrücken kannst!«

Julie betrachtet verwundert mein reizloses Nachthemd, dann wirft sie einen langen Blick durch die geöffnete Schlafzimmertür. Nun erst kann sie glauben, dass ich tatsächlich allein bin.

»Donald ist wirklich tot«, erklärt sie mir. »Es steht heute Morgen in der Zeitung. Sogar auf dem Titel!«

Noch bevor ich Julie aus meiner Wohnung entfernen und meine Zeitung aus dem Postkasten holen kann, ruft Donalds Galerist an. »Bieten Sie das Bild keinem anderen an. Ich zahle Ihnen auf jeden Fall den besseren Preis.«

»Das Bild ist unverkäuflich«, sage ich und lege auf, bevor der Galerist, den ich vor zehn Jahren schon nicht leiden konnte, weiter auf mich einreden kann.

Irgendwann bin ich endlich Julie los, aber noch immer habe ich keinen Blick in die Zeitung werfen können, als mich der Anruf eines Mannes ereilt, der so tut, als wäre er von der Bahnhofsmission und könnte mir in meinem Elend helfen. Wenn ich ihn richtig verstehe, will er mich von einem Bild befreien, das mir nur Ärger einbringen wird. Und er ist sogar bereit, mir einen vierstelligen Betrag zu zahlen.

»Vierstellig? Dass ich nicht lache!« Mehr sage ich zu diesem Angebot nicht und lege ohne ein weiteres Wort auf.

Dann fällt mir ein, dass es schon beinahe acht ist und ich mich beeilen muss. Ich hüpfe erst unter die Dusche, dann in meine Klamotten und streife den Gedanken ab, dass auch heute nichts aus den frisch enthaarten Beinen und den gezupften Augenbrauen wird.

Es ist genau zehn Uhr, als ich zurückkomme. Beschwingt schließe ich die Haustür auf und springe die Treppe hoch.

Ich freue mich auf Remo! Vor allem aber freue ich mich darauf, ihm von dem Bild zu erzählen, das Donald mir hinterlassen hat. Ja, ich werde es tun!

Den Entschluss habe ich vorhin in der U-Bahn gefasst, als ich ein junges Mädchen beobachtete, das mich an Julie erinnerte. Remo soll alles erfahren! Heute noch! Das Mädchen trug eine Zahnspange wie Julie, sah genauso mürrisch aus wie Julie und ließ, als sie sich bückte, ihr Arschgeweih sehen, von dem Julie noch träumt. Es prangte zwischen Hosenbund und T-Shirt, und ich wusste plötzlich, was ich zu tun hatte. Niemand kennt Donalds schwarzen Humor besser als Remo.

Mein Glücksgefühl fällt mir direkt vor meiner Wohnungstür auf die Füße. Die Tür steht offen. Dabei bin ich sicher, dass ich sie fest ins Schloss gezogen habe! Mit einem hässlichen Knarren schwingt sie auf, als ich sie mit dem Zeigefinger anstupse. Und ich sehe sofort, dass der Ersatzschlüssel nicht mehr am Garderobenhaken hängt.

»Hallo! Ist da jemand?«

Wenn ich einen Fernsehkrimi sehe, in dem diese dümmliche Frage gestellt wird, rege ich mich jedes Mal über den einfallslosen Drehbuchautor auf, aber anscheinend sind diese Autoren viel näher an der Realität, als ich bisher dachte. Wie im Film bekomme ich natürlich keine Antwort. Als erfahrener Fernsehzuschauer weiß ich, dass es für dieses Schweigen Gründe gibt: Entweder ist der Einbrecher über alle Berge, oder er lauert hinter einer offenen Tür und will mir als Strafe für meine dumme Frage einen über den Schädel geben. Soll ich den Hausmeister rufen? Oder die Polizei?

Nein, ich mache es so wie die Einbruchsopfer in den Fernsehkrimis. Vorsichtig betrete ich meine Wohnung, stelle fest, dass sie sich in einem chaotischen Zustand befindet, und erkenne ein weiteres Mal an, dass die modernen Drehbuchautoren was drauf haben. Sie sorgen immer dafür, dass ein weiterer Mensch die Wohnung betritt und das arme Opfer erschreckt.

»Was ist denn hier passiert?«

Ich fahre entsetzt herum und sehe Remo vor mir, der mich so konsterniert anblickt, als hätte ich selbst diese Unordnung angerichtet. »Bei mir ist eingebrochen worden«, stoße ich hervor.

Durch Remos Anwesenheit ermutigt, traue ich mich in alle Zimmer, sehe nach meinem Handy, dem Hunderteuroschein, der von meinem letzten Honorar übrig ist, und dem Schmuck, den eine Tante mir vererbt hat. Alles noch da!

Dann erst kommen mir die Tränen. Die Möbel sind von der Wand gerückt worden, die Matratzen aus dem Bett gezerrt, sämtliche Schränke offen, der Inhalt aller Schubladen auf den Boden geworfen. »Wie kann man nur so gemein sein!«, schluchze ich.

»Sieh nach, ob das Bild noch da ist.«

Ich starre Remo an. »Du meinst, hier hat jemand nach dem Bild gesucht? Wer sollte das gewesen sein?«

Remo zuckt die Schultern. »Ich habe dich gewarnt. Jeder will das Bild. Jeder wird es suchen! Natürlich bei dir.«

Mir fällt nichts weiter ein, als ihn unverwandt anzustarren. »Nicht jeder! Nur einer, der weiß, wie er an meinen Schlüssel kommt.« Und in Gedanken füge ich hinzu: Und einer, der weiß, dass ich zwischen neun und zehn nicht zu Hause bin.

Remo hilft mir erst beim Aufräumen, nachdem er mich mindestens ein Dutzend Mal gefragt hat, wo ich das Bild aufbewahre. »Wieso schaust du nicht nach, ob es noch da ist?«

»Es ist noch da.«

»Du willst mir aber nicht sagen, wo du es aufbewahrst?«

»Nein!«

»Und die Polizei rufen willst du auch nicht?«

»Wozu? Es ist nichts gestohlen worden.«

»Stimmt auch wieder. Die Polizei wird den Täter sowieso nicht finden.«

»Warum glaubst du das?«

»Man kennt das doch.«

Die Bernsteinsplitter sind aus Remos Augen verschwunden, ich sehe auch keine Lachfalten mehr. Und genau an der Stelle, an der gestern Abend die Liebe in seinem Blick flackerte, steht nun eine schwere Kränkung. Will er mir etwa weismachen, dass ich ihm unrecht tue?

Schweigend versucht er sich in meine Schuld zu schleichen, indem er alles vom Boden aufklaubt, was der Einbrecher aus den Schränken gerissen hat, es in die Schubladen zurücklegt, die Möbel an die Wand rückt und meine Matratze ins Bett wuchtet. Währenddessen nehme ich das Telefongespräch eines Kunstsammlers an und teile ihm mit, dass das Gemälde, das Donald Gier mir hinterlassen hat, unverkäuflich ist, wimmle einen Reporter ab, der mir viel Geld in Aussicht stellt, falls ich bereit sei, mich mitsamt dem Gemälde fotografieren zu lassen und zudem ein wenig über meine Zeit mit Donald Gier zu plaudern, und sage einem entfernten Verwandten von Donald die Meinung, der der Ansicht ist, dass das Gemälde nicht mir, sondern in die Erbmasse gehöre.

Remo unterbricht die Arbeit jedes Mal und lauscht auf meine Worte. »Du wirst Schwierigkeiten bekommen«, prophezeit er mir, während er meine Unterwäsche vom Boden aufhebt, ohne sie auch nur eines einzigen begehrlichen Blickes zu würdigen. »Wenn du willst, kann ich das Bild für dich aufbewahren.«

Nun langt es mir!

Julie kommt gerade aus der Schule, als ich Remo aus der Wohnung schiebe und ihm androhe, ihn die Treppe hinunterzuwerfen, wenn er nicht freiwillig gehen wolle. Sie lauscht seinen Beteuerungen, dass er unschuldig sei, wesentlich interessierter als ich und scheint sogar Erbarmen mit ihm zu haben. »Mach dir nichts draus!«, ruft sie Remo nach. »Die zickt öfter so rum!«

Ich bin derart verzweifelt, dass ich Julie nicht nach Hause schicke und sogar bereit wäre, mich von ihr trösten zu lassen, wenn sie die geringste Bereitschaft erkennen ließe. Aber ich hätte es mir denken können, ihre Neugier ist um einiges größer als ihre Barmherzigkeit. Sie sieht sich um und betrachtet den Teil des Durcheinanders, den Remos ordnende Hände nicht mehr erreicht haben, weil ich ihn vorher am Kragen gepackt und unter wüsten Beschimpfungen aus der Wohnung geworfen habe.

»Ich dachte wirklich, er liebt mich«, heule ich los. »Aber er ist nur gekommen, um mir das Bild abzuluchsen. Gierig! Genauso geldgierig wie alle anderen!« Jetzt fällt mir auf, dass Julie sich aufmerksam umblickt, und einen winzigen Moment lang halte ich es für möglich, dass sie in Erwägung zieht, mir dabei zu helfen, das Chaos zu beseitigen, das der Einbrecher hinterlassen hat. »Zusammen haben wir das in einer Stunde erledigt«, sage ich und putze mir gründlich die Nase.

Als ich damit fertig bin, ist mir klar, dass ich mit meinem Leid allein bleiben werde. Julie denkt nicht daran, mir zu helfen. »Ist das Bild jetzt weg?«, erkundigt sie sich und sieht mich an, als ginge es um den Verlust meiner Wimperntusche.

Ich muss mich noch einmal schnäuzen, ehe ich zu einer Antwort fähig bin. »Nein! Das findet keiner.«

Julie sieht regelrecht enttäuscht aus. »So gut versteckt, dass es ein Einbrecher nicht entdeckt?«

Ich nicke in mein Taschentuch.

»In einem Bankschließfach oder so?«

Ich versuche, den Kopf zu schütteln, aber er ist zu schwer. Meine tiefe Enttäuschung, meine Liebesqual, meine Verzweiflung darüber, dass Remo mich so schamlos betrogen hat...das alles ist derart niederschmetternd, dass ich den Kopf nur hängen lassen kann. »Nein, es ist hier.«

»Du könntest damit echt Kohle machen!«

»Das hat sich Remo wohl auch gedacht.« Plötzlich steigt der Pegel meiner Bitterkeit bis zu meiner Kehle, dass ich würgen könnte. »Jetzt weiß ich, warum er immer Donalds Freund geblieben ist. Weil er genauso berechnend ist wie er.«

Julie beginnt das Gespräch zu langweilen, wie immer, wenn es sich nicht um sie und ihre Kümmernisse und Bedürfnisse dreht. Sie wirft mir völlig unerwartet einen triumphierenden Blick zu, dreht sich um, streckt mit ihren Hintern entgegen, zieht den Bund ihrer Jeans ein wenig herab und versucht, über die Schulter Blickkontakt mit mir zu halten. »Mein Arschgeweih! Ist das nicht endgeil?«

Ich starre auf die beiden Flügel auf Julies Hüften, auf die roten Ränder, die sich womöglich entzünden werden, auf das Endgültige, das Julie garantiert irgendwann hassen wird.

»Du hast schon wieder die Schule geschwänzt?« Was anderes fällt mir angesichts dieser Geschmacksverirrung nicht ein.

»Ich war im Tattoo-Shop!«

»Woher hast du das Geld?«

»Ich hab einen Job. Der Chef hat mir Vorschuss gegeben.« Sie hat es plötzlich eilig. »Ich muss nach Hause. Wenn du das Gemälde von diesem … Dingsbums bei mir verstecken willst, kein Problem. Bei mir vermutet es niemand. Meine Mutter wird's auch nicht finden. Die putzt garantiert in den nächsten Wochen mein Zimmer nicht. Wenn die erst mein Arschgeweih gesehen hat, muss ich selbst den Feudel schwingen. Zur Strafe! Als wenn mich das juckt!«

Julie lacht hässlich und verdrückt sich. Als ich ins Bad gehen will, um mir das Gesicht zu waschen, trifft mich beinahe der Schlag. Der Ersatzschlüssel hängt wieder an seinem Platz. Baumelt da an einem Garderobenhaken, als hätte er niemals in einer fremden Hosentasche gesteckt.

Antonio ist in seinem Element. Als Italiener ist er davon überzeugt, dass Amore vieles verändern kann. So war er, als ich ihn anrief, sofort bereit, mir zu helfen. »Amore kann alles. Tutto!« Die Liebe kann aus einer Frau eine Mutter Teresa, aber auch eine Mörderin machen und aus einem Mann sowohl einen Helden als auch einen Waschlappen.

Als ich bei Antonio auftauche, scheint er Mutter Teresa erwartet zu haben und schaut misstrauisch in meine Augen, aus denen womöglich etwas sprüht, was er für Mordlust halten könnte. In welche Kategorie er Remo eingeteilt hat, ist mir nicht ganz klar. Sperrt man einen Helden in sein Zimmer ein, damit er nicht wegläuft? Oder doch eher einen Waschlappen, der zu seinem Glück gezwungen werden muss? Ich weiß es nicht.

Als ich den Schlüssel drehe und eintrete, sehe ich Remo auf der Bettkante sitzen. Er blickt mir entgegen, als passte er in keine Kategorie: traurig, unglücklich, aber auch verletzt und wütend.

Kaum habe ich die Tür hinter mir geschlossen, versichert er: »Ich habe mit dem Einbruch nichts zu tun.«

Ich setze mich zu ihm und nehme seine Hand. »Julie war's. Ein Typ hat sie angesprochen, der beobachtet hat, wie sie aus meiner Wohnung kam. Er hat ihr viel Geld für meinen Wohnungsschlüssel geboten.«

»Aber das Bild hat er trotzdem nicht gefunden?«

»Nein.«

Remo betrachtet unsere verschränkten Hände, schafft es aber noch nicht, mir ins Gesicht zu blicken. »Wozu braucht eine Fünfzehnjährige viel Geld?«

»Um sich den Hintern tätowieren zu lassen.«

Remo schüttelt den Kopf. »Wie kann man so dumm sein?«

»Heute verstehe ich's auch nicht mehr.«

Ich starre Remo so lange an, bis er endlich aufsieht und sich von meinem Blick einfangen lässt. Ungeduldig warte ich, bis in seinen Augen etwas heranwächst, was mir Mut macht.

»Donald und sein schwarzer Humor«, flüstert er irgendwann und sieht so entgeistert aus, wie ich es erwartet habe.

»Selbst in der Verzweiflung«, gebe ich leise zurück, »hat er noch versucht, mir heimzuzahlen, dass ich ihn verlassen habe.«

Dann erst ziehe ich mich langsam aus. Remo küsst meine Brüste, meinen Bauch, geht mit den Händen dem Schwung meiner Hüften nach. Schließlich dreht er mich um. Ich habe Verständnis dafür, dass er endlich wissen will, wie das Gemälde aussieht, das der Einbrecher nicht gefunden hat. Kein Arschgeweih, wie Julie es hat, nein! Viel schöner. Das Werk eines großen Künstlers! Schade eigentlich, dass man es nur ausgewählten Menschen zeigen kann...

Kim Schneyder

Kichererbsen-Alarm

Gibt es eine Definition für Glück?
Aber klar doch. Gibt es.
In meinem Fall lautet sie folgendermaßen:
Glück hat braunes Haar und blaue Augen.
Glück ist eins sechsundachtzig groß und wiegt neunzig
Kilo (obwohl es immer behauptet, es wären nur achtund-
achtzig).
Glück hat Humor und ist ein ausgezeichneter Zuhörer.
Glück ist Marketingassistent bei einer großen Bank und
arbeitet überaus hart für seinen Erfolg.
Glück heißt Kevin, hört aber auch auf die Kosenamen
Hase, Bärchen, Schnubbel und *Räuber Rübenplotz.*
Aber das ist längst noch nicht alles.
Ich habe nämlich nicht nur einfaches Glück.
Ich habe doppeltes Glück.
Ja, so ist es. Ich habe zu meinem ersten Glück noch ein
zweites dazu bekommen. Oder genauer gesagt bin ich *durch*
Glück Nummer eins überhaupt erst zu Glück Nummer zwei
gekommen.
Und Glück Nummer zwei ist *soo* niedlich. Ich habe es
heute zum ersten Mal gesehen. Es ist noch winzig klein,
und ich könnte gar nicht sagen, wem von uns beiden es
überhaupt ähnlich sieht, Kevin oder mir. Um diese Frage zu
klären, müssten wir erst einmal entscheiden, wer von uns
beiden am meisten Ähnlichkeit mit einer Kichererbse hat.

Denn genauso sieht es aus, Glück Nummer zwei: wie eine winzige Kichererbse.

Ganz ehrlich: Hätte die Ärztin sie mir auf dem Bildschirm nicht gezeigt, hätte ich sie im ersten Moment gar nicht entdeckt. Aber als ich dann begriff, dass dieses winzige Pünktchen unser Kind ist, war ich sofort hellauf begeistert von ihr. Es ist die liebste, hübscheste, klügste und talentierteste Kichererbse der Welt, und obwohl ich weiß, dass alle Mütter ihre Babys lieben, weiß ich doch, dass unseres mit absoluter Sicherheit das beste von allen ist.

Ein Baby.

Kevin und ich bekommen ein Baby. Ich kann mein Glück noch gar nicht fassen. Ich bin richtig benommen davon. Dabei wusste ich es doch eigentlich schon, seit meine Periode überfällig war und ich den Test machte.

Andererseits, Schwangerschaftstests können lügen, und meine Periode – was soll ich sagen –, die ist ungefähr so verbindlich wie das Orakel von Delphi.

Also wollte ich mir erst Gewissheit verschaffen, bevor ich es jemandem sage, und suchte deshalb heute Vormittag meine Frauenärztin auf.

Und dann die Bombe: Kichererbsenalarm!

Ich bin regelrecht ausgeflippt vor Freude. Die anderen Patientinnen im Wartezimmer haben garantiert gedacht, da geht eine superdramatische Mehrlingsgeburt über die Bühne. Umso enttäuschter waren dann ihre Gesichter, als ich zwar ohne Kind, dafür aber mit einem glückselig-dümmlichen Lächeln auf den Lippen an ihnen vorbeischwebte.

Und dieser euphorische Schwebezustand dauerte dann an. Im Büro zum Beispiel: Als Lisa Gerke, die Büroleiterin, mich anpflaumte, weil ich vergessen hatte, gestern ein paar ach so dringende Unterlagen zu kopieren, strahlte ich bloß wie ein Honigkuchenpferd und brachte sie damit sichtlich aus der Fassung.

Nichts kann mir etwas anhaben, ich bin unverwundbar, weil – ich bin schwanger!

Und das Beste von allem: Niemand weiß davon. Es ist kaum zu glauben, aber ich habe es tatsächlich fertiggebracht, keiner Menschenseele davon zu erzählen, nicht einmal Kevin. Es ist das bestgehütete Geheimnis der Welt, neben der Originalformel von Coca-Cola, schätze ich. Niemand weiß davon, absolut niemand.

Außer Lizzy, meine beste Freundin, natürlich. Mit der habe ich schon darüber geredet, als meine Periode ausblieb, und auch später, als ich den Schwangerschaftstest machte und sie mir bei der Gebrauchsanweisung half. Und heute Vormittag habe ich sie natürlich auch gleich angerufen, als ich aus der Arztpraxis kam – besser gesagt, ich habe auf ihre dreiundzwanzig Anrufe geantwortet, mit denen sie mein Handy auf Dauerklingelton stellte, während ich auf die Diagnose wartete.

Aber das ist kein Problem. Lizzy hat mir nämlich hoch und heilig versprochen, keiner Menschenseele davon zu erzählen. Sie hat es sogar geschworen – beim Grab ihrer Großmutter –, und einen größeren Beweis für absolute Verschwiegenheit gibt es doch gar nicht, oder?

Also weiß niemand sonst davon, und das war mir ganz besonders wichtig.

Nicht, dass Sie jetzt denken, es gäbe da möglicherweise ein Problem mit Kevin. Überhaupt nicht, ganz im Gegenteil. Wir haben das zwar nie so richtig diskutiert, aber wir sind uns grundsätzlich darüber einig, dass wir eines Tages eine Familie wollen. Kevin zum Beispiel hat schon öfters Sätze fallen gelassen wie »Also, meine Jungs werden ihre Hosen mal nicht *unter* dem Arsch tragen!« oder »Wenn meine Tochter mit so einem daherkommt, schmeiß ich den glatt raus«. Was doch beweist, dass er sich Kinder wünscht, nicht wahr?

Wir beide sehen unsere Zukunft mit Kindern, und wir sind jetzt immerhin schon eineinhalb Jahre zusammen. Ich meine, das spricht doch wohl für sich. Da muss ich nicht mehr viel erklären, oder?

Und der Zeitpunkt ist auch perfekt. Weil Weihnachten vor der Tür steht, das Fest der Liebe, und weil wir heute Abend mit unseren engsten Freunden feiern werden. Wir werden wichteln, wie wir es schon letztes Jahr gemacht haben. Das ist altmodisch und zugleich auch irgendwie cool. Man sucht sich ein möglichst teuer wirkendes Geschenk für möglichst wenig Geld, und wenn man das gut hinkriegt, hat der Beschenkte ein total schlechtes Gewissen, weil er glaubt, er hätte sich als Einziger an die vereinbarte Zwanzig-Euro-Preisgrenze gehalten.

Und auch da schon wieder so ein Zufall: Ich habe ausgerechnet Kevin gezogen. Ursprünglich wollte ich ihm drei Paar Burberry-Socken kaufen – ich kaufe ihm bei solchen Anlässen immer Burberry-Socken –, aber nach dieser freudigen Überraschung weiß ich natürlich etwas viel Besseres: *Das große Buch der kleinen Namen.* Das ist eine Fibel für Kindernamen, und damit werde ich garantiert den Gag des Abends landen. Ich sehe die Szene schon richtig vor mir, wie Kevin sein Päckchen öffnet, überrascht die Augen aufreißt, mich fragend anstarrt und dabei stottert: »Du meinst...du meinst...du bist...?!«

Ich werde strahlend nicken, und er wird mich mit den Worten »Ach, Becky, damit machst du mich zum glücklichsten Mann der Welt!« in die Arme nehmen. Wahrscheinlich wird er ein paar Tränen verdrücken – ich werde sowieso heulen wie ein Schlosshund –, und auch die anderen werden ganz fertig sein vor Rührung und Begeisterung. Sie werden darum betteln, meinen Bauch streicheln zu dürfen, und wahrscheinlich werden sie sich darum prügeln, wer Taufpate für unser Kind wird.

Mein Gott, das wird so schön! Es wird der glücklichste Moment meines Lebens, und ich werde sie alle daran teilhaben lassen.

Aber erst muss ich noch ein paar Vorbereitungen treffen. Mal überlegen, was brauche ich jetzt noch?

Ah ja, das Buch. Ich habe schon am Vormittag bei Hugendubel angerufen und es beiseitelegen lassen, und die freundliche Verkäuferin findet es auf Anhieb, als ich sie jetzt darauf anspreche. Es hat einen wunderschönen Einband, und zu den einzelnen Namen gibt es allerlei lustige Illustrationen. Wobei wir es natürlich in Wirklichkeit gar nicht brauchen. Ich weiß ja schon, wie unser Baby heißen wird: Leonie. Und sollte es ein Junge werden, auch kein Problem: Dann heißt er eben Leon.

Gut gemacht, Becky, jetzt hast du dir eine Pause verdient. Ich steuere zielstrebig das »L'Espresso« an und bestelle mir einen Latte macchiato und zwei Thunfisch-Tramezzini. Eines für mich und eines für die kleine Kichererbse, damit sie auch ordentlich wächst. Nachdem ich eine Tonne Zucker in den Kaffee gerührt habe, nippe ich vorsichtig an der Tasse – und lasse sie im nächsten Moment beinahe fallen vor Schreck.

Was *mache* ich denn da? Mit dem Koffeinschub eines doppelten Espresso würde die kleine Kichererbse in meinem Bauch glatt den ersten Dreifachsalto ihres Lebens hinlegen. Daran muss ich noch arbeiten. Ich bin eine werdende Mutter, ich darf mein Kind doch nicht vergiften. Also, gleich mal die Regeln für die nächsten neun Monate aufstellen: Kein Koffein, kein Alkohol, kein Nikotin. Wobei mir Letzteres nicht so schwerfallen wird, bin ich doch zum Glück Nichtraucherin.

Etwas Vitaminreiches wäre gut. Orangensaft zum Beispiel. Ich sehe mich nach der Kellnerin um, als ich plötzlich zusammenzucke. Inmitten der Menschenmasse, die an der Cafeteria vorbeiströmt, sehe ich ihn. Glück Nummer eins. *Kevin.*

Nanu, was macht der denn hier? Er hat doch gesagt, er müsse die letzten Tage vor Weihnachten ganz besonders hart arbeiten, und wir sollten nicht böse sein, falls er sich bei unserer Weihnachtsfeier ein bisschen verspätet. Und jetzt schlendert er auf einmal ganz entspannt und locker durchs Einkaufscenter, als hätte er nichts anderes zu tun. Plötzlich bleibt er stehen und sieht sich um.

Mich durchzuckt ein Riesenschreck. Wenn er mich hier entdeckt, wird er wissen wollen, was ich in meiner Einkaufstüte habe, und wenn er das Buch mit den kleinen Namen entdeckt, dann kann ich meine große Überraschung gleich wieder vergessen!

In einem unglaublichen Reflex reiße ich die Getränkekarte hoch und halte sie mir vors Gesicht, gerade in dem Moment, als sein Blick über mich hinwegschwenkt. Sicherheitshalber lasse ich ein paar Sekunden verstreichen, bevor ich wieder vorsichtig über den oberen Rand der Karte linse.

Uff, gerade noch mal gut gegangen. Kevin steht zwar immer noch da, aber jetzt guckt er wenigstens in die andere Richtung. Bleibt nur noch die Frage, was er hier eigentlich macht. Er hat gesagt, er hätte keine Zeit, und es ist drei Tage bis Weihnachten...

Ich Dummerchen. Aber natürlich. Er kauft ein! Dass mir das nicht gleich eingefallen ist. Er ist heimlich hier, um etwas ganz Tolles für mich zu kaufen.

Er ist hier, um sich durch diese unzähligen Geschäfte zu wühlen, obwohl er doch Einkaufen hasst.

Er ist hier, um eine ganz besondere Überraschung für mich zu suchen.

Er ist hier, um Tina Schwarz zu umarmen, die ihm in diesem Moment in die Arme fällt.

Für einen Moment klinkt sich mein Verstand aus. Habe ich das gerade geträumt? Hastig reibe ich mir über die Augen und gucke dann wieder hin. Nein, ich träume nicht. Das *ist* Tina Schwarz, und die beiden haben sich soeben umarmt und Küsschen ausgetauscht. Jetzt stehen sie da und reden miteinander, und das sieht nicht so aus, als wären sie sich zufällig über den Weg gelaufen. Ganz im Gegenteil, es wirkt so, als hätten sie dieses Treffen – geplant?

Ich fühle, wie sich mein Herz zusammenzieht.

Was, um alles in der Welt...?

Wieso treffen die sich...?

Und überhaupt, wieso strahlen die sich gegenseitig so an?!

Das darf doch wohl nicht wahr sein! Mein Kevin, und ausgerechnet Tina Schwarz! Tina ist eine Bekannte von uns – keine Freundin, wohlgemerkt –, und alle Frauen in unserem Umfeld fürchten sie. Tina ist nämlich nicht nur unnatürlich hübsch, sie wildert dazu auch noch gerne in fremden Revieren. Bei ihrem letzten Mann war es jedenfalls so. Den hat sie seiner damaligen Frau ausgespannt, sich von ihm schwängern lassen und sich dann gleich wieder von ihm getrennt. Jetzt lebt sie angenehm von seinen Unterhaltszahlungen und kann in Ruhe ihre Netze für das nächste Opfer auslegen. Und das ist jetzt ausgerechnet – Kevin?!

Oh mein Gott! Das darf doch wohl nicht wahr sein! Plötzlich fühle ich, wie der Zorn in mir hochbrandet. In einem ersten Impuls will ich aufspringen und dieser Schlampe mein großes Buch mit den kleinen Namen nur so um die Ohren hauen, aber dann kann ich mich gerade noch beherrschen.

Was, wenn das doch nur ein Zufall ist? Wenn sie sich nur zufällig über den Weg gelaufen sind und jetzt ein harmloses Pläuschchen halten? Ich meine, okay, *so* freundliche Nasenlöcher müssten sie dabei auch nicht gerade machen, aber das Biest ist nun mal bekannt dafür, dass sie gerne flirtet. Und Kevin? Kann man es einem Mann zum Vorwurf machen, dass er sich von einer Frau umarmen lässt, die aussieht wie Pamela Anderson in ihren besten Jahren?

Klar, kann man – und das werde ich auch bei nächster Gelegenheit –, aber das ist doch noch lange kein Verbrechen, oder?

Sicher werden sie sich gleich verabschieden, und Kevin

wird den Juwelier aufsuchen, bei dem es diese schicke neue Cartier-Uhr gibt, von der ich ihm seit Wochen vorschwärme. Oder er geht zu Douglas und kauft das teuerste Parfüm auf dem Markt. Oder in die Blumenoase, die haben Orchideen, die...

Nein, tut er nicht. Stattdessen hängt sich Tina Schwarz jetzt bei ihm ein, und die beiden schlendern die Einkaufspassage hinunter wie ein verliebtes Paar.

Ich verkrampfe mich am ganzen Körper.

Was, zum Teufel, *machen* die beiden da?

Wie ferngesteuert lege ich einen Geldschein auf den Tisch, nehme meine Handtasche und die Einkaufstüte und gehe den beiden nach.

Dann beginnt mein schlimmster Albtraum. Die beiden gehen als Erstes zu H & M, und was ich da zu sehen bekomme, ist ein brutaler Schock für mich. Tina wühlt in den verschiedenen Abteilungen herum, und Kevin steht geduldig daneben und scheint total fasziniert von ihr zu sein. Aber nicht nur das. Zwischendurch drückt Tina auch noch ihre Brust heraus und erklärt Kevin gestenreich die Vorzüge derselben – als ob die sonst nicht aufgefallen wären! –, und Kevin starrt vollkommen ungeniert darauf und nickt auch noch beeindruckt.

Ich kann nicht sehen, was sie dann alles kaufen, weil ich mich hinter Kleiderständern verstecken und lästige Verkäufer abwimmeln muss, die sich wie Schmeißfliegen auf mich stürzen, aber als sie das Geschäft verlassen, schleppt Kevin eine stattliche Anzahl an Einkaufstüten mit sich.

Als Nächstes marschieren sie zu Benetton, und diesmal scheinen Tinas Hintern und ihre Hüften das bevorzugte Thema zu sein. Sie deutet mehrmals darauf und lacht anzüglich, und Kevin nickt dazu begeistert und strahlt, als hätte er im Lotto gewonnen.

Mittlerweile ist mir ganz schwindlig vor Wut und Enttäuschung, und als sie das Geschäft wieder verlassen, kommen sie gefährlich nahe an mir vorbei. Ich kann mich gerade noch hinter einer Säule verstecken, höre aber, wie Kevin sagt: »Ehrlich, Tina, ich hätte ja nie gedacht, dass die so groß werden können.«

Und voller Entsetzen vernehme ich ihre Antwort: »Ja, das hätte ich vorher auch nicht für möglich gehalten. Wenn du willst, kann ich dir das bei mir zu Hause auch noch zeigen.«

Für einen Moment stehe ich da wie festgefroren, dann trotte ich wie ein Zombie hinter ihnen her. Die beiden gehen zu Mexx, dann zu Nanu Nana, und als sie schließlich noch bei Betty Barclay miteinander rumalbern, bin ich am Ende meiner Kräfte angelangt.

Denn je länger ich ihnen folge, desto mehr wird es zur Gewissheit: Kevin und Tina Schwarz haben etwas miteinander. Die vertrauten Gesten, ihr Angebot, mit zu ihr nach Hause zu kommen, allein die Tatsache, dass Kevin mit ihr shoppen geht – Kevin *hasst* Shoppen!

Nein, ich kann es drehen und wenden, wie ich will: Kevin betrügt mich.

Als mir das bewusst wird, sacke ich mutlos in mir zusammen. Noch nie zuvor habe ich mich so enttäuscht und gedemütigt gefühlt, noch nie! Benommen taumle ich aus dem Einkaufscenter, unfähig, auch nur einen einzigen klaren Gedanken zu fassen.

Inzwischen hat es zu schneien begonnen. Wind ist aufgekommen, und die Luft ist schneidend kalt. Und auf makabre, grausame Art passt das exakt zu meiner Situation. Meine ganze Welt ist kalt geworden, und so völlig ohne Hoffnung. Am liebsten würde ich ...

O nein, bloß nicht! Daran darf ich nicht einmal denken. Ich darf mich jetzt nicht aufgeben, ich darf nicht in Hoffnungslosigkeit und Trauer versinken. Ich bin doch nicht mehr allein. Ich werde nie mehr allein sein. Ich habe doch jetzt Glück Nummer zwei. Die kleine Kichererbse. Mein Baby. Leonie.

Ich darf nicht zulassen, dass sie von einer trübsinnigen Mutter in eine trostlose Welt hineingeboren wird. Ich muss stark sein. Und fröhlich, zumindest irgendwann mal wieder. Dann werde ich sie eben alleine großziehen, und wenn sie mich fragt, wer ihr Papi ist, werde ich ihr sagen, dass er Astronaut ist oder so, und dass er ... ja, genau, dass er auf dem Mond lebt und deswegen nicht zu ihren Geburtstagen kommen kann, und dass er sie trotzdem ganz toll lieb hat – was bekanntlich enorm wichtig ist, will man vermeiden, dass das Kind eines Tages ein durchgeknallter Amokläufer wird oder so.

Genau, so mache ich es. Ich atme tief durch und fühle, wie ich langsam wieder neuen Mut schöpfe.

Aber wie soll ich das bloß anstellen? Ich meine, was ist mit der näheren Zukunft? Was ist mit heute? Unsere Freunde, die in weniger als zwei Stunden bei uns auf der Matte stehen werden, was mache ich mit denen? Ich wollte doch meine Freude mit ihnen teilen, sie an meinem Glück teilhaben lassen, gemeinsam mit ihnen den Beginn eines neuen Lebensabschnitts feiern.

Und jetzt? Soll ich sie anrufen und die Feier einfach absagen? Weil der Vater meines Kindes ein treuloser Lump ist, der meine grenzenlose Liebe und mein Vertrauen schamlos ausgenutzt hat?

Das könnte ich natürlich machen, und sie würden außer sich sein vor Empörung über Kevin, und sie würden mit mir trauern.

Andererseits, wenn ich ihnen das schon antue, dann könnte ich doch genauso gut ...

Ja, warum eigentlich nicht?

Es ist ohnehin schon alles vorbereitet. Die Brötchen, der Sekt, der Punsch, sogar der Weihnachtsbaum steht bereits im Wohnzimmer. Wir haben uns alle auf eine Feier eingestellt, wir wollten es so richtig krachen lassen. Und das können wir doch immer noch. Weil, mal ganz objektiv betrachtet, eine Trauerfeier doch auch eine Feier ist, nicht wahr?

Und krachen wird es auch, da bin ich mir sicher.

Es ist so hart. Es ist so hart!

Bisher war mein Leben immer unbeschwert gewesen. Ich machte meinen Job als Sekretärin, verdiente damit ein mittleres Einkommen, mit dem ich einigermaßen über die Runden kam, und schließlich lernte ich Kevin kennen. Ab da war es eigentlich immer nur schön. Kevin ist ein toller Mann. Hätte ich mir aus einem Versandkatalog für alleinstehende Frauen meinen Traummann bestellen können, wäre haargenau er rausgekommen. Er sieht gut aus, er ist witzig, er arbeitet zielstrebig an seiner Karriere, und er ist tolerant. Was noch also kann man sich von einem Mann wünschen?

Oh, ja, sicher, da gibt es noch einen Punkt, und dummerweise ist das der wichtigste. Dass er treu ist. Und ausgerechnet das ist Kevin nicht. Ich habe ihn an eine billige Schlampe verloren, an einen männermordenden Vamp. Ich habe alles verloren. Mein scheinbar perfektes Leben ist von einem Moment auf den anderen nur noch ein einziger unansehnlicher Scherbenhaufen.

Am liebsten würde ich gleich wieder losheulen, obwohl ich die letzten beiden Stunden doch nichts anderes getan habe. Eigentlich kaum zu glauben, dass es mir gelungen ist, alle Vorbereitungen zu treffen, wo ich doch halbblind war vor Tränen.

Und jetzt werden sie jeden Moment kommen. Unsere Gäste. Drei Paare, lieb gewonnene Freunde, die einen ausgelassenen Abend mit uns verbringen wollten und die ich nun in meine emotionale Hölle mitreißen werde.

Aber es geht nicht anders. Ich muss das einfach tun. Ich bin es mir schuldig, und ich bin es meinem Kind schuldig. Sollen sie es nur alle erfahren, sollen sie ruhig Kevins wahres Gesicht kennenlernen. Es wird sie schwer treffen, da bin ich mir sicher. Andererseits, ihr Schock wird nicht halb so schlimm sein wie meiner.

Am meisten fürchte ich mich vor der Begrüßung. Vor der Standardfrage: »Wie geht es dir?« Das wird das Schwierigste, ihnen in die Augen sehen zu müssen und zu lügen: »Danke, mir geht's gut.«

Dennoch, es ist die einzige Möglichkeit. Man kann kein gutes Drama inszenieren, indem man den Schurken gleich im ersten Akt zur Hölle fahren lässt. Also werde ich wohl oder übel durchhalten müssen. Ich werde meine Rolle in dieser Schmierenkomödie bis zum bitteren Ende spielen, und ich werde mir damit Genugtuung verschaffen.

Und sobald das erledigt ist, werde ich mein Leben neu sortieren. Ich werde mich mit meinem Baby von dieser grausamen Welt zurückziehen, wie Herzeloide mit ihrem Parzival. Natürlich nicht in einen einsamen Wald – in heutigen Zeiten geht das ja gar nicht mehr, im Wald gibt es keinen Supermarkt, keinen McDonald's, keinen Friseur und wahrscheinlich nicht mal die sieben Zwerge –, aber eine anonyme Reihenhaussiedlung wird es auch tun. Und dann, wenn mein Baby erwachsen ist und in die große weite Welt hinausziehen will, dann werde ich wahrscheinlich auch an gebrochenem Herzen...

Mist, jetzt muss ich schon wieder heulen.

Und nun läutet es auch noch! Sie sind da! Die ersten Gäste!

Hastig schnappe ich mir ein Taschentuch und tupfe mir die Tränen aus den Augen. Ich atme tief durch, dann öffne ich die Tür.

Es sind Tessa und Robert. Tessa führt eine Boutique für Damenmoden und ist immer ein bisschen überdreht. Robert ist Architekt und bietet mit seiner angenehm ruhigen Art die perfekte Ergänzung dazu.

»Hi, Liebes!« Tessa fliegt sofort in meine Arme und küsst mich stürmisch ab.

»Hallo, Becky.« Auch Robert umarmt mich sanft.

»Hallo, ihr beiden.« Ich ringe mir ein Lächeln ab.

Und dann natürlich gleich die Frage: »Wie geht's dir?« Robert hat sie gestellt, und beide mustern mich mit forschenden Blicken.

Ich halte das nicht aus. Ich halte das nicht aus!

Gleich werde ich losheulen, mich in ihre Arme werfen und sie nie mehr loslassen. Ich werde ihnen erzählen, wie gemein Kevin ist und ...

»Danke, mir geht es gut«, höre ich mich stattdessen sagen, und ich bewundere mich selbst für meine Stärke. Das muss mit meiner Schwangerschaft zu tun haben, wahrscheinlich schüttet mein Körper gerade irgendein Tritt-dem-Mistkerl-kräftig-in-den-Arsch-und-wein-nicht-Hormon aus. Denn ganz ehrlich, unter normalen Umständen hätte ich das niemals so gut hingekriegt.

Die warmen Blicke der beiden bleiben jedoch weiter an mir haften, und da ich weiß, dass ich dem nicht länger standhalten kann, presse ich ein hastiges Lachen hervor und sage mit wackeliger Stimme: »Kommt schnell rein, ich habe heißen Punsch gemacht.«

Ehe sie noch etwas antworten können, drehe ich mich um und marschiere voraus ins Wohnzimmer.

»Wow«, entfährt es Tessa, als sie den Weihnachtsbaum sieht. »Das ist ja ein Ding. Und so schön geschmückt.«

»Ja, wirklich schön«, pflichtet Robert ihr bei. »Nur die Spitze fehlt«, stellt er dann mit Kennerblick fest.

»Ja, da kam ich nicht ran«, sage ich. »Das macht immer Kevin, als krönender Abschluss, sozusagen.«

»Ah ja, Kevin. Wo ist er überhaupt?«, fragt Robert.

»Er kommt ein bisschen später«, erkläre ich. »Er hat noch einiges aufzuarbeiten, in der Firma.« Bei dieser Lüge versagt meine Stimme beinahe.

»Ist ein fleißiger Bursche, dein Kevin«, sagt Tessa fröhlich. »Mit dem hast du echt das große Los gezogen.«

Einen Moment lang starre ich sie an, und mir fällt keine

passende Antwort darauf ein. Zum Glück läutet es in diesem Augenblick schon wieder.

»Ah, die nächsten Gäste. Bitte, bedient euch doch inzwischen«, sage ich schnell und deute auf die dampfende Punschgarnitur.

Es sind Jessica und Kurt. Wenn jemand für den Beruf einer Lehrerin geboren ist, dann Jessica. Sie ist stets gut gelaunt und durch absolut gar nichts aus der Fassung zu bringen. Kurt dagegen ist Buchhalter und ziemlich schüchtern. Wenn er aufgeregt ist, stottert er ein bisschen, und das klingt dann richtig süß.

»Becky, Schatz!« Jessica drückt mich fest. Dann schiebt sie mich von sich weg und sieht mir prüfend in die Augen. »Alles okay bei dir?«

Autsch. Nicht schon wieder diese Frage.

»Äh, ja, sicher. Klar«, entgegne ich tapfer.

»G-gut siehst du aus«, sagt Kurt und küsst mich vorsichtig auf beide Wangen. Seltsam, bei einer einfachen Begrüßung stottert er normalerweise nicht. Müssen wohl die Emotionen sein, wegen des bevorstehenden Festes oder so.

»Macht schnell die Tür zu und legt ab, sonst holt ihr euch noch den Tod«, fordere ich sie auf. »Drinnen gibt's heißen Punsch und Plätzchen.«

»Au fein.« Jessica reibt die Hände aneinander, um sich zu erwärmen. »Heißer Punsch ist genau das Richtige bei diesen Temperaturen.«

Kaum haben sie Tessa und Robert begrüßt und es sich bequem gemacht, sind auch schon Lizzy und Michael da. Lizzy mustert mich mit besorgtem Blick. »Mein Gott, Becky, du siehst ja gar nicht gut aus. Du hast dich doch nicht überanstrengt bei den ganzen Vorbereitungen?«

»Ach wo, Lizzy, mach dir keine Sorgen. Mir geht's gut«, wiegle ich schnell ab und vermeide es dabei, ihr in die Augen zu sehen.

»Glaub nicht alles, was Lizzy sagt«, grinst Michael, während er mich drückt. »Du siehst klasse aus.« Michael ist Rechtsanwalt und bekannt für seinen trockenen Humor.

»Danke, Michael«, sage ich, dann schiebe ich sie zu den anderen ins Wohnzimmer.

Sie begrüßen sich ausgelassen, und als alle ihre dampfenden Becher in den Händen halten, ruft Robert aus: »So, jetzt alle mal herhören! Ich möchte einen Toast ausbringen!« Er hält seinen Becher in die Höhe. »Auf unsere bezaubernde Gastgeberin Becky. Und darauf, dass sie sich solche Mühe für uns gegeben hat.«

»Ja, auf Becky«, hallt es durch den Raum, und meine Augen werden ganz feucht vor Rührung.

»Und auf ihren schönen Weihnachtsbaum«, fügt Michael hinzu.

»Ja«, meint Robert. »Schade nur, dass die Spitze fehlt, sonst wäre er perfekt. Was meinst du, Becky, ich könnte doch schnell…«

»Oh, nein, bloß nicht«, falle ich ihm ins Wort. »Das macht immer Kevin. Das ist so eine Art… Tradition bei uns, weißt du?«

»Okay, wie du willst«, meint er schulterzuckend.

»Ist wahrscheinlich so eine Art Revierverhalten bei Kevin«, kichert Tessa. »Andere pinkeln gegen Bäume, er setzt stattdessen die Spitze drauf.«

»Ist mir auch lieber so. Stell dir mal vor, er würde den Baum anpinkeln«, sagt Michael, und alle lachen.

Für einen Moment tauchen Szenen aus der Vergangenheit vor meinem geistigen Auge auf. Unbeschwerte Tage, an denen wir uns zu Grillfesten getroffen haben oder zu Spielabenden. Ach, was waren das für schöne Zeiten. Und leider sind sie jetzt vorbei.

Ich fühle schon wieder, wie mein Herz schwer wird, und stehe schnell auf.

»Ich werde dann mal die Brötchen reinholen«, verkünde ich.

»Willst du denn nicht auf Kevin warten?«, fragt Robert erstaunt.

»Nein, ich denke, wir sollten schon mal ohne ihn anfangen. Er wusste selber nicht, wie lange es heute dauern wird bei ihm«, erkläre ich und fühle, wie mir bei dem Gedanken, *warum* es bei Kevin so lange dauert, die Hitze ins Gesicht steigt.

»Warte, ich helfe dir«, ruft Lizzy und springt hoch.

Als ich in der Küche das erste Tablett hochstemmen will, stellt sie sich mir in den Weg. »Also gut, Becky, raus mit der Sprache: Was ist los mit dir?«

»Nichts ist los mit mir.« Ich weiche ihrem Blick aus.

»Sag nicht, dass nichts ist«, sagt sie und zieht die Augenbrauen zusammen. »Becky, ich kenne dich. Du hast doch was. Vorhin am Telefon warst du noch so happy wegen deiner Schwangerschaft…«

»Schscht!«, zische ich und deute mit dem Kopf in Richtung Wohnzimmer. »Sonst hören sie es noch!«

Lizzy zuckt zusammen und wird ein bisschen rot. »Okay, entschuldige«, redet sie mit gedämpfter Stimme weiter. »Trotzdem: Am Vormittag warst du noch völlig aus dem Häuschen, und jetzt wirkst du auf einmal so…bedrückt.«

»Das ist, weil…es war heute einfach ein bisschen viel für mich«, suche ich nach Ausflüchten. »Erst der Arzttermin und dann die vielen Einkäufe…«

»Und das ist alles?« Lizzy bleibt misstrauisch.

»Ja, das ist alles«, sage ich knapp. Dann schnappe ich mir das Tablett, bevor sie richtig reagieren kann, und marschiere damit ins Wohnzimmer.

»Wahnsinn«, sagt Robert mit einem schwärmerischen Blick auf die Brötchen. »Du hast dir ja wirklich Mühe gegeben, Becky.«

»Ja, niemand mästet uns so schön wie Becky«, lobt auch Michael.

»Als ob du das nötig hättest«, sagt Lizzy mit einem neckischen Lächeln und klopft ihm auf den Bauch.

»Ich weiß gar nicht, was du hast«, verteidigt er sich. »Es gibt noch viel fettere Anwälte als mich.«

»Ehrlich?«, grinst Robert. »Ich kenne keinen.«

»Bei Gericht sieht man die auch selten, weil sie nicht durch die Türrahmen passen«, erklärt Michael bierernst. »Aber es gibt sie, glaubt mir.« Damit beißt er lustvoll in ein Schinkenbrötchen.

»Sieht jedenfalls alles großartig aus, Becky«, sagt auch Jessica mit leuchtenden Augen. »Bis auf die da.« Sie deutet auf die Brötchen mit dem roten Kaviar. »Ist mir ein Rätsel, wie Kevin die runterbringt.«

Keiner in der Runde mag roten Kaviar, außer Kevin. Der jedoch liebt das glibberige Zeugs.

»Die nimmt ihm garantiert keiner weg, so viel ist mal sicher.« Kurt schlägt seine Zähne in ein Salamibrötchen. »Hmm, Becky, die hast du super gemacht«, lobt er mich mit vollem Mund.

Okay, langsam kommt mir das ein bisschen seltsam vor. So viel gelobt wie heute wurde ich noch nie. Ich meine, wir sind schon so lange Freunde, da bedarf es keiner übertriebenen Höflichkeitsfloskeln mehr. Aber möglicherweise geht es ihnen ja ähnlich wie Lizzy, und sie spüren instinktiv, dass bei mir etwas nicht stimmt. Und jetzt wollen sie mich aufmuntern, ohne den eigentlichen Grund dafür zu kennen.

»Entschuldigt mich für einen Moment.« Ich rapple mich hoch.

»Wo willst du hin? Es sind noch genug Brötchen da«, sagt Lizzy und macht Anstalten, ebenfalls aufzustehen.

»Ich will ... nur schnell den Müll rausbringen.«

»Den Müll rausbringen?!«, fragt sie ungläubig.

»Ja, der Sack platzt schon aus allen Nähten.« Ich verziehe mich, so schnell es geht.

Als ich zurück bin, hat munteres Geplauder eingesetzt. Michael erzählt gerade die neuesten Rechtsanwaltswitze, und die Stimmung ist ausgelassen und heiter.

Und doch ist es irgendwie merkwürdig. Ich weiß nicht, wie ich es beschreiben soll, aber sie schenken mir heute unheimlich viel Beachtung, und sie sind so ... nett zu mir. Dabei wissen sie doch von gar nichts, nicht mal davon, dass ich schwanger bin, ausgenommen Lizzy natürlich.

Auch jetzt wieder, als ich mit einem Blick auf die halb leeren Tabletts sage: »Ich denke, ich werde mal Nachschub holen«, überschlagen sie sich beinahe vor Hilfsbereitschaft: »Lass nur, wir machen das schon!«

»Bleib sitzen, Becky, du hast heute schon genug geschuftet!«

»Michael hat schon genug, sonst passt er auch nicht mehr in den Gerichtssaal.«

»*Ich* gehe!«

Sie sind so lieb zu mir. Mein Herz macht einen kleinen Hüpfer vor Rührung, und ich muss sogleich wieder gegen meine Tränen ankämpfen. Plötzlich wird es ruhig, und alle starren mich an.

Oh, oh, nicht gut. *Ahnen* die etwas?

Die Stille wird mir irgendwie unheimlich, und sie scheinen darauf zu warten, dass ich etwas sage.

Dann macht es plötzlich laut und deutlich: *Kawumm.* Sekundenbruchteile später folgt ein lautes Fluchen.

Alle reißen die Köpfe herum.

»W-was war d-das denn?«, fragt Kurt verwirrt.

»Habt ihr eine Horde Bauarbeiter vor dem Haus, die sich prügeln?«, meint Tessa mit hochgezogenen Augenbrauen.

»Auf jeden Fall kam es von draußen«, stellt Michael mit gerunzelter Stirn fest.

»Was meinst du, Becky?« Lizzy sieht mich fragend an.

Ich brauche nicht zu rätseln, was das war. Ich weiß es. Das war *der Mann, der mich betrogen hat.*

»Das ist Kevin«, sage ich, und plötzlich glotzen mich alle an.

»Woher weißt du das denn so genau?«, will Robert wissen.

»Weil... äh... ich weiß, wie es sich anhört, wenn er nach Hause kommt«, erkläre ich und fühle, wie meine Wangen dabei zu brennen beginnen.

»Du meinst, es kracht *immer*, wenn er nach Hause kommt? Und danach flucht er *jedes Mal*?«, fragt Michael entgeistert.

»Tja, also, genau genommen...«

Zum Glück bleiben mir weitere Erklärungen erspart, denn in diesem Moment geht die Haustür auf, und Kevin kommt herein. In der einen Hand hält er einen riesengroßen Jutesack, und mit der anderen reibt er sich den Hintern.

»Verdammte Scheiße, ist das glatt!«, schimpft er. Dann erst bemerkt er, dass wir alle ihn beobachten, und ruft mit verlegenem Grinsen und hochrotem Kopf: »Hi, Leute, schön, dass ihr da seid!« Die anderen grüßen ein wenig verhalten zurück, dann fragt er: »Hattet ihr gar keine Probleme da draußen?«

»Nein, wieso?«, kommt als verständnislose Antwort.

»Wieso?« Kevin guckt überrascht. »Na, weil es spiegelglatt ist vor der Haustür, und die Beleuchtung ist auch ausgefallen.«

»Echt?« Unsere Gäste wechseln erstaunte Blicke.

»Also, uns ist nichts aufgefallen«, meint Robert, und Tessa nickt zur Bestätigung.

»Uns auch nicht«, sagt Jessica. »Und das Licht war auch noch an. Nicht wahr, Kurt?«

»G-genau.«

»Vielleicht lag es an deinem großen Sack«, meint Michael, und es dauert ein paar Sekunden, bis sich alle der Zweideutigkeit seiner Worte bewusst werden. Albernes Gekicher ist die Folge.

»Ja, vielleicht«, sagt Kevin mit einem gequälten Lächeln. Dann sieht er plötzlich mich an. »Übrigens: Hi, Schatz. Wie geht es dir?«

Ich erstarre. Was soll *die* dämliche Frage denn jetzt? Wie

soll's mir schon gehen, nachdem er mich betrogen hat? Klar, er weiß nicht, dass ich das weiß, aber in dieser Situation empfinde ich die Frage als glatte Frechheit.

»Danke, gut«, sage ich mühsam beherrscht, und ich fühle, wie die Blicke der anderen zwischen mir und Kevin hin- und herwechseln wie bei einem Tennisspiel.

Kevin wirft mir einen irritierten Blick zu, dann sagt er: »Okay, ich gehe nur mal kurz duschen, und dann gibt's eine Überraschung, Freunde!«

»Der arme Kerl hat aber auch ein Pech«, sagt Robert, als er weg ist, und nimmt einen Schluck Punsch. »Es muss erst glatt geworden sein, nachdem wir gekommen sind. Sonst wäre Tessa mit ihren Stiefeletten längst auf ihrem hübschen Hintern gesessen.«

»Danke schön«, sagt Tessa kokett und stupst ihn von der Seite an.

»Wirklich seltsam«, meint Michael nachdenklich. »Und dass dann auch noch das Licht ausfällt. Das hat schon fast was Schicksalhaftes.«

»Ja, Kevin hat's wirklich nicht leicht heute«, mischt sich auch noch Jessica ein. »Zuerst muss er länger schuften, und dann setzt es ihn vor der eigenen Haustür auf den Hintern. Du solltest heute ganz besonders lieb zu ihm sein, Becky.«

Lieb zu ihm sein? *Ich?*

Langsam reicht's mir. Der hat gar nicht lange geschuftet, der war bloß bei seinem Flittchen. Und das mit dem Glatteis und dem Licht, das war auch kein Schicksal, sondern nur seine gerechte Strafe.

Ich meine, jetzt mal ehrlich, wenn eine Frau am selben Tag erfährt, dass sie schwanger ist *und* dass der Vater ihres Kindes sie betrügt, dann darf sich doch keiner wundern, wenn sie, getrieben von ihrem Rachedurst und geistig umnachtet vom hormonellen Chaos in ihrem Körper, mal eben eine Kanne Wasser auf den Gehweg schüttet und die Glühbirne der Außenbeleuchtung aus der Fassung dreht, nicht wahr?

Das hat Kevin sich doch mehr als verdient! Und was ist schon eine kleine Steißbeinprellung im Vergleich zu dem, was er mir angetan hat? Damit ist er noch gut weggekommen, finde ich. Abgesehen davon ist Kevin sportlich, der steckt das doch locker weg.

Obwohl, es war nicht die Genugtuung, die ich mir davon erwartet hatte. Irgendwie war es…kein bisschen befriedigend, und das irritiert mich jetzt ein wenig.

Flugs wische ich diese Gedanken beiseite und sage: »Alles klar, ich werde dann mal den Sekt holen.«

»Ich komme mit«, sagt Lizzy und will ebenfalls aufstehen.

»Lass nur, ich schaffe das schon alleine«, wehre ich schnell ab und verziehe mich.

Als ich zurück bin und den Sektkübel ganz vorsichtig auf dem Beistelltisch abstelle, steht Lizzy plötzlich neben mir.

»Becky, hast du mal 'ne Minute?«, fragt sie mit undurchdringlicher Miene.

»Äh…ja, sicher.«

»Habt ihr etwa Geheimnisse vor uns?«, mischt sich Michael neugierig ein.

»Es ist was zwischen Becky und mir, Weiberkram, weißt du, nichts Wichtiges«, sagt Lizzy. »Wir sind gleich wieder da.«

Sie nimmt mich am Arm und geleitet mich hinaus ins Esszimmer. Als wir uns setzen, sehe ich durch den großen Rundbogen, der zum Wohnzimmer führt, wie die anderen die Köpfe zusammenstecken und miteinander zu tuscheln beginnen.

»Lizzy, was sollen die denn denken, wenn du mich hier beiseitenimmst?«, zische ich sie vorwurfsvoll an.

»Das ist mir im Moment egal«, kontert Lizzy mit gedämpfter Stimme und wirft einen flüchtigen Blick auf die anderen, die uns beobachten. »Becky, mir ist aufgefallen, dass zwischen dir und Kevin eine gewisse…wie soll ich sagen… Spannung besteht…«

»Keine Ahnung, was du meinst«, behaupte ich und versuche dabei, möglichst unbefangen zu klingen.

»Komm schon, Becky! Ich bin deine beste Freundin, schon vergessen? Ich merke, wenn etwas nicht stimmt, und das gerade eben war doch wohl ziemlich eindeutig.«

»*Was* war eindeutig?«, gebe ich trotzig zurück.

»Na, wie du Kevin begrüßt hast.« Lizzy sieht mich streng an. »Normalerweise wärst du doch die Erste, die aufspringt und sich um ihn kümmert, aber du hast ihn nicht mal richtig angesehen...ganz im Ernst, Becky, das ist doch nicht normal!«

»Ja, also, das ist...wie gesagt, ich hatte viel um die Ohren, und wahrscheinlich bin ich deswegen...«, druckse ich verlegen herum und senke meinen Blick zu Boden.

»Becky!« Lizzy fasst mich am Kinn und zwingt mich, sie anzusehen. »Ist es, weil Kevin sich verspätet hat? Bist du deswegen sauer auf ihn?«

»Äh...ja genau, das ist es«, stoße ich erleichtert hervor. Echt praktisch, wenn sie einem die Ausrede gleich in den Mund legt.

»Oh«, sagt Lizzy und senkt ihren Blick.

»Was ist?«, frage ich verwundert.

»Es ist nur, weil...«

»Was?«

»Nun, ich fürchte, es ist meine Schuld«, sagt sie so leise, dass ich sie kaum verstehen kann, und ihre Wangen beginnen plötzlich zu glühen.

»*Deine* Schuld? Aber wieso denn? Was kannst *du* denn dafür, wenn Kevin sich verspätet?«

»Es ist, weil...« Sie sucht verzweifelt nach den richtigen Worten. »Ach Becky, es tut mir ja so leid!«

»Leid? Was denn?!«

»Becky...« Lizzy fasst mich an den Händen und sieht mir in die Augen. »Becky, sie *wissen* es«, sagt sie mit erstickter Stimme.

»*Wer* weiß es?«, frage ich verwirrt.

»Die anderen, Jessica, und Tessa, und Robert... *Alle*, Becky, *alle* wissen es! Wegen mir«, sagt sie und guckt dabei, als hätte sie mir gerade einen Mord gestanden.

»Wie bitte? Sie wissen, dass Kevin mich betrügt?!«, stoße ich hervor.

Lizzy reißt die Augen auf. »Was, Kevin *betrügt* dich?!«

Ich nicke hastig, und sofort beginnen meine Augen wieder zu schwimmen. »Ja«, sage ich und fühle, wie sich meine Kehle zuschnürt. »Dieser Schuft... betrügt mich... mit Tina Schwarz. Ich habe sie heute gesehen, im Einkaufscenter, und ich habe gehört, wie sie miteinander redeten...«

»Aarrgh!«

Lizzy reißt den Kopf herum. »Was war *das* denn?« Aus den Augenwinkeln sehe ich, dass auch die anderen im Wohnzimmer verwunderte Blicke wechseln.

»Oh, das...«, sage ich. »Das ist Kevin. Er duscht gerade.«

»Und dabei macht er *solche* Geräusche?«

»Äh, ja, weil er... *kalt* duscht.«

»Und dabei schreit er so?« Lizzy schüttelt verwundert den Kopf. Dann sieht sie mich wieder an. »Egal. Becky, das heute mit Tina, das war *meine* Schuld.«

»Wie bitte?! Du hast Kevin mit Tina Schwarz verkuppelt?!« Ich fasse es nicht! Meine beste Freundin rammt mir den giftigen Dolch mitten ins Herz! Aber warum nur? Und wie hat sie überhaupt...?

»Becky, nein!« Lizzy sieht mich verzweifelt an. »Ich habe die beiden nicht verkuppelt, und Kevin betrügt dich auch nicht mit Tina, das musst du mir glauben!«

»Kevin betrügt mich nicht?!« Mein Herz macht einen gewaltigen Hüpfer. »Aber wieso waren die beiden dann heute im Einkaufscenter, und wieso haben sie über Tinas Busen und über ihren Po geredet?«

»Das war doch alles ganz anders«, sagt Lizzy eindringlich. »Und ich kann es dir erklären...«

»Aarrgh! Verdammt noch mal, wieso ist das denn so kalt?!«, ertönt es in diesem Moment wieder aus dem Badezimmer.

»Also ehrlich«, wechselt Lizzy stirnrunzelnd das Thema. »Wenn er das kalte Duschen so schlecht verträgt, sollte Kevin das vielleicht besser bleiben lassen.«

Mir fällt es plötzlich siedend heiß ein. Die Dusche! Das Warmwasser! Vor ein paar Wochen war der Klempner im Haus, um die Heizung zu warten, und als er weg war, hatte er vergessen, das Warmwasserventil im Keller wieder aufzudrehen. Als ich mir später die Hände waschen wollte, war das Wasser zuerst noch warm und dann plötzlich eiskalt. Kevin hat mir daraufhin gezeigt, welches Ventil man dazu aufdrehen muss. Und heute, in meinem Rachedurst, und durch das Hormonchaos ...

Aber was, wenn Lizzy recht hat? Wenn es eine harmlose Erklärung für alles gibt?!

»Bin gleich wieder da!«, rufe ich und springe auf.

»Wo willst du denn hin?«, fragt Lizzy verwundert.

»Muss nur mal schnell in den Keller ... den Heizölstand nachsehen.«

»Den *Heizölstand* nachsehen?«, fragt Lizzy mit offenem Mund.

Aber ich höre sie fast gar nicht mehr, so schnell flitze ich nach unten und reiße das Warmwasserventil herum. Als ich keuchend wieder hochhaste, durchzuckt es mich. Die kleine Kichererbse! Mein Baby! Was soll es denn denken, wenn seine Mami hier in totale Panik verfällt? Das ist doch ganz bestimmt schlecht für seine Psyche.

Schnell reibe ich über meinen Bauch.

»Mach dir keine Sorgen, Baby«, sage ich und bemühe mich um einen möglichst lockeren Tonfall. »Mami will nur, dass Papi es schön warm hat beim Duschen!«

So, das müsste fürs Erste reichen.

Aber es gibt noch so viele offene Fragen. Und überhaupt,

Lizzy hat ja nicht gesehen, *wie* Tina und Kevin miteinander herumgeturtelt haben. Vielleicht täuscht sie sich. Vielleicht haben die beiden ja doch ...

Bei dem Gedanken zieht sich mein Magen gleich wieder zusammen.

»Und, alles in Ordnung beim ... Öl?«, fragt Lizzy mit hochgezogenen Augenbrauen, als ich mich wieder neben sie wuchte.

»Ja, ja, alles bestens«, sage ich. »Weißt du, da muss man sich immer rechtzeitig darum kümmern, sonst ... ach, egal. Aber jetzt sag: Wie war das mit Tina und Kevin?«

»Aarrrgh!!! Verdammte Scheiße! Wieso ist das jetzt auf einmal so heiß?!«

Mist! Wenn man den Brausethermostat in der Dusche ganz auf Heiß stellt, weil das Wasser immer kälter wird, und dann jemand unvermutet das Heißwasserventil wieder aufdreht ...

Aber Kevin ist sportlich und zäh. Der hält das sicher aus, rede ich mir schnell ein.

»Was hat er denn jetzt schon wieder?«, wundert sich Lizzy.

»Oh, jetzt duscht er heiß«, erkläre ich. »Wechselduschen, weißt du? Die sind gut für seinen Kreislauf.«

»Also, angenehm dürfte das aber nicht sein.« Dann überkommt Lizzy wieder das Schuldbewusstsein. »Aber zurück zu der Sache mit Tina und Kevin: Also, da war ich dran schuld, fürchte ich, weil ...« Sie windet sich unter meinem Blick. »... weil ich meine Klappe nicht halten konnte.«

»Wie, du konntest deine Klappe nicht halten?«

»Na, das mit deinem Baby ... ich meine, nach dem Test war es doch schon so gut wie sicher, und ich habe es dann Tessa gesagt. Ganz im Vertrauen natürlich«, fügt sie schnell hinzu und wird dennoch krebsrot.

»Aber Lizzy, du hast es mir geschworen ... beim Grab deiner Großmutter«, sage ich vorwurfsvoll.

»Tja, das ist auch so eine Sache ...« Sie lächelt gequält.

»Weißt du, das sagt man so dahin, aber in Wirklichkeit gibt es gar kein *Grab meiner Großmutter*. Meine beiden Omis sind Gott sei Dank noch quietschvergnügt. Die solltest du mal sehen: Die eine besucht regelmäßig Tanzkurse, und die andere gibt sogar Aerobicstunden für Senioren.«

»Ehrlich?«, sage ich und bemerke, dass ich ein bisschen enttäuscht klinge. »Ich meine natürlich, super für deine Omis«, bessere ich mich schnell aus. »Wie auch immer... du hast Tessa also unser Geheimnis verraten. Und weiter?«

»Tja, also sie hat's dann wohl Jessica gesagt, und die dann, glaube ich, Kurt, und der dann Robert, und der dann Michael – oder war's umgekehrt, zuerst Michael und dann Robert?« Sie legt nachdenklich die Stirn in Falten.

»Lizzy, das ist doch jetzt vollkommen egal!«, unterbreche ich ihre Gedächtnisübung. »Auf jeden Fall haben alle davon erfahren?«

Lizzy nickt beschämt. »Genau.«

»Und Kevin? Weiß er es auch?«

Lizzy nickt wieder und senkt den Blick zu Boden. »Ja, nachdem ich heute die Bestätigung von dir erhielt, hat Michael ihn angerufen.«

»Und? Was hat er gesagt?« Ich fühle, wie eine ganze Ameisenschar meinen Rücken hinunterläuft.

»Er ist ausgeflippt, hat Michael gesagt. War total aus dem Häuschen vor Freude.« Lizzy drückt meine Hände und bekommt auf einmal ganz feuchte Augen. »Becky, es tut mir leid, dass ich dir die Überraschung verdorben habe. Ich weiß, ich bin ein altes Plappermaul, und ich dachte nicht, dass Tessa...« Sie legt eine kleine Pause ein. »... Dabei habe ich doch selbst... es tut mir so leid, Becky. Kannst du mir verzeihen?«

Meine Gefühle wirbeln durcheinander, als wären sie in einen Orkan geraten. Natürlich bin ich enttäuscht darüber, dass Lizzy unser Geheimnis ausgeplaudert hat, auf der anderen Seite empfinde ich aber auch riesengroße Erleichterung darüber, dass ich mich vielleicht doch getäuscht habe, was Kevin und Tina Schwarz angeht.

»Ho, ho, ho!«

Kevin steht plötzlich im Wohnzimmer. Er trägt sein nagelneues Weihnachtsmannkostüm samt Zipfelmütze und weißem Rauschebart, das er sich extra für diesen Anlass gekauft hat. Auf seinem Rücken trägt er den großen Jutesack, den er jetzt neben dem Baum zu Boden gleiten lässt. Mann, der war aber fix beim Anziehen, das muss ich schon sagen.

Unsere Gäste klatschen bei seinem Anblick begeistert in die Hände. »Wart ihr auch alle brav?«, fragt Kevin mit tiefer Stimme.

»Oh ja!«

»Die meiste Zeit schon!«

»Ich war die Bravste!«

»Dazu verweigere ich die Aussage!«

»K-klaro!«

Die Antworten kommen fröhlich durcheinander.

»Und was ist mit euch beiden da drüben?«, fragt Kevin streng in unsere Richtung.

»Superbrav, alle beide!«, rufe ich zurück. »Kleinen Moment noch, wir kommen gleich! Wir haben nur noch schnell was zu besprechen.«

»Hm, na gut.« Er sieht demonstrativ auf seine Uhr. »Der Weihnachtsmann genehmigt euch fünf Minuten, dann ist er wieder weg, mit *Dancer* und *Prancer*, und...äh...den ganzen anderen Viechern. Alles klar?«

»Okey-dokey!«

Kevin gesellt sich zu den anderen, und ich beuge mich zu Lizzy vor. »So, Lizzy, jetzt weiß ich aber immer noch nicht, was das alles mit Tina Schwarz zu tun haben soll. Warum, um alles in der Welt, trifft Kevin sich ausgerechnet mit *der* im Einkaufscenter?«

»Also, das war so«, beginnt Lizzy, und sie wirkt erleichtert, weil ich ihr keine Vorhaltungen mache. »Kevin hatte die

Idee, dich zu überraschen, und da der Rest von uns heute keine Zeit zum Einkaufen hatte und Kevin von solchen Dingen keine Ahnung hat, brauchten wir jemanden, der Erfahrung mit Babysachen hat, und mit Umstandsmode ...«

»Und da kamt ihr ausgerechnet auf Tina Schwarz, dieses Flittchen?«

Im Hintergrund höre ich die anderen im Wohnzimmer herumalbern und lachen.

»Oh, die ist gar nicht so«, schüttelt Lizzy den Kopf. »Ich habe sie vor ein paar Wochen zufällig in der Stadt getroffen, und wir sind dann ins Plaudern gekommen ...«

»Davon hast du mir gar nichts erzählt!«, falle ich ihr ins Wort.

»Ja, weil ich wusste, wie du darauf reagieren würdest. Weißt du überhaupt, dass damals gar nicht sie diesen Typen verlassen hat, sondern er sie?«

»*Das* hat sie behauptet?«, frage ich ungläubig.

»Ja, und ich glaube ihr. Der Kerl steckt voll in der Midlife-Crisis und hat sie wegen einer noch Jüngeren sitzen gelassen.«

»Der lässt eine Frau wie Tina wegen einer Jüngeren sitzen?«, frage ich ungläubig.

»Ja, nicht zu fassen, was? Auf jeden Fall, die ist richtig nett, und als wir heute dringend eine Einkaufsberaterin für Kevin brauchten, fiel sie mir sofort ein. Sie war ideal, weil sie doch selbst ein kleines Kind hat, und Zeit hatte sie auch.«

»Aber Lizzy«, wende ich ein. »Sie haben über ihren Busen geredet, und über ihre Figur.«

»Ja, klar. Das ist doch das Hauptthema, wenn man für Schwangere einkauft, oder etwa nicht? Überleg mal, die meisten bekommen dann einen Riesenbusen und Hüften wie ein Ackergaul...« Sie schlägt sich die Hand vor den Mund. »Ups. Entschuldige, ich wollte dich jetzt nicht beunruhigen, bei dir wird das natürlich ganz anders aussehen.«

»Schon gut. Du meinst also, ich sehe dann aus wie ein Walross.«

»Äh, ja. Aber wie ein total glückliches Walross, das darfst du nicht vergessen!« Sie nickt mir aufmunternd dazu.

»Wow, das muss ich jetzt erst mal verdauen.« Ich lehne mich zurück und atme tief durch. Das würde dann ja bedeuten, dass Kevin mich gar nicht betrogen hat. Das würde bedeuten, dass er sich auf unser Baby genauso freut wie ich. Das würde bedeuten, dass er mich immer noch liebt!

»Uarrghh!«

Oh Gott, was ist denn jetzt schon wieder?

Ich sehe, dass Kevin aufgesprungen ist. Sein Gesicht ist angelaufen wie ein Hochofen, und er starrt ungläubig auf das Brötchen in seiner Hand.

Ach du meine Güte! Kevins Brötchen!

Belegt mit rotem Kaviar, den sonst keiner in der Runde mag. So rot, dass es gar nicht auffällt, wenn eine hormongestörte Frau ein paar fein zermahlene, feurige Chilischoten daruntermischt! Der Arme, bei der Dosierung muss er doch innerlich verbrennen!

»Wow, die haben's aber in sich«, krächzt Kevin.

Dann lässt er das Brötchen auf den Teller fallen und ist mit zwei schnellen Schritten beim Sektkübel. Es ist der Instinkt, der ihn leitet. Er glüht, und ganz automatisch sucht er sich das Kälteste, das es im Raum gibt.

Das *vermeintlich* Kälteste jedenfalls, denn Eiswürfel aus Plastik sehen genauso aus wie echte. Und auch, wenn eine nach Rache dürstende Frau warmes Wasser in den Kübel füllt, sehen die immer noch aus, als wären sie eiskalt.

Mit ungläubigem Entsetzen sehe ich, wie *der Mann, der mich noch liebt* die Sektflasche ergreift, und bevor ich noch etwas sagen kann, dreht er schon am Sicherheitsverschluss. Wie in einer unwirklichen Superzeitlupe sehe ich, dass der Korken mit der kinetischen Energie eines Vulkanausbruchs in die Höhe schießt, geradewegs auf Kevins Gesicht zu, der sich in verzweifelter Hoffnung auf Abkühlung direkt darübergebeugt hat, und das explosionsartige Geräusch der entweichenden Gase und Kevins Schrei, als ihn der Korken mit voller Wucht am rechten Auge trifft, gehen nahtlos ineinander über.

Dann folgt die Lava.

In diesem Fall ist es der warme Sekt, der fontänenartig in die Höhe schießt, direkt in Kevins verblüfftes Gesicht. Es spritzt nach allen Seiten, dann strömt und strömt und strömt es, dass man glauben könnte, Kevin hätte eine gigantische, unterirdische Sekt-Pipeline angezapft, und bis sich die Flasche endlich entleert hat, dauert es eine gefühlte Ewigkeit.

Alle sind aufgesprungen, auch Lizzy und ich. Ungläubig starren wir auf Kevin, der immer noch den Flaschenhals in der Hand hält. Er blinzelt ein paar Mal verwirrt, dann schüttelt er sich wie ein nasser Hund.

Michael ist der Erste, dem etwas dazu einfällt: »Also, das solltest du vielleicht noch üben«, meint er trocken.

»Den Jahrgang muss ich mir merken«, sagt Robert, und seine Mundwinkel zucken dabei verräterisch.

»B-boah«, kommt es von Kurt.

Kevin hat sich jetzt von seinem ersten Schrecken erholt.

»Meine Fresse, was war *das* denn?«, entfährt es ihm, aber wenigstens hat der Schock bewirkt, dass er das Brennen in seinem Mund vergessen hat.

Dann vernehmen wir ein Kichern. Es kommt von Jessica, die sich sofort schuldbewusst die Hand vor den Mund schlägt und knallrot anläuft. Eine Nanosekunde lang starren wir sie an, dann bricht schallendes Gelächter los. Wir stehen jetzt alle um Kevin herum, und auch ich muss lachen, obwohl ich für das Chaos verantwortlich bin. Aber das weiß ja niemand, und ich fühle mich plötzlich so erleichtert, so frei, so glücklich darüber, dass alles wieder in Ordnung ist.

Na ja, *fast* alles jedenfalls. Kevin guckt verdutzt vom einen zum anderen, dann wird auch ihm die Komik dieser Situation langsam bewusst. In seinem Gesicht beginnt es zu zucken, und auf einmal reißt er sich die klitschnasse Mütze vom Kopf und den Bart vom Mund und beginnt ebenfalls lauthals zu lachen.

Woraufhin alle anderen schlagartig verstummen.

Als Kevin das bemerkt, erstirbt auch sein Lachen wieder. Sein Blick hetzt von einem verblüfften Gesicht zum anderen.

»Was ist?«, fragt er erstaunt. »Was habt ihr?«

»Es ist nur...«, stammelt Tessa mit großen Augen. »Deine Zähne!«

»Und deine Haare!«, sagt Robert.

»Wie, meine Zähne und meine Haare?«, stößt Kevin verwirrt hervor. »Wieso? Was ist damit?«

»Sie sind rot«, sagt Jessica betroffen. »Und blau«, ergänzt sie.

»Wie jetzt?«, ruft Kevin aus. »Was ist rot, und was ist blau?«

»Deine Zähne sind blau, und deine Haare sind rot«, liefert Michael eine exakte Beschreibung.

»W-wie b-beim Pu-pumuckl«, präzisiert Kurt.

»Ihr verarscht mich«, meint Kevin unsicher und sucht in unseren Blicken nach einer Bestätigung für seinen Verdacht.

Tessa schüttelt den Kopf. »Nein, sieh doch selbst.« Sie holt einen Taschenspiegel aus ihrer Handtasche und reicht ihn Kevin.

Als der ihn sich vors Gesicht hält, zuckt er zurück. »Das gibt's doch nicht! Wo kommt *das* denn auf einmal her?«, schreit er entsetzt.

Alle sind ratlos. Alle außer mir.

Ich komme mir so schrecklich gemein vor. Aber woher hätte ich denn wissen sollen, dass er mich noch liebt? Und dass er sich auf unser Baby freut? Und dass das mit Tina Schwarz völlig harmlos war? Das konnte doch wirklich kein

Mensch ahnen, und unter diesen völlig falschen Voraussetzungen ist es kein Wunder, wenn eine rachsüchtige und hormongestörte Frau die neue Mütze mit roter Lebensmittelfarbe einfärbt, oder? Und die blauen Zähne waren nur die logische Ergänzung: Kevin ist ein sehr reinlicher Mensch, er putzt sich immer seine Zähne nach dem Duschen, und er spült sie sich immer mit diesem blauen Mundwasser nach. Das schrie doch geradezu danach, im Sinne einer ordentlichen Vergeltungsaktion farblich ein wenig nachzubessern.

Aber okay, immer mit der Ruhe. Jetzt bloß nicht panisch werden. Es ist nun mal geschehen, also werde ich einfach wieder ein bisschen Ruhe in die Situation bringen.

»Das liegt wahrscheinlich an der Mütze«, sage ich und merke, dass mir meine Stimme nicht so recht gehorchen will. »Die ist neu, und bei diesen billigen chinesischen Farbstoffen kann es schon mal vorkommen, dass sie abfärbt, wenn sie nass wird.«

Einige Sekunden lang herrscht Schweigen, dann meint Kevin: »Ja, damit könntest du recht haben.« Er fährt sich nachdenklich durch sein feuerrotes Haar. Kurt hatte übrigens recht. Kevin sieht wirklich aus wie der Pumuckl. Nur mit größter Mühe kann ich mir ein Kichern verkneifen.

»Und meine Zähne, wieso sind die auf einmal blau?«, fragt er dann.

»Oh, das muss dein Mundwasser sein«, finde ich auch dazu eine Erklärung. Ich räuspere mich. »Das fiel mir übrigens schon die letzten Tage auf, seit du die neue Flasche aufgemacht hast. Die haben jetzt wahrscheinlich mehr Farbstoff dazugegeben, weil ... äh ... durch einen leichten Blaustich die Zähne weißer wirken.«

»Weißer?!« Kevin hält sich noch einmal den Spiegel vor den Mund und fletscht die Zähne. »Da haben die aber reichlich übertrieben für meinen Geschmack. Na, denen werde ich die Meinung geigen, das kann ich euch sagen.«

»Vom Spaßfaktor her ist es aber top«, grinst Michael. »Siehst aus wie ein Punk im Weihnachtsmannkostüm.«

»Der an einem Wet-T-Shirt-Contest teilnimmt«, ergänzt Robert.

»Sehr witzig«, sagt Kevin und muss selber dabei grinsen.

»Hey, Leute«, sagt Tessa auf einmal mit einem Blick auf den Boden. »Wir sollten schleunigst zusehen, dass wir diese Sauerei wegmachen, sonst könnt ihr euren Parkettboden vergessen.«

»Oh ja, stimmt, ich hol schnell ein paar Handtücher«, sage ich und flitze ins Badezimmer.

Dann rutschen wir gemeinsam auf dem Boden herum und wischen und fummeln und drücken die vollgesogenen Tücher in einer Plastikwanne aus.

»So, nur noch schnell die Spitze rauf, dann ist er perfekt«, vernehme ich Kevin im Hintergrund.

Es dauert ein paar Sekunden, bis mir die Bedeutung seiner Worte bewusst wird.

Dann durchfährt mich ein Riesenschreck.

Mein Kopf zuckt hoch, und dann sehe ich ihn. Er steigt gerade auf den Elefantenfuß, in der einen Hand die glitzernde Spitze für den Weihnachtsbaum, mit der anderen greift er nach dem Stamm, um sich daran festzuhalten. Was an sich vernünftig wäre, denn Kevin hat den Baum in dieser gusseisernen Halterung bombenfest verankert. Nur, vor ein paar Monaten bestellte er auch diese preisgünstige elektrische Säge im Teleshopping-Kanal, die er dann ja doch nie verwendete, und für eine nach Rache dürstende Frau war das natürlich *die* Gelegenheit, um dieses praktische Werkzeug endlich einmal auszuprobieren.

Gerade will ich etwas rufen, um ihn zu warnen, da macht es auch schon: *Klack*.

Der beinahe zur Gänze durchgesägte Baumstamm ist der statischen Belastung durch Kevins Haltegriff nicht gewachsen, und als der Baum nachgibt, verliert auch Kevin das

Gleichgewicht. Seine Augen weiten sich, und ein verzweifelter Schrei entringt sich seiner Kehle, als er nach hinten kippt und unter dem bunt geschmückten Baum begraben wird.

Die Frauen – ich eingeschlossen – schreien ebenfalls erschrocken auf, und Michael ruft aus: »Meine Güte, Kevin, dich sollte man heute wirklich nichts mehr anfassen lassen!«

Gemeinsam mit Robert und Kurt räumt er hastig den Baum zur Seite, und da bin ich schon bei Kevin, knie mich neben ihn nieder und nehme seinen Kopf in meine Hände. »Kevin, Schatz, hast du dir wehgetan?«, frage ich besorgt.

Er blinzelt ein paar Mal verwirrt, dann zeigt er verlegen lächelnd seine blauen Zähne und sagt: »Nein, ich glaube nicht. War ja auch eine weiche Landung, auf all den Windeln und Babysachen.«

Kaum hat er das gesagt, wird es schlagartig still im Raum. Ich neige den Kopf ein bisschen zur Seite und sehe, dass Kevin auf dem großen Jutesack gelandet ist, den er vorhin hereingeschleppt hat.

Die anderen sehen es auch, und alle glauben jetzt, dass Kevin ihr großes Geheimnis verraten hat.

»Uups«, sagt er. »Jetzt ist es wohl heraus.«

Er sieht mich mit großen Augen an, und als ich um mich herumblicke, sehe ich, dass mich alle anstarren.

Betretenes Schweigen ist die Folge, dann platzt es aus mir raus: »Okay, Leute, es ist vorbei! Ich wollte euch überraschen, und ihr wolltet mich überraschen, und beides ging gründlich in die Hose.« Dann versenke ich meinen Blick in Kevins Augen. »Was nichts an der Tatsache ändert, dass ich ein Baby erwarte, und zwar vom wundervollsten Mann der Welt«, füge ich leise hinzu. Dann küsse ich ihn so innig und so leidenschaftlich wie noch nie, und es ist mir völlig egal, dass ich hinterher aussehen werde, als hätte ich mit einem Tintenfass gegurgelt. »Herzlichen Glückwunsch, mein Bärchen«, hauche ich, als ich mich wieder von seinen Lippen gelöst habe.

»Dir auch, Becky, dir auch«, stammelt Kevin, und dabei hat er Tränen in den Augen.

»So, und jetzt wird gefeiert!«, rufe ich übermütig aus, und unsere Freunde stehen um uns herum und spenden lachend Applaus.

Es wird der schönste Abend meines Lebens. Während Kevin sein Outfit wieder in Ordnung bringt, stellen die anderen Männer den Weihnachtsbaum wieder auf – nicht ohne sich gehörig darüber zu wundern, dass Kevin beim Aufstellen den tiefen Schnitt ganz unten am Stamm übersehen hat.

Dann sitzen wir beisammen und stoßen auf unser Baby an – ich natürlich mit Kinderbrause –, und alle ergehen sich in fröhlichen Glückwünschen und ausgelassenen Phantasien über die Zukunft unseres Kindes.

Wie erwartet reißen sie sich darum, meinen Bauch streicheln zu dürfen – obwohl man da noch gar nichts spürt –, und beim gemeinsamen Studium des Ultraschallbildes kommen wir zu dem einstimmigen Ergebnis, dass die kleine Kichererbse eine gelungene Mischung aus Gisèle Bündchen (was das Aussehen betrifft) und Albert Einstein (von der intellektuellen Aura her) ist. Und den aufkommenden Streit über die Taufpatenschaft beende ich gleich, indem ich Lizzy als meine älteste Freundin zur haushohen Favoritin erkläre.

Dann gehen wir daran, die Geschenke auszupacken. Sie alle haben darauf verzichtet, sich gegenseitig zu beschenken, stattdessen hat Kevin mithilfe von Tina Schwarz lauter Babysachen und Umstandsmode besorgt. An dieser Stelle muss ich insgeheim auch Abbitte bei Tina leisten. Sie hat Kevin wirklich gut beraten, und die Sachen sind so süß, dass ich zwischendurch immer wieder in Tränen ausbreche bei der Vorstellung, dass unser Baby darin herumkrabbeln wird. Kleine Strampler sind darunter, und Handschühchen und Mützchen, bei denen man sich gar nicht vorstellen kann, dass ein Mensch so winzig sein kann, um da hineinzupassen.

Und natürlich ein riesiger Packen Windeln, und ein Mobile, und ein Still-BH für mich, bei dessen Größe ich kurz zusammenzucke, sowie ein bequemer Hausanzug für die Zeit im Krankenhaus und ein wirklich geschmackvolles, weit geschnittenes Kleid, in dem ich sogar mit der zu erwartenden Mega-Wampe noch gut aussehen werde.

Als ich fertig bin mit Auspacken, bin ich völlig in Tränen aufgelöst vor Glück, und ich bedanke mich bei allen, indem ich sie abküsse und mein verschmiertes Make-up gleichmäßig auf ihren strahlenden Gesichtern verteile.

»So, und hier haben wir wohl das einzige planmäßige Wichtelgeschenk des heutigen Abends«, sagt Kevin auf einmal und hält plötzlich *mein* Päckchen in der Hand.

»Für Kevin von Becky«, liest er von dem beigehängten Kärtchen ab und strahlt dabei wie ein kleiner Junge vor seiner neuen Autorennbahn.

Ich erstarre. Ui, das wird jetzt doch noch peinlich. Michael hat vorhin schon recht gehabt. Man sollte Kevin heute wirklich nichts mehr anfassen lassen.

Ich meine, dieses Päckchen sollte der Höhepunkt des Abends werden – aber im negativen Sinn –, damit wollte ich endgültig die Bombe hochgehen lassen. Das *Große Buch der kleinen Namen* befindet sich darin, und auf dem Buchumschlag habe ich einen großen Zettel befestigt mit der Aufschrift...

Ritsch-Ratsch.

Mann, Kevin hat's heute aber wirklich eilig, sich ins Unglück zu stürzen. Er befreit das Buch mit raschen Griffen von dem Geschenkpapier, dann liest er laut vor: »*Das ist es, was dich nichts mehr angeht!*« Er zögert kurz, dann zieht er den Zettel beiseite. »*Das große Buch der kleinen Namen*«, liest er wieder vor. Und dann: »Aha!« Er wirft mir einen überraschten Blick zu.

Ich versinke förmlich in der Couch. Alle starren mich neugierig an, und ich sehe, wie Lizzy, die die Zusammenhänge erahnt, entsetzt die Augen aufreißt.

»Was meinst du damit, Becky?«, fragt Kevin stirnrunzelnd. »Wieso soll mich das nichts mehr angehen?«

»Das ist ... äh ... weil ...« Puh, ist das warm hier! »Also, weißt du, weil ...«

»... Becky schon längst einen Namen für euer Baby gefunden hat«, ruft Lizzy plötzlich aus, und ich bin ihr so dankbar dafür, dass ich ihr am liebsten um den Hals fallen würde.

Sie zwinkert mir verstohlen zu, und ich atme tief aus.

»Ja, genau«, behaupte ich und gebe ein hysterisches Kichern von mir. »Ich dachte mir, *Leonie* wäre schön ... aber nur, wenn du damit einverstanden bist«, füge ich schnell hinzu.

»*Leonie?*« Kevin legt die Stirn in Falten. »Hm, Leonie klingt gut ... ja, warum eigentlich nicht? Und wenn es ein Junge wird?«, gibt er dann zu bedenken.

»*Leon!*«, stoße ich erleichtert hervor. »Wenn es ein Junge wird, dann heißt er Leon.«

Kevin hebt überrascht die Augenbrauen. »*Leon?* Super!«, sagt er dann, und auf einmal fällt die ganze Anspannung von mir ab wie loses Herbstlaub in einem heftigen Sturm. Ich werfe mich auf ihn und küsse ihn ab, dann erheben wir die Gläser und stoßen auf *Leonie* und *Leon* an.

Als der Abend zu Ende geht, rufen wir Taxis für unsere Gäste, weil alle ein bisschen zu viel getrunken haben. Zum Abschied drücken mich alle noch einmal fest und wünschen uns alles Gute.

Als die Tür hinter ihnen zufällt, schwebe ich auf einer Wolke aus glückseliger Euphorie.

Schön, wenn man solche Freunde hat.

Noch schöner, wenn man ein niedliches kleines Baby in seinem Bauch hat.

Und am allerschönsten, wenn dieses Baby von einem so tollen Mann wie Kevin ist.

Der mich jetzt auch noch in seine Arme nimmt und zärtlich küsst. »Becky, du machst mich zum glücklichsten Mann der Welt«, sagt er mit einem verklärten Ausdruck in seinen Augen.

Hey, der Mann hat mein Drehbuch gelesen.

»*Du* machst *mich* glücklich, Kevin«, flüstere ich und erwidere seinen Kuss.

Dann tritt auf einmal ein übermütiges Funkeln in seine Augen.

»Was meinst du, gibt es heute noch was für den *Räuber Rübenplotz*?«

»Du meinst...?«

Er nickt.

»Okay«, lächle ich. »Geh schon mal vor. Ich stell nur noch schnell die Gläser in die Spülmaschine.«

Während ich die Gläser auf das Tablett räume, lächle ich in mich hinein. *Räuber Rübenplotz* ist unser Codewort für...na, Sie wissen schon. Und Sex während der Schwangerschaft schadet ja auch nicht, ganz im Gegenteil, dabei werden im Körper der Mutter sogar Glückshormone freigesetzt, habe ich irgendwo gelesen. Wahrscheinlich ist das auch der Grund, warum die meisten Kinder so gerne schaukeln, die verbinden damit automatisch...ach, egal.

Kevin hat sich das heute jedenfalls mehr als verdient, bei allem, was er durchgemacht hat. Und ganz ehrlich, ich freue mich auch schon darauf. Kevin ist dabei immer wie ein kleiner Junge, vor lauter Vorfreude nimmt er jedes Mal ein paar Schritte Anlauf und macht dann eine Rolle in unser großes Bett im Schlafzimmer...

Oh mein Gott! Das Bett!

Ich lasse beinahe die Gläser fallen vor Schreck.

Wie konnte ich das nur vergessen? Wahrscheinlich habe ich das verdrängt, weil es für alles andere ja einigermaßen plausible Erklärungen gab, Zufälle, ein mangelhaftes Produkt oder Schlamperei beim Aufstellen des Weihnachtsbaumes. Sogar beim Sektkübel fiel es keinem auf, dass das Wasser darin die Temperatur eines gemütlichen Sitzbades hatte, weil ich den Kübel in der allgemeinen Verwirrung unauffällig beiseiteschaffen konnte.

Aber das, wie soll ich das jetzt erklären? Unmöglich. Das geht gar nicht. Jetzt heißt es Farbe bekennen. Ich muss Kevin alles gestehen.

Andererseits, vielleicht ist es ja noch gar nicht zu spät, vielleicht ist er noch im Badezimmer, vielleicht will er auch gar nicht im Bett...

Tapp, tapp, tapp.

Mir gefriert das Blut in den Adern. Es *ist* zu spät. Dieses Geräusch kenne ich. Das sind Kevins Anlaufschritte.

Das Einzige, was ich noch tun kann, ist, beide Hände über meinen Bauch zu legen, damit die kleine Kichererbse den nun folgenden grässlichen Fluch nicht mitbekommt. Dann beginne ich sogleich heftig daran zu reiben, während ich mich Richtung Schlafzimmer in Bewegung setze.

»Okay, Baby, es ist gar nichts passiert«, sage ich dabei und bemühe mich um einen unaufgeregten Tonfall. »Dein Papi ist sportlich und fit, dem macht das bestimmt nichts aus. Aber wir werden jetzt ganz besonders lieb sein zu ihm, weil...«

Als ich um die Ecke biege, starrt Kevin mir schon entgegen.

Mir stockt der Atem. Er liegt noch ein bisschen verdreht auf dem zusammengekrachten Bett am Boden, und sein Blick geht mir durch und durch. Okay, das wird jetzt ein klein bisschen unangenehm...

»Becky, was mir heute alles zugestoßen ist, das war kein Zufall«, setzt er an, und ich fühle, wie sich mein Magen augenblicklich verkrampft.

»Ja, ich weiß, Kevin«, sage ich reumütig, während ich mich ihm vorsichtig nähere. »Aber dazu muss ich dir erklären...«

»Du? Wieso du? Du musst mir gar nichts erklären«, fällt er mir ins Wort. Ups, das hat jetzt reichlich schroff geklungen, und ich habe es auch nicht anders verdient. Das mit dem Bett war eindeutig zu viel. Aber der Gedanke, dass er sich mit Tina Schwarz darin wälzen würde nach unserer Trennung, und nachdem ich die Säge schon so gut im Griff hatte nach dem Weihnachtsbaumanschnitt, da konnte ich einfach nicht anders ...

»Wenn hier jemand was erklären muss, dann bin ich das«, fährt Kevin fort, robbt zu mir heran und ergreift meine Hand. »Becky, du warst immer schon die Frau meiner Träume, und jetzt, nachdem ich erfahren habe, dass du schwanger bist ...« Zärtlich blickt er auf meinen Bauch, und ich ertappe mich dabei, wie ich ihn unwillkürlich rausstrecke, um ein bisschen mehr Inhalt vorzutäuschen. »Was war ich bloß für ein Idiot, mit meinem Antrag noch bis Neujahr warten zu wollen ...«, sagt er voller Selbstvorwürfe.

Wie bitte? Was hat er gerade gesagt? Habe ich Halluzinationen, oder kam da gerade das Wort »Antrag« vor?

Meine Knie werden verdächtig weich, und mein Herzschlag legt um ein paar Takte zu, während Kevin fortfährt: »Becky, ich war so ein Vollidiot, und das Schicksal, oder irgendeine Macht oder was auch immer, hat anscheinend beschlossen, mir ordentlich in den Hintern zu treten, damit ich endlich das mache, was schon lange fällig ist ...« Er sieht mir tief in die Augen. »Becky, willst du meine Frau werden? Verdammt, ich hab ja gar keinen Ring«, fällt ihm dann noch ein, aber das höre ich schon fast nicht mehr. Die Tränen strömen nur so aus meinen Augen, während ich zu ihm hinuntergleite und in seine Arme falle.

»Wer braucht schon einen Ring?«, flüstere ich, dann nehme ich seinen Kopf in beide Hände und küsse ihn, und während wir nach hinten sinken, weiß ich, dass die mit Abstand schönsten Weihnachten meines Lebens vor der Tür stehen.

Mina Wolf

Tunnelblick

»Izzy«. So hatte nur er mich nennen dürfen, und so hatte er mich oft genannt. Ich habe immer noch seine Stimme im Ohr, wie er meinen Kosenamen ausspricht. Flüsternd, leise in mein Ohr wispernd. Entschuldigend (und das kam leider ziemlich oft vor), bittend oder flehend. Rufend, wenn er mich suchte, oder lachend, wenn er während einer Kissenschlacht oder einem unserer kindischen Wettrennen nach einer Pause japste. Manchmal zärtlich, wenn er mir eine Haarsträhne hinter mein Ohr strich oder mit seinem Finger die Kontur meines Lippenherzens nachfuhr. Hin und wieder mit stolzem Unterton, wenn er mich seinen Freunden vorstellte, oder überrascht, wenn er nach Hause kam und sein Lieblingsessen auf dem Tisch stand und es mich als Dessert gab, (bei Letzterem klang seine Stimme bei »Izzy« auch oft ganz rau). Oder verblüfft und voller Bewunderung, wenn ich mal wieder ganz alleine den Fehler auf seinem PC gefunden, die Zündkerze an seinem Auto ausgetauscht oder die aktuelle Fußballtabelle aus dem Gedächtnis heraus herunterrattern konnte.

Manchmal aber nannte er mich auch bei meinem richtigen Namen. »Isabell.« Ich schließe die Augen, und in meinem Kopf klingt immer noch seine Stimme nach, wie sie dieses Wort formt. Meistens leicht vorwurfsvoll, wenn ich wieder einmal das Nutella-Glas in den Kühlschrank gestellt oder den Spülschwamm im Becken liegen gelassen hatte, sodass sich in dem gelben Schaumstoff ein ganzer Zoo verschiedenster Mikroorganismen ansiedeln konnte. Oder laut geschrien, wenn wir uns wieder einmal (wie zuletzt fast täglich) stritten und sich unsere Verzweiflung wie so oft in Wut verwandelte. Manchmal klang sein »Isabell« tadelnd, wenn ich an einem schlechten Tag andere für meinen eigenen Frust verantwortlich machte. Oder besorgt, mit einem unsichtbaren Fragezeichen dahinter, wenn es mir schlecht ging und er sich Sorgen um mich machte. Und dann ist da noch dieser Tonfall, den ich nicht deuten kann und dessen Klang mir Tag für Tag in den Ohren nachhallt und den ich so gerne verstehen können würde. Nämlich das »Isabell«, das er sagte, als er ging, kurz bevor er die Tür hinter sich zuzog und aus meinem Leben verschwand.

All das schießt mir jetzt wieder durch den Kopf, nun, wo ich ihn durch das verschmierte Fenster des U-Bahn-Waggons auf dem Bahnsteig stehen sehe, gegen einen Getränkeautomaten gelehnt und zu der Musik aus den Kopfhörern seines iPods mitwippend.

Monatelang habe ich jeden Tag an ihn gedacht, mich gefragt, wie es ihm geht, ob er noch an mich denkt und ob er mich vermisst. Jeden Tag hatten meine Augen auf all meinen Wegen die anderen Leute nach ihm abgescannt, immer in der Hoffnung, ihn endlich einmal wiederzusehen, und sei es auch nur für einen kurzen Augenblick. Ich hatte mir unser erstes Wiedersehen immer wieder neu ausgemalt, je nach Stimmungslage. Mal war ich die Überlegene, die in Begleitung ihres neuen (und natürlich sehr attraktiven) Liebhabers bei *Ludwig Beck* steht, um diesem eine neue Daunenjacke für den bevorstehenden gemeinsamen Skiurlaub auszusuchen, als plötzlich *er* die Rolltreppe heraufgefahren kommt und mich zwischen den Kleiderständern stehen und herumscherzen sieht. In meiner Vorstellung traute er sich nicht, zu uns herüberzukommen, doch ich winkte ihn zu uns heran, und wir führten Small Talk. Natürlich sah ich bei dieser Begegnung blendend aus, mit perfektem Make-up, engen Klamotten und einer tollen Frisur; die volle Lebensfreude ausstrahlend.

»Ich hoffe, du findest auch bald wieder jemanden«, hätte ich zum Schluss gesagt und ihm tröstend auf die Schulter geklopft, bevor ich mich wieder ganz dem Einkauf mit meinem modelhaften Begleiter gewidmet hätte. Er wäre dann wortlos gegangen, und ich hätte nie wieder an ihn gedacht. Aus den Augen, aus dem Sinn.

Manchmal, wenn ich ohnehin schon down war, hatte ich mir dieses Szenario genau andersherum vorgestellt. Er, schäkernd mit einer superschlanken, vollbusigen Blondine im Englischen Garten auf einer Picknickdecke liegend, eng umschlungen und verliebte Blicke austauschend. Und ich vor dieser Szenerie stehend, unbeachtet und mit laut klopfendem Herzen und kalten Händen.

Eine weitere Möglichkeit war ein romantisches Wiedersehen. Ich stehe bei *Starbucks* in der Schlange und warte ungeduldig auf meinen extragroßen Vanille-Macchiato, als sich der Mann vor mir schwungvoll umdreht und mir seinen Kaffee über die Jacke kippt. Und als er sich mit hochrotem Kopf entschuldigen und ich ihn wüst beschimpfen will, erkennen wir uns wieder, stellen fest, dass wir ohne einander nicht mehr leben können und wollen. Den Laden verlassen wir Händchen haltend, um in Zukunft nur noch zusammen Kaffee in unserer gemeinsamen Wohnung aus unserem neuen De'-Longhi-Vollautomaten zu trinken, der so schönen Milchschaum machen kann. Natürlich ist das meine favorisierte Variante.

Nicht aber gerechnet hatte ich hiermit: dass ich ihn an einem heißen Juli-Nachmittag an einer U-Bahn-Station wiedersehen würde, während mir mein T-Shirt am Körper klebt und meine Haare platt an meinem Kopf pappen und nur nachlässig zu einem Pferdeschwanz zusammengebunden sind. Und dass ich drinnen sitzen und er draußen stehen würde. Ein sehr einseitiges Treffen also, ganz ohne Entwicklungsmöglichkeiten.

Ich bete, dass er zu mir hersieht, und gleichzeitig hoffe ich, dass er es nicht tut. Ob er sich verändert hat? Rein äußerlich hat er es. Er ist glatt rasiert, den Dreitagebart, den er immer mir zuliebe getragen hat, braucht er jetzt nicht mehr. Auch sein Augenbrauenpiercing ist weg, und er hat etwas zugenommen. Nicht viel, aber er wirkt nicht mehr so schlaksig. Die Haare sind ein bisschen kürzer. Ansonsten sieht er aber noch genauso aus wie früher, wie damals, als er noch zu mir gehört hat, so unabänderlich wie mein Haarwirbel über der Stirn oder die Narbe vom ersten Mofafahrversuch an meinem Knie. Nie hätte ich für möglich gehalten, dass es irgendwann einmal anders sein könnte, und nun ist es doch so gekommen, und ich fühle mich seitdem, als würde mir etwas Lebensnotwendiges fehlen. Ob ich ihm wohl auch fehle? Ob er das Gefühl kennt, sich plötzlich völlig fremd auf der Welt zu fühlen? Wie ein trister, müde vor sich hin tschilpender Spatz inmitten bunter, fröhlich singender Kanarienvögel? Unverstanden und plötzlich auch ohne jegliches Verständnis für andere? Ob er noch an mich denkt, wenn er eine CD von einer »unserer« Bands hört? Oder wenn er einen der Filme sieht, die wir damals noch zusammen, verliebt Händchen haltend und meinen Kopf an seine Schulter gelehnt, im Kino angeschaut hatten? Wenn er ein Buch in den Händen hält, aus dem wir uns so oft vor dem Schlafen gegenseitig vorgelesen hatten? Oder wenn er in einem der Cafés sitzt, in denen wir regelmäßig unsere Sonntagvormittage verbracht haben?

Plötzlich werde ich aus meinen Grübeleien gerissen, die sich in Lichtgeschwindigkeit durch meinen Kopf bewegt und sich immer wieder mit neuen Gedanken abgewechselt haben, rasend und nicht aufzuhalten. Meine U-Bahn hat sich wieder in Bewegung gesetzt, und mich durchfährt diese Erkenntnis heiß und kalt. Jetzt bin ich weg, der Moment ist verstrichen, während *er* weiter dort stehen wird, ohne die geringste Ahnung, dass ich ihn gesehen und nur wenige Meter von ihm entfernt hinter einer von Dreck und fettigen Kinderhänden verschmierten Scheibe gesessen habe. Was, wenn er auch auf solch einen Augenblick gewartet hat? Wenn er jeden Tag nach einer Chance sucht, mir wieder zu begegnen und mir zu sagen, dass er einen großen Fehler gemacht hat, als er gegangen ist? Ich sehe wieder aus dem Fenster, und anstatt ihn auf dem Bahnsteig sehe ich nur noch grauen Beton an mir vorbeirasen. Jetzt habe ich ihn verpasst. Ich hätte aussteigen sollen, ich hätte...

»Izzy?«

Ich wende meinen Blick von der Scheibe ab und sehe auf... Für einen Augenblick setzt mein Herzschlag aus. Ich schnappe nach Luft.

»Ben?«

Er antwortet nicht gleich, sondern lässt sich auf die Sitzbank mir gegenüber sinken. »Was... Ich meine, wie...?«

»Ich hab dich hier drin sitzen sehen und habe mit mir gerungen, was ich tun soll. Dir winken? Dir zunicken? So tun, als hätte ich dich nicht bemerkt, und weiter auf die Anzeigetafel starren? Oder einsteigen und mich zu dir setzen?«

»Und wie kommt es, dass du dich für Letzteres entschieden hast?« Meine Stimme klingt unsicher, und ich räuspere mich, um nicht länger in dieser Kleinmädchentonlage sprechen zu müssen.

»Ich fand, dass wir uns das schuldig sind.«

Einen Moment lang sehen wir uns schweigend an, und ich habe endlich Zeit, ihn eingehender zu betrachten. Zu den kleinen Lachfältchen hat sich eine kaum sichtbare Furche

194

über der Nasenwurzel gesellt. Die Stelle, an der früher einmal das Piercing saß, ist kaum mehr zu erkennen. Aber die Augen sind dieselben geblieben; braun wie Nugat und mit kleinen grünen Sprenkeln darin, umrahmt von langen dunklen Wimpern, um die ich ihn immer beneidet habe. Augen, die so dunkel werden können, dass sie sich kaum mehr von der Pupille abheben, wenn er traurig ist. Die einen so warm ansehen können, dass man am liebsten in sie eintauchen würde. Oder die ganz hell werden, sodass man die grünen Punkte gar nicht mehr als solche erkennen kann, wenn er wütend ist, und die einen so kalt anblicken, dass man zu frösteln beginnt. Trotzdem waren es immer »meine« Augen, in denen ich mich als einzige Frau spiegeln wollte und die ich im Geiste auch schon hinter dicken Brillengläsern, von vielen Falten eingerahmt und unter dichten grauen Brauen vor mir gesehen habe. Und diese Aussicht hatte mich nur noch mehr darin bestärkt, ihn behalten und mit ihm glücklich werden zu wollen, anstatt mich abzuschrecken, wie es vielleicht vielen anderen bei solchen Gedanken gegangen wäre.

Ich bemerke, dass auch er mich mustert. Ob ihm auffällt, dass ich dünner geworden bin? Oder dass ich mein Styling etwas vernachlässigt habe, was mir früher nie passiert wäre? Ob er die leere Stelle bemerkt, die er in meiner linken Körperhälfte hinterlassen hat, und die vielen sich karussellartig drehenden Fragen und Erinnerungen sieht, die meinen Kopf ausfüllen, sodass ich manchmal Angst habe, es wäre kein Platz mehr für irgendetwas anderes?

»Wie geht's dir?«, fragt er und ich löse meinen Blick von seinen Haaren – ich kann mich noch genau daran erinnern, wie sie sich zwischen meinen Fingern anfühlten. Ich zucke die Schultern.

»Na ja ... Es geht so.« Überhaupt nicht gut, würde ich am liebsten antworten. Mir geht es schlecht, und du bist schuld daran, weil du mich damals einfach alleingelassen hast, in unserer Wohnung zwischen all den Sachen, die nach dir geduftet oder sonst irgendwie an dich erinnert haben, inmitten von Fotos, die dich und mich zusammen gezeigt haben, glücklich und eigentlich erst am Anfang einer endlos andauernden gemeinsamen Zukunft, die *du* uns genommen hast.

»Hast du deinen Job in der Marketingabteilung noch?«

Ich nicke.

»Und du? Studierst du noch?«

Ben schüttelt den Kopf und lächelt schief.

»Das Studium war irgendwie doch nichts für mich. Und es hat mir auch jemand gefehlt, der mir regelmäßig in den Hintern getreten und Abend für Abend mit mir gebüffelt hat.«

Ich kann mich noch gut an den Kampf erinnern, zwischen ihm und der Universität. Ein bisschen war es immer wie David gegen Goliath. Ehrlich gesagt überrascht es mich nicht, dass es so zwischen ihnen ausgegangen ist.

»Und was machst du jetzt?«

»Ich bin in die Firma von meinem Dad eingetreten. Ich folge quasi seinen Spuren, wenn man so will.«

»Ich kann mir dich gar nicht als typischen *Bürohengst* vorstellen«, gebe ich zu und denke: Aha, deshalb ist also das Piercing weg!

»Ich kann es selbst auch immer noch nicht ganz glauben. Aber irgendwann muss auch ich mal erwachsen werden.«

Wow, für diese Erkenntnis hatte er sich von mir trennen müssen? Die U-Bahn hält, und wir sehen kurz hinaus, um festzustellen, an welcher Haltestelle wir sind. Um uns herum stehen Leute auf und drängen zum Ausgang.

»Wie geht es Albert?«

Albert ist ein einäugiger Kater, der uns damals zugelaufen war und den Ben bei seinem Auszug mitgenommen hat. Sosehr ich dies auch bedauert habe, es war das Vernünftigste. Ich hatte in meinem Job einfach zu wenig Zeit und war zu viel unterwegs, als dass ich mich genug um ihn hätte kümmern können.

»Ganz gut. Er darf jetzt draußen im Grünen herumstreunen.«

»Oh, wie das?«

»Ich wohne jetzt in einer kleinen Doppelhaushälfte mit Garten. Wo wohnst du denn jetzt?«

Eine Doppelhaushälfte? Für einen alleine?

»Ich habe eine Zweizimmerwohnung in Schwabing.«

»Oh, nobel.« Ben zieht die Augenbrauen hoch, und ich bin mir nicht sicher, ob er es leicht spöttisch oder wohlwollend meint. »Dann scheint es dir karrieremäßig ja wirklich gut zu gehen.«

Ja, aber auch nur, weil ich mich vor Verzweiflung in meinen Job gestürzt hatte, anstatt in die Fluten der Isar. Ich bin damals ständig im Büro gewesen, nur um nicht zum Nachdenken zu kommen oder um nicht in der einsamen Wohnung sitzen zu müssen, in der noch ein verlassener Kratzbaum im Wohnzimmer und eine halb leere Flasche Aftershave auf der Badablage standen.

»Ich hab letztens deinen Bruder gesehen.«

»Markus?«, frage ich verblüfft.

Er nickt.

»Wir haben uns nur ganz kurz unterhalten, vor dem Kühlregal im Supermarkt.«

»Hat er mir gar nicht erzählt.« Und dafür wird er auch noch Ärger mit mir kriegen.

»Na ja, vielleicht hat er es einfach vergessen.« Plötzlich wirkt Ben unruhig, und ich glaube ihm nicht ganz. Gibt es einen Grund, warum Markus mir nichts von ihrem Treffen erzählt hat?

»Ich war letztens auf einem *Kings-of-Leon*-Konzert«, erzählt er, als würde er ablenken wollen.

»Echt?« Ohne mich?, hätte ich beinahe gefragt. Ich versuche, nicht zu entsetzt auszusehen. Wie konnte er auf ein

Konzert *unserer* Band gehen und sich *unsere* Musik anhören? Ich halte es noch nicht einmal mehr aus, sie im Radio zu hören, da sind mir schon drei Minuten zu lange.

»Und ich habe an dich denken müssen.«

Einen Moment lang sehen wir uns nur an. Bilder wechseln sich vor meinem inneren Auge ab, wie Fotos einer Diashow. Ich sehe mich, dicht an Ben gekuschelt, während wir *King of Queens* gucken und uns über gewisse Gemeinsamkeiten zwischen uns und Doug und Carry amüsieren. Uns, wie er seinen Kopf auf meinem Schoß gebettet hat und ich seinen Kopf kraule, während ich wieder einmal einen dicken Schmöker in der Hand halte und einfach nicht aufhören kann zu lesen. *Klack*, wieder ein neues Foto. Wir beide im Bett, Ben kann aus Nervosität vor seiner nächsten Klausur nicht einschlafen, und ich male ihm zur Ablenkung Symbole auf den Rücken, die er erraten muss. Als Letztes habe ich immer ein Herz gezeichnet, und er hat jedes Mal so getan, als wüsste er nicht, was es ist, sodass ich es immer wieder wiederholen musste. *Klack*, ein anderes Foto. Wir auf einer Grillfeier bei Freunden, unter bunten Lampions sitzend und ausgelassen lachend. *Klack*. Wir beide, wie wir eines Nachts ins Schwimmbad einbrechen und auf dem Zehnmeterturm liegend in den Sternenhimmel gucken. *Klack*. Wir, wie wir an einem melancholischen Abend zu den langsamen Stücken von *Kings of Leon* durch unseren Flur tanzen.

»Wie geht es Melli?«, unterbricht Ben die Foto-Show in meinem Kopf.

Melli ist meine kleine Schwester, ein Nachzügler meiner Eltern und erst zwölf Jahre alt. Sie hat Ben geliebt, und er hat sie oft mitgenommen, wenn er in die Kletterhalle gefahren ist, oder er ist mit uns in den Zoo oder ins Kino gegangen. Dass wir uns getrennt haben, hat sie mir sehr übel genommen, denn bis heute ist sie der festen Überzeugung, dass ich diejenige war, die gegangen ist. Ich habe es aufgegeben, sie vom Gegenteil überzeugen zu wollen.

198

»Ganz gut so weit. Sie hat ein paar Schwierigkeiten in der Schule, aber ich glaube, das liegt am Alter. Gerade werden Pferde, Pickel und Jungs wichtiger als Algebra und Goethe.«

Ben lacht, und ich stelle fest, wie sehr ich dieses Lachen vermisst habe, an das kein anderes auch nur annähernd herankommen konnte.

»Sie kommt wahrscheinlich ganz nach ihrer großen Schwester. Die hat ja auch erst etwas Anlauf gebraucht, bis sie den Sprung geschafft hat und dann megafleißig geworden ist.«

»Ja, vielleicht.« Ich muss mich erneut räuspern.

Wieder hält die U-Bahn, und diesmal strömen unzählige Schüler in die Waggons. Mütter mit Kinderwagen bemühen sich, sich einen Weg durch die Masse zu bahnen, und ein paar Rentner versuchen, ihre vollen Einkaufstüten vor den Füßen der Einsteigenden zu sichern. Eine gelangweilte Stimme schnarrt aus den Lautsprechern und bittet die Draußengebliebenen, vom Gleis zurückzutreten. Die Türen schließen sich, und nur einen Wimpernschlag später rast wieder grauer Beton an den Fenstern vorbei.

»Wie lange wohnst du denn schon nicht mehr in Haidhausen?«, frage ich und verrate ihm nicht den eigentlichen Grund meines Interesses.

»Schon seit einem halben Jahr nicht mehr.« Nachdenklich sieht er mich an; ein langer Blick unter dunklen Wimpern hervor. »Deinen Brief habe ich also noch bekommen damals, falls du deshalb fragst«, fährt er dann in ruhigem Ton fort, und forschend wandern seine Augen mein Gesicht entlang, um meine Mimik deuten zu können. Mist, hatte er den Grund also doch erraten.

»Ach so, das hatte ich gar nicht gemeint«, erwidere ich ausweichend und blicke verlegen auf meine Hände hinab. Meine Nägel sind zu kantig und müssten dringend wieder gefeilt werden. Und viel zu lange hat diese Hände keiner mehr gehalten, die Finger zwischen meinen verschränkt und mit dem Daumen darübergestreichelt. An Gelegenheiten hätte es nicht gemangelt. Da war zum Beispiel Sven, ein Arbeitskollege von mir, der mir von seinem ersten Tag an sein Interesse bekundet hat. Jeden Tag wurde er offensiver, bis er mich so weit hatte und ich mit ihm zum Essen ging. Es folgten noch ein paar weitere Dates, das Übliche, Kino und Spaziergänge im Englischen Garten. Aber so nett er auch gewesen ist, so störten mich trotzdem seine glatt rasierten Wangen und der stets perfekt sitzende Anzug, den er selbst an den Wochenenden nicht gegen etwas Bequemes tauschte. Auch seine Art, Spaghetti zu essen, dieses schlürfende Geräusch, wenn er sie von der Gabel einsog, anstatt sie sich in den Mund zu stecken, nervte mich tödlich. Und dann gab es noch Tobias, den Bruder meiner besten Freundin. Lange Zeit hatten wir uns nicht gesehen, weil er für ein Auslandssemester in Norwegen gewesen war. Als er zurückkam, war er irgendwie nicht mehr der nervige Typ, der immer ins Zimmer geplatzt ist, wenn seine Schwester und ich die Jungs unserer Klasse durchkauten oder für die nächste Mathearbeit büffelten, sondern charmant und erwachsen. Mit ihm hatte ich viel Spaß; wir fuhren übers Wochenende in die Berge oder nach Italien, wir schauten uns Fußballspiele an oder machten persönliche Glühweintests auf den Weihnachtsmärkten im Umkreis von hundert Kilometern. Doch irgendwann fiel mir auf, dass er furchtbar materiell geworden war und ihm die Meinung anderer Leute wichtiger war als meine. Er verlor seinen eigenen Stil und wurde regelrecht gefallsüchtig. Nur mir gefiel er schließlich nicht mehr. Zuletzt war da auch noch der dunkle, glutäugige Louis, dem ich in meiner Ungeschicklichkeit meinen Drink über die Hose goss. Er nahm es halb so wild, lud mich auf den nächsten ein, und wir hatten einen tollen Abend miteinander. Es folgten noch viele weitere tolle Abende, bis mir seine Einstellung bewusst wurde, dass eine Frau allein nicht reichte. Außerdem schlang er sein Essen hinunter, und seine Wohnung war mir zu charakterlos und immer wie geleckt. Männer mit solch sauberen Apartments waren mir schon immer suspekt, zumindest solange sie keine Putzfrau besaßen. Denn entweder hatten sie dann einen Putzfimmel oder eine Freundin – und beides war nicht das, was ich mir für einen möglichen Partner vorgestellt hatte. Kurzum, sie hatten alle eines gemeinsam: Sie waren einfach nicht »Ben« genug.

Ich hebe den Kopf und muss einen Moment überlegen, wo wir zuletzt stehen geblieben sind. Ach ja, der Brief.

»Ich habe ihn immer noch«, erzählt mein Gegenüber. »Ich habe ihn in einer Schreibtischschublade, und manchmal hole ich ihn heraus und lese ihn noch mal. Und ich frage mich dann immer wieder, ob alles ein großer Fehler gewesen ist.«

»Was? Zu gehen?« Ich wage kaum zu atmen.

»Nein, die ganze Sache mit uns.«

»Du findest, dass unsere Beziehung ein Fehler war?« Ich bin sprachlos, und wahrscheinlich steht mir gerade sogar der Mund offen. Plötzlich ist mein Kopf ganz leer; die wild umhertreibenden Gedanken und die vielen Bilder sind verschwunden, als wäre tiefschwarze Dunkelheit über sie hinweggerollt und hätte alles verschluckt und mit sich mitgerissen. »Warum denkst du das?«, schaffe ich schließlich zu fragen. Er zuckt die Schultern und sieht aus dem Fenster, in dem sich unsere Gesichter spiegeln, die ihn ansehen; seines auf einmal müde und traurig, meines erschrocken und fassungslos.

»Na ja«, meint er schließlich matt, »es hätte uns wahrscheinlich eine Menge Leid erspart.«

»Ja, aber auch jede Menge Freude und Glück!«, widerspreche ich heftig.

»Schon, aber ich kann mich nicht mehr daran erinnern, was davon letztendlich überwogen hat.«

Ich muss schlucken. Kann er denn nicht hören, was er da eigentlich redet? Plötzlich ist sie wieder da, die Verzweiflung, die sich in Wut verwandelt und die rot wie Feuer lodert und schwer wie ein Felsen im Magen liegen bleibt und einem Schmerzen bereitet, sobald die Flammen erloschen und das aufbrausende, alles andere beherrschende Gefühl abgekühlt ist. Ich nehme all meinen Mut zusammen, um eine Frage zu stellen, die mir schon sehr, sehr lange auf der Zunge liegt und die ich mich nie zu stellen getraut hatte. Ich hole tief Luft.

»Bist du damals wegen der Sache mit Hannah gegangen?« Meine Stimme klingt brüchig, so als müsse ich gleich anfangen zu weinen, und so fühle ich mich auf einmal auch. Ben reißt den Kopf zu mir herum und sieht mich erschrocken an.

»Wie kommst du denn darauf?«

»Ist es so?«, frage ich zurück, ohne zu blinzeln. Meine Augen fangen an zu brennen, aber ich will seinem Blick standhalten und nicht wieder klein beigeben. Diesmal will ich eine Antwort hören, damit die Frage endlich Ruhe gibt und mich nie wieder in schlaflosen Nächten oder an einsamen Sonntagnachmittagen quälen kann.

Wir waren seit einem Jahr ein Paar und gerade frisch zusammengezogen, in eine kleine gemütliche Wohnung in Neuhausen. Wir wollten unseren Jahrestag feiern und uns etwas ganz Besonderes gönnen, weshalb wir in ein teures Restaurant gingen. Ich hatte tierischen Hunger, was an und für sich nichts Besonderes für mich war, doch kaum brachte der Kellner unsere Bestellung an den Tisch und die Essensgerüche bahnten sich ihren Weg in meine Nase, wurde mir so übel, dass ich keinen Bissen davon anrühren konnte und ganz weiche Knie bekam. Das blieb eine geschlagene Woche so, obwohl es mir sonst bestens ging und ich auch voller Energie unsere neue Wohnung einrichtete. Ich schob es auf den Stress und auf eine gereizte Magenschleimhaut, bis meine Tage ausblieben. Der heimlich gekaufte Schwangerschaftstest war positiv, kaum dass ich das Stäbchen aus seiner Folienverpackung befreit hatte, und nach einer zweitägigen Schockphase freuten Ben und ich uns wahnsinnig auf unseren Nachwuchs. Zwar kam er etwas ungelegen, da unsere neue Wohnung zu klein für eine Familie war, aber für die erste Zeit würde es gehen, und wir waren uns sicher, dass alles schon irgendwie funktionieren würde. Obwohl es noch viel zu früh dafür war, waren wir uns von Anfang an sicher, dass es ein Mädchen werden würde, und wider alle Vernunft nannten wir den kleinen Fleck auf dem Ultraschallbild, dessen kleines Herz wir schon beim ersten Termin schlagen sehen konnten, Hannah. Besonders Ben freute sich auf das Baby, kaufte kleine Söckchen und Mützchen, baute eine Wickelkommode und fuhr mit mir an den Wochenenden in die verschiedensten Geschäfte, wo wir uns Wiegen und Bettchen anguckten. Nebenbei wälzte er täglich den Stellenmarkt, da er als Student keine ganze Familie würde ernähren können. Abends kuschelte ich mich an ihn, und er legte seine Hand auf meinen Bauch, und manchmal sprach er mit dem kleinen Bewohner darin; ganz leise, den Mund knapp neben meinem Bauchnabel.

Und dann kam dieser Montagmorgen. Ich saß in der Tram und war auf dem Weg zur Arbeit, als plötzlich ein Schmerz durch meinen Bauch fuhr, als würde ein Messer in meinem Unterleib stecken. Ich bekam Panik, ich begann zu zittern und plötzlich schrecklich zu frieren. Ich rief Ben in der Uni an, und er holte mich an der nächsten Haltestelle ab und fuhr mit mir ins Krankenhaus. Auf dem Weg dorthin hatte ich schon begonnen zu bluten, und in der Klinik wurde mir nur noch bestätigt, was ich ohnehin schon befürchtet hatte: Unsere Hannah gab es nicht mehr.

»Ich weiß nicht. Vielleicht lag es nicht direkt daran. Aber wir haben uns dadurch verändert, denke ich.« Er hat den Blick niedergeschlagen und starrt auf seine Füße, die in seinen

Lieblingsturnschuhen stecken, die ich noch von früher kenne. Immer die gleiche Marke, immer die gleiche Farbe. Manchmal kaufte er sich gleich zwei Paar davon; aus Angst, das Modell könnte irgendwann nicht mehr nachproduziert und vom Markt genommen werden.

»Klar verändert so etwas. Aber es hätte uns auch zusammenschweißen können. Bei anderen Pärchen klappt es doch auch.«

»Aber andere Pärchen haben vielleicht eine ganz andere Basis; ganz andere Vorbedingungen«, wagt Ben einzuwenden und sieht mich jetzt wieder direkt an.

»Wieso sagst du immer, dass wir schlechte Voraussetzungen hatten? Als wenn alles nur schlecht gewesen wäre.« Ich spüre meine Stimme kippen, schriller werden und wie die eines kleinen Mädchens klingen. Ich hasse diesen Zustand, und bei jedem Streit habe ich mich dafür selbst nicht leiden können. Aber ich kann es einfach nicht abschalten, diese viel zu hohe und wackelige Tonlage, wenn ich Angst habe oder wenn ich verzweifelt bin. Und auch wenn Ben es wahrscheinlich nie zugeben würde, ich weiß, dass es ihn immer wahnsinnig genervt und alles immer noch schlimmer gemacht hat.

Ben wirft einen Blick auf seine Armbanduhr. Seit er weg ist, ist mir aufgefallen, wie selten Armbanduhren an Männerhandgelenken geworden sind. Wenn einer wissen will, wie spät es ist, dann schaut er auf sein Handy oder sein aufgeklapptes Notebook.

»Ich muss dann aussteigen und eine Bahn zurück nehmen. Es ist schon spät geworden, und ich muss nach Hause.«

»Vermisst du mich manchmal?« Meine Frage ist mir so herausgerutscht, schneller, als ich sie denken konnte, und hängt jetzt zwischen uns wie eine dicke Wolke an einem lauen Sommerabend, bei der man sich fragt, ob sie vorüberziehen oder ihr ein gewaltiges Unwetter folgen wird. Mein Herz beginnt zu rasen, und am liebsten würde ich meine

Frage wieder zurücknehmen oder aufstehen und weglaufen. Ich will die Antwort gar nicht hören, ich will es nicht wissen. Ben beugt sich nach vorne und sieht mich von unten herauf an.

»Izzy. Was glaubst du, warum ich zu dir eingestiegen bin?«

Wieder eine neue Haltestelle. Eine rundliche Frau mit einer ebensolchen Einkaufstüte lässt sich neben mich auf die Sitzbank fallen, und Ben und ich sehen uns einen Moment lang schweigend an. Mein Mund wird trocken, und auf einmal fühle ich mich, als wäre ich einer Panikattacke nahe. Ich muss etwas tun, ich muss es *jetzt* tun, sonst wird dieser Moment einfach verstreichen, und ich werde nie wieder etwas tun können. Wenn er dieses Mal wieder aus meinem Leben verschwindet, dann wird es für immer sein, und ich werde ihn nie wiedersehen. Nicht in der U-Bahn und auch sonst nirgendwo.

Die Frau neben mir scheint die Spannung in der Luft zwischen uns förmlich spüren zu können, sieht einen kurzen Moment zwischen uns hin und her und steht dann auf, um sich auf einen anderen Platz zu setzen. Keiner von uns macht Anstalten, sie zurückzuhalten.

»Bitte steige nicht mehr aus!« *Wusch, wusch, wusch,* rauscht das Blut in meinen Ohren, laut wie eine Stromschnelle in einem wilden Fluss. Bitte bleib!, flehe ich im Stillen. Es könnte alles wieder gut werden zwischen uns, wir könnten nächtliche Spaghettisessions feiern, uns um den Schlaf bringen, indem wir uns um die Bettdecke streiten, und uns wieder heimlich Kinderfilme im Kino ansehen, für die wir eigentlich schon viel zu alt sind. Wir könnten frierend auf einer Parkbank sitzen und auf Sternschnuppen warten, ohne zu wissen, was wir uns wünschen sollten, da wir miteinander einfach restlos glücklich sind. Wir könnten während der Spaziergänge wieder Wettläufe um den heimatlichen Abwasch veranstalten. Oder wir könnten uns wieder in der Fußgängerzone verlieren, um entweder mich wie immer bei *Zara* oder ihn bei *Hugendubel* wiederzufinden.

»Das geht nicht, Izzy.« Er holt tief Luft und lehnt sich in seinem Sitz zurück. Meine Hände beginnen zu kribbeln.

»Doch, das geht! Bitte, Ben! Lass es uns versuchen!«

»Glaub mir, es funktioniert nicht.«

»Aber du hast doch gerade selbst gesagt, dass du mich auch vermisst hast! Oder etwa nicht? Wir lieben uns doch, und mehr als das brauchen wir nicht! Sicher, es wird nicht immer einfach sein, aber ich habe mich geändert und du dich auch, und vielleicht haben wir diese Zeit einfach gebraucht!« Ich sehe ihn abwartend an und habe plötzlich das Gefühl, es wäre nicht genug Sauerstoff in unserem Waggon. »Bitte, gib uns noch eine letzte Chance!«

Ben sagt nichts, sondern hält nur demonstrativ seine rechte Hand hoch. Ich kapiere nicht, was er mir damit sagen will, und das sage ich ihm auch.

»Du hattest doch sonst immer so eine gute Beobachtungsgabe?« Er lächelt, schief und irgendwie schuldig. Ich sehe genauer hin, und dann erkenne ich es, das aus Weiß- und Gelbgold gemischte Symbol ewiger Treue und Liebe, ohne Anfang und ohne Ende. Mein Gott, warum war mir alles an ihm aufgefallen, jedes Detail, nur dieser Ring nicht?

»Ich bin verheiratet. Es tut mir leid.« *Rums*. Ich fühle mich wie geohrfeigt, als hätte man mir den Boden unter den Füßen weggerissen und als würde ich hinter der U-Bahn hergeschliffen werden, unbarmherzig über Schutt und Gleise. Und gleichzeitig fühle ich mich ganz leer, als hätte monatelang etwas in mir gewohnt, was jetzt seinen Koffer gepackt hat und ausgezogen ist, auf Nimmerwiedersehen.

»Du bist was?«, schaffe ich schließlich zu stottern. »Seit ... seit wann? Mit wem?«

»Seit drei Monaten. Sie heißt Lara, ich habe sie in der Uni kennengelernt.«

Ich kann nicht glauben, was ich da höre, und ich will gar nicht wissen, wie mein Gesicht in diesem Moment aussieht.

»Aber, ich dachte ...« Keine Ahnung, was ich einmal dachte. Dass er nur mich lieben könnte? Sein ganzes Leben lang? Dass ihm die Sehnsucht nach mir und die Gedanken an mich reichen und ihn blind für jede andere Frau auf der Welt machen würden? Wie hatte ich nur all die Zeit so naiv sein können? Wie hatte ich davon so lange so überzeugt sein können?

»Und ... und du liebst sie wirklich?« Ich höre meine Stimme kaum noch, so laut ist das Rauschen in meinen Ohren inzwischen geworden. Das Atmen fällt mir immer schwerer, und der U-Bahn-Waggon kommt mir zunehmend kleiner vor. Mein Gott, wann kommt denn endlich die nächste Haltestelle?

Mein Gegenüber nickt. »Sie ist schwanger. Wir werden ein Baby kriegen; Anfang nächsten Jahres.«

In diesem Moment, als er diesen Satz ausspricht, stirbt etwas in mir. Zum zweiten Mal in meinem Leben, nur dass es diesmal nicht in meinem Bauch, sondern in meinem Herzen stattfindet.

»Ich hätte nicht einsteigen sollen, es tut mir leid. Ich hätte einfach dort auf dem Bahnsteig stehenbleiben und weiter auf die Anzeigetafel starren sollen, so tun, als würde ich dich nicht sehen«, stellt Ben fest. Mein Ben, der jetzt einer anderen gehört. Einer, deren Stimme im Streit wahrscheinlich nicht schrill klingt und sich überschlägt. Eine, die es schafft, einen Nagel in die Wand zu schlagen, ohne dass der Putz runterfällt und der Nagel krumm wird. Eine, die sich auch in den kältesten Wintermonaten jeden Morgen die Beine rasiert, selbst wenn keiner da ist, der sie sehen oder sich beim Darüberstreichen über die Stoppeln wundern könnte. Eine Frau, deren Bauch auch nach dem dritten *McMenü* noch flach aussieht und die auf hohen Schuhen laufen kann, als wäre sie mit ihnen auf die Welt gekommen. Kurzum, eine die nicht so ist, wie ich es bin.

Die U-Bahn hält, der Lokführer gibt die Haltestelle an, doch ich höre seine Stimme nur durch einen Nebel hindurch und verstehe ihn nicht. Ben steht auf.

»Verzeih mir. Danke für die Zeit, die wir miteinander hatten, und für deine Liebe für mich. Ich wünsche dir, dass du auch bald jemanden für dein restliches Leben findest, der dir ein ebensolches Geschenk machen kann.«

Seine Stimme höre ich ganz deutlich, und ich weiß jetzt, dass ich diesen Tonfall und diesen Satz nie mehr vergessen werde können. Ich kann nichts erwidern, sondern sehe ihn einfach nur an. Er geht durch den Flur zu den Türen und dreht sich noch einmal zu mir um. Ich kann sehen, wie seine Lippen meinen Namen formen. »Isabell.« Und dann gleiten die Türen auf, er betritt den Bahnsteig. Dort bleibt er stehen, sieht zu mir hinein und ignoriert die schubsenden Leute um ihn herum. Ein piepender Warnton erklingt, die Türen schließen sich wieder, und er hebt langsam die Hand. Und dann rast auch schon wieder nur blankes Grau an meinen Augen vorbei, genauso trist wie die Stelle, die er bei mir hinterlassen hat und die er nun nie mehr füllen wird.

Einen Moment lang starre ich nur vor mich hin und fühle dem Schmerz nach. Vielleicht habe ich genau diese Ohrfeige gebraucht. Vielleicht hat Ben mir dadurch die Gelegenheit gegeben, mit ihm abschließen zu können. Denn ich kann ja nicht ewig dieses blanke Grau anstarren und in diesem Tunnel festsitzen. Irgendwann … eines Tages … werde ich aus der U-Bahn steigen, die bedrückende Enge und diese Dunkelheit um mich herum hinter mir lassen und nach oben gehen ans Tageslicht, als wäre ich nie weg gewesen. Und wer weiß … vielleicht wartet dort oben auch auf *mich* eine neue Liebe. Eine, die mir die Zeit gegeben hat, die ich gebraucht habe und einfach nur auf mich gewartet hat. Am besten, ich steige jetzt aus und sehe nach.

Lieber Ben,

ich sitze hier im Wohnzimmer auf unserer Couch, die, in die wir uns damals beide gleichzeitig bei Who's perfect *verliebt hatten und die für uns beide eigentlich viel zu klein war, die wir aber trotzdem genommen haben und auf der wir wegen der Enge immer dicht aneinandergekuschelt saßen oder ich auf deinem Bauch liegen musste. In einer Sofaritze habe ich gerade zufällig Alberts Lieblingsmaus Jerry gefunden. Vielleicht fehlt sie ihm; ich schicke sie dir mit diesem Brief mit. Bitte grüß ihn lieb von mir und sag ihm, dass mir das morgendliche Kitzeln seiner Schnurrhaare im Gesicht und sein vorwurfsvolles Maunzen, wenn ich nicht schnell genug die Futterdose geöffnet habe, weil wieder einmal diese blöde Lasche abgerissen ist und ich erst deinen komplizierten Dosenöffner suchen musste, sehr fehlen. Ich weiß nicht, ob du noch in deiner Wohnung bist, die du dir genommen hast, um möglichst viel Abstand von mir zu bekommen, obwohl wir uns früher nicht nah genug sein konnten, sodass wir am liebsten in den anderen hineingekrochen wären. Aber ich hoffe, dass du diesen Brief hier irgendwie bekommen und ihn lesen wirst.*
Ich werde jetzt gleich ins Bett gehen, und anstatt zu schlafen, werden mir wieder tausend Gedanken durch den Kopf schießen. Zum Beispiel, ob ich dich aufhalten hätte sollen, als du gegangen bist. Ob ich uns irgendwie hätte retten können. Ob es an mir lag, dass wir Hannah verloren haben. Ob alles anders geworden wäre, wenn das nicht passiert wäre und wir sie bekommen hätten.
Manchmal auf meinem Heimweg, wenn mir Händ-

chen haltende Pärchen mit Kinderwagen entgegenkommen, stelle ich mir vor, dass wir es wären. Du bist gerade von der Arbeit gekommen, und wir gehen noch eine Runde um den Block spazieren, eine glückliche Familie mit einem kleinen Mädchen, das die gleichen Wangengrübchen hat wie du und ebensolche langen Wimpern.

Es tut mir leid, wenn ich dich enttäuscht und dich verletzt habe. Aber vielleicht ist es ja noch nicht vorbei? Wenn wir es einfach noch mal probieren, ohne den ganzen Streit und die Wut, den anderen nicht verstehen zu können, vielleicht schaffen wir es dann? Vielleicht war es einfach noch nicht die Zeit für uns?

Bitte melde dich; ich vermisse dich so sehr!

Deine Isabell

Heidi Hohner

Alfonso

»Der Fotograf von *Unternehmer heute* hat gerade angerufen. Das Shooting ist abgesagt. Und jetzt rate mal, warum!«

Armer Helmut. Seine Stimme klingt, als hätte er nassen Zement in den Stirnhöhlen. Er zieht mich vor den Garderobenspiegel mit dem schweren Rahmen aus Schmiedeeisen und zeigt anklagend hinein.

Ich blicke folgsam in den Spiegel und begutachte meine Jeans, nicht zu eng, nicht zu weit, den roséfarbenen Kaschmirpulli und den Blazer im gleichen Farbton, gekauft in den teuren Salzburger Boutiquen, aus denen Helmut mir meine Outfits mitbringt. Meine Haare sind zu einem glatten schulterlangen Bob geschnitten. Ich finde diese Frisur insgeheim zu brav, aber Helmut sagt immer, eine zweite Gloria von Thurn und Taxis könne er auf dem Weg in den Landtag nicht gebrauchen.

Er tippt ungeduldig mit dem Zeigefinger auf dem Spiegel herum, obwohl er es hasst, wenn er Fingerabdrücke darauf entdeckt.

»Nicht dich sollst du ansehen, sondern mich!«

Helmuts Gesicht sieht durch die Spiegelung seltsam fremd aus. Und seine Augen stehen in krassem Kontrast zu seiner ansonsten makellosen Erscheinung. Sie sind nicht nur gerötet, sie sind geradezu blutunterlaufen, wässrig, die Lider dick angeschwollen. Der Ärmste sieht wirklich schlimm aus.

»Du siehst aus, als hättest du eine Woche durchgefeiert. Ich wette, dass du damit bei den jungen Grünen punkten kannst, die werden wissen wollen, wo du das gute Ganja herhattest!«

Helmut findet das nicht lustig.

»Schatz, wir haben nicht nur einen Ehevertrag, sondern auch einen Arbeitsvertrag, und darin steht, dass du mitverantwortlich dafür bist, dass ich in der Öffentlichkeit gut aussehe. Seit Monaten, nein, Jahren, versprichst du mir, etwas zu unternehmen, wenn diese Allergie nicht besser wird. Und sie wird nicht besser, sie wird schlimmer. Also – was schlägst du vor?«

»Vielleicht gehst du doch einmal zum Heilpraktiker, diese Eigenblutbehandlungen sollen Wunder wirken!«

Vor fünf Jahren sind mein Kater Alfonso und ich in das wuchtige Landhaus der Zirngibls gezogen, und Helmuts Tierhaarallergie wird seitdem immer schlimmer. Es ist nicht das erste Mal, dass wir deswegen eine Krisensitzung haben.

»Ich gehe grundsätzlich nicht zu einem solchen Öko-Quacksalber, und schon gar nicht, wenn die Ursache des ganzen Übels hier vor meiner Nase herumtanzt!«

Helmut zeigt auf die samtbezogene Bank unter dem Garderobenspiegel. Und in der Tat: Der weinrote Stoff ist nicht nur ziemlich zerkratzt, es klebt auch das ein oder andere Katzenhaar darauf. Alfonso liebt es eben, sich ausgerechnet an dieser Bank die Krallen zu schärfen, wenn er durch die Katzenklappe nach draußen geht auf einen seiner Raubzüge.

»Du weißt, was ich meine. Das Maß ist voll. Die Katze muss weg. Die einzige Frage ist nur: wann – heute oder morgen?«

»Niemals!«

Ich drehe mich um, um Helmut zu umarmen, und sehe ihn bittend an.

»Wir schließen einen Kompromiss, ja? Die Katzenklappe

kommt weg, die Bank auch, die Putzfrau macht einen Tag lang extragründlich sauber, und Alfonso darf ab sofort einfach nicht mehr ins Haus. Okay?«

»Nein. Nein!«

Helmut ist echt empört.

»Ich verstehe nicht, wie du mich in meinem Zustand ansehen und gleichzeitig so ungeheure Forderungen stellen kannst!«

»Meinst du mit ungeheuren Forderungen, dass ich mich niemals von Alfonso trennen würde?« Ich senke kurz den Blick und überlege. Ich sollte es mir wirklich nicht mit Helmut verscherzen – denn da gibt es noch etwas, was ich von ihm möchte. Unbedingt.

»Oder meinst du die Villa am Gardasee? Ich weiß, dass sie für dich eine Investition wäre, die erst einmal keine Rendite bringt. Aber wenn ich dir sage, dass ich von dort aus den italienischen Markt erschließen könnte? Ich würde sogar darauf verzichten, sie zu renovieren, um Kosten zu sparen!«

»Wenn du nicht renovierst, dann werde ich garantiert keinen Fuß in diese heruntergekommene Immobilie setzen! Ich muss schließlich repräsentieren! Und ich finde es anmaßend, dass du willst, dass ich dieses Haus für dich und deine Zwecke kaufe – aber nicht bereit bist, persönliche Opfer dafür zu bringen!«

Ich seufze. Noch nie habe ich mir von Helmut etwas so sehr gewünscht wie diese alte Olivenöl-Mühle am Westufer des Gardasees, an einer steilen Ausfallstraße gelegen. Ausgerechnet meine Schwiegermutter Gerlinde hatte mich auf dieses traumhafte Anwesen gebracht. Wenn sie die Ferienimmobilien-Beilage des *Tegernseer Anzeigers* nicht mit den Worten »unglaublich, dass manche Menschen für diese schmuddeligen italienischen Bruchbuden auch noch Geld haben wollen« zur Seite gelegt hätte, wäre mein Interesse nie geweckt worden. Denn das, was sie so erboste, das Foto einer alten Villa mit halb verfallenen Nebengebäuden, Hanggrundstück und einer zinnenbewehrten alten Mauer, hatte mein Herz höherschlagen lassen.

»Aber Helmut, sieh dir das Haus doch einmal an! Letzte Woche, als ich mich dort mit der Maklerin getroffen habe, hatte ich ein Gefühl von Freiheit und Weite, das ich hier in Hausham so vermisse! Dort könnte ich sowohl in Ruhe arbeiten als auch jederzeit klettern und mountainbiken – hinter mir die Berge, vor mir die Weite des Gardasees. Helmut, dort ist es einfach wunderbar! Wozu gibt es denn Highspeed-Internet? Ich wäre viel leistungsfähiger – und ich würde mich außerdem nicht immer mit deiner Mutter streiten!«

Ein Haus, in dem mir nicht ständig Gerlinde Zirngibl über den Weg läuft, erscheint mir in der Tat wie das Paradies schlechthin. Von dem mickrigen Taschengeld, das Helmut mir auszahlt, kann ich mir ein solches Anwesen allerdings niemals leisten. Aber ich liebe den Gardasee! Und ich will dieses Haus!

»Amelie, verstehst du nicht, was ich meine? Du kannst nicht beides haben, das Haus und die Katze!«

Ich lasse mich auf das samtene Bänkchen sinken, auch wenn es danach Diskussionen wegen der Katzenhaare auf meinem Blazer geben wird, und drücke Helmuts Hand.

»Aber Helmut, du weißt doch, was Alfonso mir bedeutet!«

»Haus oder Katze!«

»Und wenn ich ihn einfach immer mit nach Italien nehme?«

Helmut strahlt inzwischen wieder das übliche Selbstbewusstsein aus. Er hat mich in der Hand, und das weiß er auch. Sein Anzug sitzt makellos. Seit sich über seinem Gürtel mehr wölbt als nur ein kleines Bäuchlein, legt er auch im Haus das Sakko nicht mehr ab. Er rückt den Knoten seiner tannengrünen Seidenkrawatte zurecht, seine Hände sind weich und gepflegt. Alle zwei Wochen kommt eine Frau ins Haus, die Helmuts Hände maniküft und auch mir die Nägel

macht – weil Helmut weiß, dass ich da manchmal zu Nach-
lässigkeiten neige. Ein Traum für jede Frau, oder?

»Du musstest unbedingt diesen Kater mit zu uns nach
Hausham bringen, weil er die älteren Rechte an dir hatte.
Meinetwegen. Aber wenn ich beinahe eine Million in dieses
Anwesen investieren soll, könntest du mir ein wenig entgegenkommen und mir das Vieh vom Hals schaffen. Und zwar:
ganz vom Hals schaffen. Wenn du Alfonso einfach mit an
den Gardasee nimmst – gesetzt den Fall, ich kaufe überhaupt
diese Villa –, dann kleben trotzdem weiter Katzenhaare an
deinen Sachen. Und wohin das führt, wissen wir! Oder hast
du schon vergessen, dass ich dem Horst Seehofer bei der
Eröffnung der letzten Opernfestspiele auf die Fliege geniest
habe, weil an deiner Stola so viele Katzenhaare waren?«

Fünf Jahre ist es gut gegangen, unser Dreiecksverhältnis:
Helmut, Alfonso und ich. Helmut war der perfekte Versor-
ger, mein Ritter, der in seinem silbern schimmernden Ge-
ländewagen angeritten kam, um mir nach drei Wochen
einen Heiratsantrag zu machen. Der mich dem brotlosen
Studium der Sportpädagogik entriss und mir die große
weite Welt rund um den Tegernsee zeigte. Der fünfzehn
Jahre älter ist als ich und der mir, der Bio-Bauerntochter,
auf Neujahrsempfängen Leute wie Edmund Stoiber vorstellt
und dem es lieb wäre, wenn ich auf noch mehr Empfängen
noch mehr Champagner trinken würde, anstatt mich so oft
wie möglich Kletterwände hochzuziehen. Der mir einen be-
gehbaren Kleiderschrank bauen ließ, der größer war als
mein WG-Zimmer in der Münchner Pilgersheimer Straße,
und mir sicher zwanzig Abendkleider schenkte, vom maß-
geschneiderten Dirndl bis zur Jil-Sander-Robe. Alle mit langen Ärmeln. Damit niemandem auffällt, dass ich sport-
lichere Oberarme habe als er, der Aufkleberfabrikant und
zukünftige Landtagsabgeordnete Helmut Zirngibl.

»Amelie: Haus oder Katze?«

Man muss ihn zu nehmen wissen, meinen Helmut, mit

215

seinem Ehrgeiz und seinen politischen Ansichten. Und meine Aufgabe ist es, ihm den Rücken freizuhalten auf seinem Weg in den Landtag, schließlich hatte er mich geheiratet unter der Bedingung, dass ich das Kreativbüro von *Zirngibl Aufkleber* übernehme. Die *Zirngibl*-Produkte über die bayerischen Landesgrenzen hinaus wettbewerbsfähig zu machen war nicht weiter schwer: Ich ersetzte die weiß-blau hinterlegten Sprüche wie »Hock di nieder beim Bieseln!« einfach durch knallige, international verständliche Piktogramme. Seitdem ist Helmut ein Aufkleber-Gouverneur, der über ein täglich wachsendes Heer von Warnschildern, Hinweisaufklebern, Stickern und Pickerln regiert.

»Helmut, bitte! Eine Büromaus werde ich nie! Ich brauche frische Luft und Bewegung, um Einfälle zu haben, und nirgendwo sonst bekomme ich alles auf einmal! Italien, Berge, einen See, Ruhe, und das alles nur drei Stunden von hier entfernt! Diese Villa ist mein Traum! Und meine Kreativität ist doch wichtig – auch für dich!«

Das war es. Helmut lenkt ein.

»Ich verstehe zwar nicht ganz, warum du das alles nicht auch bei uns in Hausham haben kannst, aber wenn du meinst, dass du in Italien bessere Einfälle haben wirst – meinetwegen!«

»Danke!«

»Moment! Was ist mit der Katze?«

Ich verkrampfe meine Finger. Aus Angst, Alfonso hergeben zu müssen, und vor Wut, weil Helmut mich so in die Ecke drängt. Wie ich diese blödsinnige Allergie hasse!

»Helmut, das kannst du nicht machen, Alfonso ist wie mein Baby!«

Und als hätte er gespürt, dass wir von ihm sprechen, öffnet sich lautlos die Katzenklappe, und Alfonso erscheint, etwas Pelziges quer im Maul, und legt mir eine tote Maus vor die Füße. Ich finde, dass sie auf dem Muster des antiken Berberteppichs kaum auffällt, und Alfonso springt scheinbar ohne

Anstrengung auf meinen Schoß, ohne Helmut eines Blickes zu würdigen, und beginnt sich das orangerote Fell zu putzen.

Er ist ein Findelkind, ein italienisches Findelkind, das ich aus einem Müllcontainer gefischt habe, in Limone am Gardasee. Drei Monate bevor ich Helmut kennenlernte, war ich mit Joachim nach Limone gefahren, zum Klettern, nur dass Joachim weniger klettern wollte als bodenturnen, und zwar im Hotelzimmer. Am ersten Abend zog er mich deshalb in den Hinterhof einer Pizzeria, der Vollmond spiegelte sich im Gardasee, und Joachim schleckte mir mit seiner Zunge im Ohr herum. Das war mir allerdings egal, weil ich ein Wimmern aus der Richtung der Müllcontainer hörte.

»Joachim, hörst du das? Schau nach, was das ist!«

»Auf keinen Fall! Diese Multifunktionshose ist total neu!«

Ich machte mich von Joachim los und kletterte selbst in den Container. Und fischte ein winziges, vielleicht zehn Tage altes rotes Tigerkätzchen aus einer leeren Peperonidose. Joachim zog angewidert die Mundwinkel nach unten.

»Dieses Vieh sieht so erbärmlich aus, dass du es am besten gleich in den See wirfst, wenn du es nicht unnötig leiden lassen willst.«

»Ein Tier im See ertränken?«

Ich war fertig mit Joachim. »Gib meine Sachen unten an der Rezeption ab, ich ziehe in die Jugendherberge. Und zwar mit dieser Katze!«

Der Kellner der Pizzeria schickte mich die Via Alto hoch zu einem Alfonso Bicaniere, *Veterinario*. Der junge Tierarzt öffnete mir barfuß die Tür, in ausgewaschenen Jeans und einem schlichten schwarzen T-Shirt. Er hatte dunkle Haare und hellgraue Augen und gab zu meiner Überraschung der kleinen Katze erst einmal einen Kuss in den Nacken.

»*Poveraccio*, armes Kerlchen, dich hat's ja schlimm erwischt! Kommt rein!«

Er legte das kleine Fellbündel unter die Neonlampen des

Untersuchungstisches. Ich hielt die Vorderpfoten mit den ausgefahrenen Krallen fest zusammen, während der Veterinär ruhig und trotzdem blitzschnell an den Hinterbeinen des kleinen Kätzchens hantierte, tupfte, schiente, nähte. Es ließ sich nicht vermeiden, dass sich unsere Finger ziemlich oft berührten. Der Tierarzt, der das Vieh meiner Eltern versorgte, hatte Baggerschaufeln gegen diese schmalen Männerhände.

»Gib mir zehn Euro, *basta*«, duzte Alfonso Bicaniere mich zum Abschied in seinem einwandfreien Deutsch. Er polsterte eine kleine Kiste mit einem Stück Stoff aus und packte mir ein Wurmmittel, Flohpuder und eine große Tube mit Vitaminnahrung ein.

»Zehn Euro? So wenig?«

Er lächelte.

»Ich mag Katzen, weil sie so phantastisch klettern können.«

»Ich kann auch super klettern!«, rutschte es mir heraus.

»Das glaube ich dir sofort«, erwiderte er ruhig und musterte mich mit seinen Husky-Augen. Ganz langsam, von oben bis unten, und ich hielt die Kiste mit der kleinen Katze fest und hoffte, dass ich untertags genug Sonne abbekommen hatte, damit er nicht sehen konnte, wie ich knallrot anlief.

»Du blutest am Handgelenk, das ist mir vorher gar nicht aufgefallen.«

Alfonso Bicaniere zog mich noch einmal an den Behandlungstisch aus glänzendem Edelstahl und gab mir eine Tetanusspritze. In den Po. Als wäre es das Normalste der Welt, zog er dafür die Rückseite meiner Jeans und meine Unterhose nach unten.

»Locker lassen, sonst tut es weh«, murmelte er, als er hinter mir in die Knie ging, der Pikser war kaum zu spüren, die leichte Berührung, als er mir danach ein Pflaster auf die Einstichstelle klebte, umso mehr.

»Alles okay?«

»Mh, ja. Danke. Danke für deine Hilfe. Ich ... ich glaube, ich werde den Kleinen Alfonso nennen. Nach dir.«

Er lachte und küsste mich zum Abschied auf die Wange, und dann ging ich, die kleine Kiste mit dem zitternden weißbunten Fellknäuel darin vorsichtig an den Bauch gepresst, und hörte, wie sich die Praxistür hinter mir sanft schloss.

Katerchen Alfonso hörte noch in der Nacht auf zu wimmern. Am nächsten Tag küsste ich ihn in den Nacken, wo auch der Tierarzt ihn geküsst hatte, und schmuggelte ihn unter meinem Pulli im Zug nach Hause. Joachim habe ich seitdem nie wiedergesehen, und Alfonso wurde schlank und hochbeinig, mit einem grünbraunen und einem blauen Auge. Er schlief ausschließlich auf meinem Kopfkissen und erzählte mir abends mit einem rauen Miauen von seinem Katzentag. Ich freute mich jeden Tag aufs Neue, wenn ich aus der Uni kam, er mir die Beine entlangstrich und mich stolz zu der Unterwäscheschublade meiner Mitbewohnerin führte, weil er wieder einen toten Vogel hineingelegt hatte. Und dann kam Helmut. Und die Villa.

Helmut steht immer noch vor dem Spiegel. Und niest.

»Haus oder Katze?«

Im Flur beginnt es langsam nach Mittagessen zu riechen, nach dem halb verdauten Geruch von Sauerkraut, das Helmut wahrscheinlich so gern isst, weil »Champagnerkraut« auf der Dose steht, und das Gerlinde immer mit Schweineschmalz anbrät. Schade, dass ihr Sohn nicht dagegen allergisch ist. Und dass ich Helmuts Katzenallergie von Anfang an unterschätzt habe.

»Haus oder Katze! Entscheide dich! Bis zum Mittagessen will ich die Sache vom Tisch haben!«

Ich winde mich. Helmut will mich ja nicht einfach nur schikanieren, er leidet ja wirklich unter seiner Allergie, und dass ich mich nicht von Alfonso trennen will, hat ihn auf seinem steilen Weg nach oben schon mehrmals behindert. Ich schließe die Augen und sehe altes Terrakottapflaster vor mir, in dessen Fugen das Gras wuchert und auf dem ein italienischer Liegestuhl steht, als würde er auf mich warten. Ruhe. Freiheit. Gardasee. Weit weg von Helmut.

»Haus.«

Meine Stimme zittert, und obwohl Alfonso sein Köpfchen an meinem Kinn wetzt, wiederhole ich noch einmal fester: »Ich will die Villa. Alfonso kommt zu meinen Eltern auf den Hof. Du hast gewonnen.«

»Alfonso ist nur eine Katze, und dieses Haus ist für die Ewigkeit«, begrüßt Helmut meine Entscheidung, aber als er mich küssen will, drehe ich mein Gesicht weg und verstecke meine Tränen in Alfonsos Nacken.

»Möchten Sie einen Kaffee, Frau Habersack?«, frage ich zwei Wochen später die deutsche Maklerin, als sie sich zum Gehen wendet, obwohl ich eigentlich an meinem ersten Tag in der Villa gar keine Lust auf Gesellschaft habe.

»Ja gerne, wenn Sie Süßstoff haben. Und nennen Sie mich doch Gloria!«

»Süßstoff? Tut mir leid!«, antworte ich, und während Gloria ihre schmale Kroko-Aktentasche aufknipst und einen goldenen Süßstoffspender zutage fördert, öffne ich die Türen des alten Küchenschranks. Ich finde die Müslipackung, neben drei Sorten Pasta und einer nachlässig verschlossenen Dose Espresso, und halte die schwarzen Krümel erst einmal für Kaffeepulver. Aber dann rieseln aus der Müslipackung staubige Flocken auf meine Flipflops und den Steinboden. Die Packung hat an den Ecken zwei kreisrunde, ausgefranste Löcher.

»Mäuse!«, sagt Gloria, neben mir. »Kein Wunder, das Anwesen hat wirklich lange leer gestanden. Am besten, Sie holen sich eine Katze von einem der Bauern in der Umgebung!«

»Das werde ich sicher nicht tun, mein Mann ist allergisch«, fahre ich sie an, nach dieser Bemerkung noch verstimmter als vorher, und ziehe mir eine Jacke über mein Sporttop. Mir ist heute Morgen kalt, obwohl ich sonst nie friere. Bei mir herrscht Katzenjammer im wahrsten Sinne des Wortes, und der fühlt sich mindestens so schlimm an wie Liebeskummer.

Ich konnte nicht beides haben, Villa und Alfonso, und ich habe mich für das Haus entschieden. Ich seufze, noch nicht einmal der sagenhafte Blick und der Liegestuhl mit dem blau-weißen Streifenstoff können heute meine Laune heben. Hier gibt es Mäuse. Und Alfonso ist nicht hier.

»Werfen Sie sich etwas über, und vergessen Sie Ihr Müsli. Ich lade Sie ein auf einen Cappuccino und ein Cornetto unten im Ort!«, flötet Gloria Habersack munter. Aber ich habe keine Lust auf einen Kaffee mit dieser Person, die sich anzieht wie meine Schwiegermutter, und mein Blick fällt auf das hochglänzende Immobilienmagazin, das sie mir heute Morgen aufgedrängt hatte. Ich reiche es ihr zurück.

»Danke, ich bleibe lieber hier. Und dieses Magazin ist an mich verschwendet. Ich habe ja jetzt mein Traumhaus, und ich mag es so, wie es ist! Ich habe an den Komfort einer Immobilie weniger Ansprüche als mein Mann.«

Ich werde viel alleine hier sein. Helmut hat verstanden, dass ich gerade etwas Abstand und meinen Sport brauche, um die Trennung von Alfonso zu verarbeiten. Aber die Villa wird mir nie selbst gehören, und Helmut würde sich auch nie von mir scheiden lassen, denn das würde der Wähler nicht gutheißen. Und seine katholische Mutter auch nicht, selbst wenn sie mich nicht leiden kann, weil sie sich für ihren Sohn zumindest eine Bürgermeistertochter gewünscht hat.

»Behalten Sie die Zeitschrift bitte«, beharrt die Maklerin und streicht über die Wellen ihrer tizianroten Haare, die sich dabei keinen Millimeter bewegen, »auf Seite fünf ist ein

Artikel über die Objekte, die ich nicht nur verkauft, sondern auch eingerichtet habe.«

Ich schlage das Magazin auf, gleich im ersten Artikel lächelt mir tatsächlich die Maklerin mit ihrer Betonfrisur entgegen, in einem schneeweißen Kostüm und mit mächtig Goldschmuck.

Sie sieht aus wie eine *First Lady*.

Die perfekte Politikergattin.

Und plötzlich habe ich eine phantastische Idee.

»Ich habe es mir überlegt. Ich begleite Sie gerne auf ein kleines Frühstück!«

Das Treffen mit Gloria dauert zwei Stunden, und als ich aus dem Ort wiederkomme und Helmut anrufe, ist er überrascht. Und begeistert.

»Ich freue mich, dass du ein Einsehen hast und das Haus sanieren lassen willst. Die Villa hat Potenzial, sonst hätte ich sie nicht für dich gekauft. Und ich habe natürlich insgeheim gehofft, dass du zur Vernunft kommen wirst.«

»Ja, Helmut, mir ist klar geworden, dass ich nicht allein hier sein möchte. Das macht ja auch auf die Dauer keinen guten Eindruck, oder? Gloria meinte, sie würde sich gerne mit dir kurzschließen, es geht hier schließlich darum, deine Ansprüche an ein luxuriöses Ambiente zu erfüllen. Und sobald Bäder und Küche erneuert sind, fahren wir zusammen hierher, ja? Vielleicht könnte sich auch Gerlinde hier wohlfühlen, was meinst du?«

»Weißt du was, mein Engelchen, weil du plötzlich so vernünftig bist: Jetzt kann ich mir sogar vorstellen, meinen Sommerurlaub am Gardasee zu verbringen. Was sagst du nun?«

»Ich freue mich, Helmut. Dann fühle ich mich hier endlich nicht mehr so allein.«

Ich freue mich wirklich. Und rufe sofort danach bei Gloria an, es wird höchste Zeit, dass sie mit den Planungen beginnt.

»Wir könnten die Zinnen auf der Grundstücksmauer vergolden lassen«, schlägt Gloria bei unserem ersten gemeinsamen Ortstermin vor, doch das ist sogar für Helmut *too much*. Aber ich sehe ihm an, wie sehr es ihm gefällt, dass Gloria solche Ideen hat. Sie trägt heute ein pistaziengrünes Chanelkostüm, das perfekt zu ihrer roten Hochfrisur passt, und gelbe High Heels, mit denen sie auch auf den Pflastersteinen der Auffahrt nicht umknickt. Als sie uns zeigt, wie sie die Luftfilter für die allergikerfreundliche Frischluftanlage in die 60 Zentimeter dicken Mauern integrieren will, legt Helmut kurz seine gepflegte Hand um ihre Taille, die über dem üppig hervorspringenden Hinterteil aussieht wie die Kerben in den Sofakissen, die Gerlinde immer mit der Handkante hineinhaut. Gloria kichert und zieht ihren hochgerutschten Rock ein Stückchen tiefer. Ich schaue an mir hinunter, an meinem Outfit gibt es nichts herumzuzupfen, ich trage meinen schwarzen Sport-BH, darüber eine Kapuzenjacke. Die einzige nennenswerte Erhebung an meinem Körper ist der Lederbesatz meiner Radlershorts, der steif absteht wie ein Entenpo. »Findest du, dass das ein geeignetes Outfit für die Frau an meiner Seite ist?«, hatte Helmut mich heute Morgen bei unserem ersten gemeinsamen Frühstück in der Villa gefragt. Ich hatte mich entschuldigt: »Ich würde nach dem Frühstück gerne mit dem Fahrrad in den Kletterpark rüber, nur für zwei Stunden. Das ist dir doch recht?«

»Fahr nur«, hatte Helmut geseufzt, aber jetzt flüstert er gerade Gloria kopfschüttelnd etwas ins Ohr, und während ich die steile Auffahrt der Villa im Stehen hinunterfahre, um das Holpern der Pflastersteine besser abzufangen, habe ich so ein Gefühl, dass es dabei um mich gegangen ist.

Als ich nach über drei Stunden wiederkomme, mit vom Magnesium weißen Händen und einem nicht unangenehmen Ziehen in den Schultern und den Oberschenkeln, sitzt Helmut mit hochrotem Kopf und aufgeknöpftem Hemd auf dem neuen *B&B-Italia*-Sofa. Gloria ist immer noch da. Sie wringt gerade ein Handtuch aus, um es Helmut auf die Stirn zu legen.

»Helmut«, rufe ich erschrocken.

»Ganz knapp an einem Asthmaanfall vorbei! Ganz schlimmer Heuschnupfen!«, stößt er hervor und schaut mich unter dem Handtuch waidwund an.

Gloria wirft einen schnellen Blick auf mich, den ich nicht deuten kann.

»Mit den neuen Frischluftfiltern werden Sie hier im Haus völlig allergenfrei leben können. Wenn Ihre Sommerferien beginnen, wird alles auf dem neuesten technischen Stand sein. Sobald Sie draußen auch nur das kleinste Problem haben, gehen Sie ins Haus, und Sie werden sich fühlen wie im siebten Himmel.«

Helmut nickt jetzt, wieder zufrieden.

»Das ist allerdings wesentlich mehr Komfort als in Hausham.«

Er wehrt mich ab, als ich ihn umarmen will.

»Amelie, bitte – du musst dich duschen und umziehen, du bist ja völlig nass geschwitzt!«

»Natürlich, Schatz!«

Ich verschwinde im Bad und bin froh, dass Helmut trotz seiner Allergieattacke immer noch vorhat, seine Sommerferien hier zu verbringen. Er hat es wirklich nicht leicht mit mir. Seit fünf Jahren versucht er nun, aus mir die perfekte Politikergattin zu machen, und wir geben beide dabei unser Bestes, aber sind noch nicht ganz am Ziel, ich weiß. Ich muss bereit sein, persönliche Opfer zu bringen, Helmut hat da ganz recht. Den Kater wegzugeben war ein großer Schritt in die richtige Richtung, die alte Villa repräsentativ sanieren zu lassen, damit Helmut seine einflussreichen Freunde hierher einladen kann, ein weiterer. Heute Morgen hat er trotzdem ein wenig resigniert gewirkt, der Ärmste. Aber ich bin gewillt zu lernen.

»Vielleicht ist es Zeit, weniger Sport zu machen und noch mehr Zeit in die *Zirngibl GmbH* zu stecken?«

Das flüstere ich am Abend Helmut ins Ohr, nachdem sich Helmut von seinem Beinahe-Asthmaanfall erholt hat. In der Villa haben wir kein getrenntes Schlafzimmer wie in Hausham, und wir haben sogar Sex, eine schnelle Nummer im Dunkeln. Helmut verschwindet sofort danach ins Natursteinbad. Mein »Helmut, bitte lass mich nie alleine, ich wüsste nicht, was ich ohne dich machen würde!« aber hört er noch.

Alles läuft nach Plan.

Am Morgen des Tages, an dem wir die Villa einweihen wollen, passiert mir ein Ausrutscher, der Helmut sehr erzürnt: Ich lasse mir die Haare abschneiden. Unten im Ort gibt es einen Friseur, der eigentlich mehr Barbier ist als Coiffeur, direkt gegenüber von Alfonsos Namensgeber, der Tierarztpraxis Bicaniere. Ich erkenne durch die Milchglasscheibe der Praxistür schemenhafte Umrisse. Aber obwohl beim Gedanken an ihn der Plastikdrehstuhl des Friseurs unter mir schwitzig wird, mahne ich mich zur Vernunft. Es hat einfach keinen Sinn, sich jetzt einen Liebhaber zuzulegen. Helmut würde sich niemals von mir trennen, er würde nur die Villa sofort wieder abstoßen, mir jede weitere Italienreise verbieten, und dann hätte ich gar nichts mehr, was mir Freude bereitet. Und so zeige ich nur mit meinen Fingern, dass ich gerne einen sehr kurzen Haarschnitt hätte, und der freundliche ältere Friseur, der kein Wort Deutsch oder Englisch versteht, verbeugt sich alle zehn Sekunden, während er meine Haare auf ein paar Millimeter herunterschneidet.

Helmut schnappt nach Luft, als er mich mit dem rasierten Kopf sieht, und ich muss selbst zugeben, dass ich jetzt aussehe wie ein Gassenjunge. Das cremefarbene, wallende Chiffonkleid, das Helmut mir extra für die *Housewarming-*

Party aus Salzburg mitgebracht hat, wirkt an mir wie ein Perserteppich in einem Geräteschuppen.

»Ich wünschte wirklich, du würdest dich um etwas mehr Weiblichkeit bemühen! Ich muss ja bald aufpassen, dass nicht das Gerücht umgeht, ich würde auf kleine Jungs stehen!«

Ich senke den Kopf, aber keine Haare können mehr die Röte verbergen, die mir ins Gesicht steigt, dann verschwinde ich im Keller. Dort ist die Schaltzentrale für die Luftfilteranlage, und ich sehe nach, ob damit auch alles in Ordnung ist. Daneben haben wir den Weinkeller eingerichtet, aber ich fange mir die nächste Schelte von Helmut ein, der meint, ich habe da unten nichts zu suchen, weil er für die Feier extra zwei Sommeliers bestellt hat. Danach weiche ich lieber nicht mehr von seiner Seite und begrüße die ersten Gäste. Ich lächle nach allen Seiten und nehme die Komplimente für die Luxussanierung entgegen. Ich reiche sie weiter an Gloria, die einen meergrünen Smoking aus Wildseide trägt, in dem ich wahrscheinlich aussehen würde wie ein Fünfzehnjähriger auf einem Kostümfest, der aber an ihr barock statt burschikos wirkt.

»Nein, diese große Glasfront ist nicht historisch, die haben wir nachträglich einbauen lassen.«

»Ja, wenn wir wollten, könnten wir hier auch Öl pressen, allerdings kocht meine Schwiegermutter am liebsten mit Schmalz.«

»Nein, den Kamin befeuern wir nicht mehr, er würde die Temperaturfühler unserer Frischluftdusche beeinflussen!«

Ich trinke brav mindestens drei Gläser Champagner und freue mich mit Helmut, als nicht nur der Bürgermeister von Miesbach, sondern sogar Stoibers Tochter samt Verlobtem kommt. Ich bin auch die Erste, die Helmut eine Serviette reicht, als er das erste Mal niest. Und die ihn diskret in eine Ecke führt und ihn mit dem Gesicht zur Wand dreht, als das Niesen sich zu einem Anfall ausweitet und Helmuts Nebenhöhlen sich zu ergießen scheinen wie eine Schleuse am nahe gelegenen Toblino-Stausee. Ich reiche ihm sein Histaminspray, tupfe ihm den Schweiß von der Stirn und bin bestürzt.

»Woher kann ein solcher Anfall nur kommen? Ausgerechnet jetzt? Armer Schatz!«

»Es ist dieses Scheißhaus!«

Helmut zieht den Rotz geräuschvoll die Nase hoch.

»Ich wette, das steckt hier noch im Gemäuer! Jahrhundertealter Hausstaub! Pollen! Warum musstest du auch unbedingt so eine Ruine wollen!«

Das Histamin hilft. Nach ein paar Minuten geht es Helmut besser, er platziert sich vorsorglich unter der Klappe des Frischluftfilters und klopft an sein Weißbierglas, um eine launige Ansprache zu halten.

»Servus, meine Lieben, herzlich willkommen, meine sehr verehrten Gäste.«

Ich nicke beifällig. Helmut hat wirklich großes Talent, den Leuten respektvoll und gleichzeitig vertraulich zu begegnen. Ich winke unauffällig die letzten Gäste in ihren sommerlichen Cocktailkleidern und Abendanzügen ins Haus und schließe die Terrassentüren, auch wenn mich die meisten befremdet ansehen.

»Es ist wegen meinem Mann«, flüstere ich einer Cousine der Familie Rodenstock zu, der ich ansehe, dass sie sich ein wenig eingesperrt fühlt, »er ist einfach zu allergisch.«

»... brauche ich nicht extra zu betonen, dass Sie alle, meine sehr verehrten Parteifreunde, Nachbarn, Unternehmerkollegen, hier in unserer neuen italienischen Bleibe jederzeit willkommen sind! Sehen Sie diese Villa nicht als unser Ferienhaus, nein, sehen Sie es als Ihr persönliches Gästehaus, dessen Annehmlichkeiten Ihnen jederzeit ... jederzeit ... jehaaa ...«

Die ohrenbetäubende Eruption aus Helmuts Stirnhöhlen und das nachfolgende Klirren lassen die Damen schützend die vielfach beringten Hände über die Champagnergläser halten, und ich mache mir Vorwürfe, dass ich nicht mehr Taschentücher bereitgelegt habe. Denn obwohl Helmut sein Weißbierglas am Boden zerschellen lässt, um sich reflexartig die Hände vor Mund und Nase zu schlagen, kann er den Schwall an Schleim und Rotz, der urplötzlich aus seinen Nasenlöchern dringt, nicht gänzlich aufhalten. Die ersten Gäste beginnen, sich tuschelnd abzuwenden. Als Helmut den Fehler macht, seine Hände kurz vom Gesicht zu nehmen, und dabei eine erstaunliche Menge an Körperflüssigkeit sein plötzlich krebsrotes Gesicht hinunterläuft, kann ich aus dem Augenwinkel sehen, wie Gloria hektisch am Schaltkasten des Frischluftfilters herumfummelt. Und die Stoibertocher ihren Verlobten am Ärmel zupft und mit dem Kinn Richtung Haustür weist.

Ich stürze zu Helmut, greife in der Eile eine der Damastservietten vom Buffet und stoße mit Gloria zusammen, die ihm ihr gelbes Einstecktuch entgegenstreckt.

»Helmut!«, rufen wir beide gleichzeitig, aber Helmut würdigt mich keines Blickes. Er zieht Glorias winziges Taschentuch meiner Serviette vor und wischt damit wenig erfolgreich in seinem Gesicht herum. Aus seinen Augen laufen Tränen, von denen ich nicht sagen kann, ob sie allergischer oder wütender Natur sind.

»Du und deine Scheißvilla!«, stößt Helmut hervor. Es ist leider deutlich zu verstehen, trotz der zischenden und blubbernden Nebengeräusche, die sein Atmungsapparat produziert. Und als Helmut entschuldigend den Arm nach dem stellvertretenden Chefredakteur der Münchner Abendzeitung ausstreckt und der sich peinlich berührt ans Buffet flüchtet, stößt Helmut einen Laut aus wie ein angeschossenes Wildschwein und rennt die gemauerte Treppe hoch. Gloria schreit: »Helmut! Nun beruhige dich doch!«, und rennt ihm hinterher. Dabei wäre das doch eigentlich mein Part gewesen. Ich sehe den beiden hinterher, wieder verblüfft, wie flink diese Frau auf ihren Stilettos unterwegs ist, und finde es erstaunlich, dass Helmut offensichtlich mir die Schuld an diesem Desaster gibt und nicht der tollen Einrichtungsspezialistin Gloria Habersack, die schließlich die Frischluftanlage eingebaut hat.

Mir bleibt nur noch, mich an das Tor der Einfahrt zu stellen, durch das unsere Gäste eilig hinausdefilieren, um ihre zwischen den Zypressen geparkten Karossen zu finden. Meine Entschuldigungs- und Abschiedsworte werden überlagert vom eiligen Piepen der sich öffnenden Autotüren.

»Sie müssen sich unbedingt die Zitronengewächshäuser in Limone sul Garda ansehen, bevor Sie nach München zurückfahren«, rufe ich der Rodenstock-Cousine noch nach, doch sie umklammert nur den Arm ihres Mannes und senkt den Kopf, ohne sich noch einmal umzudrehen. Und während das letzte Brummen der starken Motoren verklingt und nur noch ein Fiat Spider mit der Aufschrift *Studio Interior Habersack* neben einem Oleander steht, klackern Glorias Absätze auf dem Steinpflaster, und sie kommt die Treppe hinunter. Der enge Blazer ihres Abendanzugs scheint noch knapper zu sitzen. Das liegt wohl daran, dass der oberste Goldknopf kein entsprechendes Knopfloch gefunden hat und offen steht, sie scheint sich verknöpft zu haben. Ich könnte schwören, dass ihr der Ausschnitt auf der Party gerade eben noch nicht so verrutscht war. Aber ich habe keine Zeit, mir Gedanken über die tiefe Kluft zu machen, die sich zwischen ihren in die Freiheit drängenden Brüsten auftut, denn Helmut folgt Gloria auf dem Fuß, und er trägt kein Sakko mehr, aber sein Histaminspray in der einen und einen kleinen Koffer in der anderen Hand.

»Ich muss hier raus!«, ist das Einzige, was er zu mir sagt, und Gloria sieht mir nicht in die Augen, sondern öffnet nur die Beifahrertür des Fiats. Helmut keucht ein wenig, weil er seinen Bauch zusammenfalten muss, aber er steigt erstaunlich behände ein. Gloria startet den Wagen und wendet mit quietschenden Reifen. Sie winken mir nicht einmal.

Der Abendwind ist immer noch warm, er bauscht die verschwenderisch drapierten Falten meines Abendkleides und streichelt meinen haarlosen Nacken. Ich lasse mich auf die Treppe sinken, umschlinge meine Knie mit beiden Armen und sehe den zwei roten Lichtern nach, bis sie sich nicht mehr unterscheiden von dem aufglimmenden Leuchten der Glühwürmchen.

Zwei Monate später bin ich immer noch hier. Helmut fehlt mir irgendwie, und auch die Aufkleber. Ich habe gern für die *Zirngibl GmbH* gearbeitet. So habe ich das jedenfalls dem Scheidungsanwalt erzählt, den mir die Vorsitzende des hiesigen Klettervereins empfohlen hat. Nur gut, dass seit heute meine neue Webseite online ist. Ich klicke sie an, und sie baut sich so schnell auf, wie ich mir das vom Provider gewünscht habe. Die Überschrift »Einfach selig am Gardasee: Klettern und Wohnen für die Sinne« taucht innerhalb kürzester Zeit auf dem Bildschirm auf, ebenso wie der Name meiner neuen Firma *Luft und Liebe* und die 360-Grad-Ansicht der Villa mit den umgebenden Bergen und dem Tal, in dem der See verheißungsvoll glitzert. Ich bin zufrieden, dass das WLAN funktioniert, obwohl die Bauarbeiten noch im Gang sind. Denn ich lasse die Glasfront wieder zumauern. Ich fand sie von Anfang an zu modern und ungemütlich. Der Bauunternehmer hatte sich damals über die zweihundert Euro gefreut, die ich ihm hinter Glorias Rücken zugesteckt hatte, weil er die alten Ziegel sorgfältig aufheben sollte. Für die Zeit, in der die Villa mir gehören würde. Die Summe, auf die mein Scheidungsanwalt gekommen war, als er die fünf Jahre unterbezahlte Kreativarbeit für die *Zirngibl GmbH* aufrechnete, hatte selbst mich erstaunt. Aber Helmut hatte sie anstandslos gezahlt und mir das Haus überschrieben, wahrscheinlich damit Glorias Umzug nach Hausham so unauffällig und so schnell wie möglich vollzogen werden konnte.

»Und, wie geht es meinem Patienten?«, fragt der dunkelhaarige Mann, der hinter mich getreten ist und mir über den Flaum im Nacken streichelt.

»Gut! Alfonso hat die Reisekrankheit gut überstanden. Ich glaube, dass es ihm auf dem Hof meiner Eltern prächtig ergangen ist. Nur die lange Autofahrt hat ihm nicht gutgetan. In dem alten Bauern-Benz ist mir als Kind auch immer schlecht geworden.«

Ich schmiege meinen Hinterkopf an das schwarze T-Shirt, und schaue nach oben, in das braun gebrannte Gesicht, in dem die hellgrauen Augen noch leuchtender wirken.

»Ich muss mir nur überlegen, wen von euch beiden ich umtaufe – dich oder den Kater? Sonst kommt ihr immer beide angelaufen, wenn ich euch rufe!«

»Wäre das denn so schlimm?«, lacht der Mann, der sich in den letzten Jahren keine Spur verändert hat, und hält einen kleinen Stoffsack hoch, der oben fest zugeschnürt ist.

»Den habe ich im Weinkeller gefunden, neben der Klimaanlage. Wozu wolltest du den eigentlich von mir haben?«

»Oh. Du meinst die Tierhaare? Es war sehr nett von dir, in deiner Praxis so viele für mich zu sammeln! Ich habe sie gebraucht, um etwas zu testen. Einen Frischluftfilter.«

»Brauchst du noch mehr davon?«

»Nein.«

Ich schüttle den Kopf.

»Zwei Handvoll daraus haben genügt. Der Test hat wunderbar funktioniert.«

Und um das Thema zu wechseln, locke ich die Katze, die bereitwillig auf meinen Schoß springt, und küsse sie in den Nacken, und mein neuer Freund beugt sich vor, um dasselbe bei mir zu tun.

Blanca Imboden

Tausendmal berührt

Heute ist einer dieser Tage, auf die ich gut und gerne verzichten könnte: eine nutzlose Ansammlung von Stunden.
Nur auf meine schlechte Laune ist Verlass. Nicht einmal
das Wetter findet statt. Die Nebelwolken hängen tief zwischen den Bergen, erdrückend, als lägen sie auf meinem
Gemüt. Hier im Einkaufszentrum merke ich allerdings
nichts davon. Künstliches Licht, schlechte Belüftung. Wäre
ich eine Kuh, würde wohl der Tierschutz gegen diese Art
der Haltung protestieren. Aber ich bin halt nur eine Buchhändlerin.

Die Buchhandlung ist heute leer, als gäbe es keine Leser
mehr. Laden jetzt alle nur noch E-Books aus dem Internet
herunter? Ich blättere gedankenverloren in einem Reiseführer von Kenia. Nein, ich will da nicht hin. Jedenfalls nicht
unbedingt. Aber fort möchte ich schon. Einfach weit weg.

Ja, ich weiß: Man nimmt sich selber mit, wenn man bloß
flüchtet. Die Probleme folgen einem auf den Fersen. Trotzdem gibt es einfach Zeiten, da denkt man, überall müsste
es besser sein als hier, wo man gerade ist.

»Ein Königreich für deine Gedanken«, erschreckt mich
Felix und stupst mich in die Seite. Er arbeitet im Geschäft
nebenan und verkauft Sportartikel.

»Ach, so viel sind die nun wirklich nicht wert«, lache ich
ausweichend. Felix schaut auf meine Lektüre.

»Aha, Fernweh. Das ist ja mal ganz was Neues.«

»Luftveränderung, andere Menschen ... keine Ahnung.«
Ich stelle achselzuckend den Reiseführer ins Regal zurück.
»Ich wollte nur fragen, ob du auch um zwölf zum Mittagessen kommst«, sagt Felix.

Ich habe keinen Appetit. Außerdem habe ich zugenommen, seit ich Liebeskummer habe. Aber ich sage zu. Felix ist mein bester Freund, und ich will ihn nicht vergraulen. Er hat immer Hunger und gute Laune. Felix tut mir gut.

Seit mich Gregor verlassen hat, völlig unerwartet, ohne Vorwarnung, stehe ich irgendwie neben mir. Statistisch gesehen sind es ja meist die Männer, die verlassen werden und dann sagen, es sei doch immer alles perfekt gewesen, weil sie eben nie etwas merken. Aber bei uns war immer alles perfekt. Ich verstehe die Welt nicht mehr. Und Gregors neue Frau ist nicht etwa jünger und schöner als ich. Nein, sie ist älter und dicker. Darüber mache ich mir wirklich Gedanken. Es muss also um innere Werte gehen. Was ist an meinen inneren Werten nicht in Ordnung? Gregor hat mir den Boden unter den Füßen weggezogen.

Ich stochere lustlos in meinem Teller Spaghetti herum. Felix wird mir schon beim Essen helfen, wenn ich nicht mehr kann. Er treibt so viel Sport, dass er die zusätzlichen Kalorien locker verkraftet.

»Schau mal, Kim, was bei uns vorhin in der Post war!«
Er wedelt mit einem bunten Prospekt vor meiner Nase herum.

»Teneriffa!« Was soll ich auf Teneriffa?
»Du wolltest doch weg. Dies ist eine Single-Reise. Du lernst nette Leute kennen und bist nicht ständig von verliebten Paaren umgeben. Sonne, Meer, Berge. Teneriffa ist schön, und die letzten Plätze werden günstiger angeboten!«
Single-Reise! Also bitte!
Allerdings klingt der Gedanke verlockend, den Sommer

zurückzuholen, jetzt im November, wo es hier nur grau und kalt ist.

»Okay, ich nehme ihn mal mit«, sage ich zu Felix und stecke den Prospekt ein. Tatsächlich hätte ich noch Resturlaub.

»Aber wenn du dort die große Liebe findest, Kim, dann darf ich euer Trauzeuge sein«, stellt Felix lachend zur Bedingung. »Und vergiss dann nie, wer euch zusammengebracht hat.«

»Ja, ja, Scherzkeks!«

Ich wuschle mit der Hand durch seinen wilden Lockenkopf. Ich weiß, dass er das nicht mag. Manchmal geht es eben mit mir durch. Ich mag ihn wirklich sehr. Felix ist der Beweis, dass es Freundschaft zwischen Frau und Mann sehr wohl gibt. Wir arbeiten im gleichen Einkaufszentrum und haben uns am letzten Personalfest kennengelernt. Seither treffen wir uns ab und zu zum Mittagessen, besuchen einander kurz während der Arbeit und kommentieren gegenseitig unsere Facebook-Einträge. Ein paarmal war ich dabei, wenn er mit seinen Freunden leichte Wanderungen oder Ausflüge machte.

Felix ist im Moment einer der Pluspunkte in meinem Leben. Was hält mich denn sonst noch aufrecht? Meine Familie jedenfalls nicht. Meine Eltern trennen sich gerade, nach über dreißig Ehejahren. Ich halte mich fern, weil ich es hasse, ständig in die Grabenkämpfe mit einbezogen zu werden. Das Haus, in dem ich wohne, wird gerade teilsaniert. Das Leben auf einer Baustelle ist eine ständige Prüfung. Um meine Finanzen steht es schlecht. Dass Gregor ausgezogen ist und ich die ganze Miete alleine bezahlen muss, belastet mein Budget enorm. Als Buchhändlerin verdient man einfach zu wenig. Und der Job... na ja. Bloß weil man Bücher liebt, sollte man nicht Buchhändlerin werden. Man wird ja auch nicht Fleischverkäuferin, bloß weil man Grillwürste mag.

»Kim, wo sind Sie bloß mit Ihren Gedanken!«, fährt mich Sabine an. Meine Chefin ist meist wirklich nett. Nur ab und zu hat sie Launen, die kaum zu ertragen sind.

»Bitte kommen Sie kurz ins Büro!«

Meine Gedanken rasen. Habe ich Fehler gemacht, und wenn ja, wie viele? Meine Chefin blickt stirnrunzelnd auf unsere Arbeitspläne im Computer.

»Kim, Sie wissen, dass wir im Dezember alle durcharbeiten müssen. Sie haben immer noch zu viel Resturlaub, obwohl ich Sie mehrmals darauf hingewiesen habe. Sie wissen, dass Sie diese Ferientage nicht ins neue Jahr übertragen können?«

Ich weiß. Ich hatte im September eine große Reise mit Gregor geplant. Aber wer will schon alleine Ferien machen, im Zustand akuten Herzschmerzes? Nein, da ging ich lieber arbeiten. Dafür hatte sogar Sabine Verständnis. Wie gesagt: Sie ist meist völlig in Ordnung. Jetzt blickt sie mich abwartend an. Ich überlege nicht lange.

»Oh, Sie haben völlig recht. Ich könnte ab nächstem Montag eine Woche freinehmen. Dann wäre ich anschließend richtig fit für den Weihnachtsstress«, biete ich großzügig an, und vor meinem geistigen Auge sehe ich mich schon auf Teneriffa sonnenbaden. Jetzt hellt sich die Miene meiner Chefin erheblich auf.

»Ja, das ist wunderbar. Danke. So machen wir das.«

Buchen – Packen – Abflug.

Genau so fühlt es sich an.

Ich sitze im Flieger und hatte noch nicht einmal Zeit, den Reiseführer von Teneriffa zu studieren. Verreisen ist wirklich gut. Was kann einen besser vom Herzschmerz ablenken als Reisefieber? Ich war nie eine Last-Minute-Reisende. Meine Ferien wurden bisher immer akribisch vorbereitet. Diesmal ging alles irgendwie zu schnell.

Neben mir sitzt eine schweigsame Dame und strickt. Ob sie auch ein Single aus unserer Gruppe ist?

Ich blättere nervös im Reiseführer.

Teneriffa. Größte der Kanarischen Inseln. Bevölkerungsreichste Insel Spaniens. Vulkanischen Ursprungs. Ewiger Frühling. Höchster Berg Spaniens: der Teide. Spanien, und doch näher bei Afrika. Fünf Millionen Touristen im Jahr.

»Bist du Kim?«

Ich habe mich noch nicht einmal eingelesen, da werde ich schon unterbrochen. Eine kleine, zierliche Frau mit kurzen Haaren steht vor mir.

»Ich bin Gaby, die Reiseleiterin von Herz-Reisen.«

Herz-Reisen! Warum sagt sie das so laut? Man muss sich ja schämen.

»Und bist du Hildegard?«, fragt sie meine strickende Sitznachbarin. Wir lachen uns verlegen an. Die Dritte im Bunde sitzt am Fenster, Sabrina. Wir schütteln uns die Hände.

»Ich warte dann bei der Gepäckausgabe auf euch. Hier habe ich ein Formular. Wäre nett, wenn ihr das gleich ausfüllen könntet. Die Daten bleiben garantiert bei mir. Die Blätter sammle ich noch vor der Landung wieder ein.«

Wir nicken und nehmen gehorsam die Formulare entgegen.

Meinen Vornamen habe ich schnell eingetragen. Kim. Drei Buchstaben. Dann kommen Alter, Interessen, Beruf. Weiter unten kann ich verschiedene Charaktereigenschaften ankreuzen, die mir bei einem Mann wichtig sind. Damit tue ich mich schwer. Will ich einen Mann, der häuslich ist? Vielleicht ist er dann nur schwer mit seiner Bierflasche vor dem Fernseher wegzulocken. Aber wenn ich das nicht ankreuze, fällt ihm vielleicht schon die Decke auf den Kopf, wenn er einen Abend zu Hause verbringen muss. Genauso schwierig ist es mit Adjektiven wie sparsam, sportlich und anhänglich. Meine Sitznachbarinnen haben sich konzentriert über ihre Formulare gebeugt. Hildegard streckt sogar ein wenig die

Zunge heraus, so sehr strengt sie sich an, die Kreuze an die richtigen Stellen zu malen. Ich gebe mir also auch Mühe. Kann man mich ernsthaft als sportlich bezeichnen? Felix würde lachen. Und bin ich häuslich? Nein. Auf keinen Fall will ich in die Heimchen-am-Herd-Schublade gesteckt werden.

Eines hat Gaby geschafft: Der Flug, der ohnehin nur vier Stunden dauert, vergeht im Nu.

Der erste Eindruck von Teneriffa ist eine angenehme Überraschung: Palmen und Meer, direkt am Flughafen! Wenn der Pilot seine Maschine etwas länger hätte ausrollen lassen, würden wir schon baden. Es ist warm, und ein leichter Wind weht. Ich fühle mich beschwingt. Hier riecht es nach Ferien und Abenteuer.

Gaby steht beim Gepäckband und hält ein Schild mit einem roten Herzen drauf. Peinlich, echt. Nach und nach bildet sich eine Menschentraube, und Gaby schickt uns mit dem Gepäck zum Ausgang. Hier ist die Hölle los. So viele Menschen fliegen im November hierher? Das ist sicher ein gutes Zeichen. Im Bus erklärt Gaby:

»Die meisten Leute sind Badeferiengäste und bleiben hier im Süden, wo es wärmer ist. Hier ist alles mit Hotels zugebaut. Einige fahren mit der Fähre rüber nach Gomera. Unser Hotel steht im Norden, wo es ruhiger ist.«

Wir fahren in den Norden, weil es dort ruhiger ist?

»Es ist auch viel grüner im Norden. Ihr werdet es direkt sehen, wenn wir die Wetterscheide überqueren. Teneriffa hat viele Wetter, viele Klimazonen. Eine spannende Insel.«

Ich kann es nicht fassen, dass wir im Norden wohnen müssen, wo ich mich doch so sehr nach Sonne und Wärme sehne. Für mich muss es nicht besonders grün sein. Ich könnte gut mit einer leicht vertrockneten Vegetation leben. Außerdem brauche ich auch nicht wirklich Ruhe.

Hildegard, die sich an meine Fersen geheftet hat, seit wir

das Flugzeug verlassen haben, sitzt schweigend und blass neben mir im Bus. Nervös spielt sie mit ihren Fingern.

»Ich habe so etwas noch nie gemacht«, sagt sie leise zu mir. Ja, denkt sie denn, ich würde regelmäßig Single-Urlaub buchen? Gott bewahre! Wir fahren auf einer Autobahn mit Meerblick. Der Atlantik produziert schaumige Wellenkronen für uns. Wir passieren Windräder und Gewächshäuser.

»Ich dachte eigentlich, wir Schweizer hätten die Berge erfunden, kurz vor dem Ricola«, sagt ein Mann, der hinter mir sitzt. »Aber hier ist es ja total gebirgig.« Stimmt.

Gaby, die Reiseleiterin, erklärt:

»Hier steht sogar der höchste Berg Spaniens, der Teide. Der Passatwind bringt viel feuchte Luft an die Berge. Sie staut sich dann im Norden und entlädt sich oft. Daher ist es hier so grün. Der Teide versteckt sich gerne im Nebel. Oberhalb und unterhalb des Nebels kann es trotzdem total sonnig sein.«

Ich höre immer Nebel und feuchte Luft. Tatsächlich verschwindet die Sonne plötzlich, und als wir nach einer Stunde vor Puerto de la Cruz ankommen, ist es ziemlich düster geworden.

»Wir wohnen leider im hässlichsten Hotel der Gegend. Das Maritim ist ein blauer Wolkenkratzer mit achtzehn Stockwerken. Ihr seht ihn schon von Weitem«, erzählt Gaby und tröstet dann: »Wenn man drin ist, merkt man davon nichts mehr. Der Klotz steht auf einem Felsen, praktisch im Meer. Eure Zimmer haben Meerblick vom Feinsten. Auch die Bar und unsere Begegnungsräume geben einem ein herrliches Meergefühl, fast wie auf einem Schiff.«

Ich lächle in mich hinein und ergebe mich dem, was kommen wird. Ich schüttle den Kopf über die Idee, mit dieser komischen Herz-Firma zu verreisen. In Gedanken tippe ich meine E-Mail an Felix. Wenn er schon ewige Dankbarkeit erwartet, falls ich hier die Liebe meines Lebens treffe, werde ich ihn auch für alle misslichen Umstände zur Verantwortung ziehen.

Felix. Wenn er wenigstens hier wäre. Wir könnten zusammen über alles lachen.

Unser Hotel ist so hässlich wie beschrieben, und wir fahren gnadenlos darauf zu. Der Bus hält, und wir steigen aus, schicksalsergeben. Wir werden zuerst in die Bar geleitet zu einem Willkommenstrunk. Tatsächlich ist die Bar ein eleganter Glaspalast. Ich schaue aufs Meer und bin beeindruckt von den hohen Wellen. Noch neugieriger bin ich allerdings auf die anderen Teilnehmer. Zehn Frauen und zehn Männer waren angekündigt. Die Leute mustern sich gegenseitig. Einige stellen sich vor, prosten sich zu. Zu viele Namen. Zu viele Gesichter. Bisher konnte ich mir nur Hildegard und Sabrina merken. Hildegard ist eine blonde Schöne, mit langem Haar, Sabrina ein dunkler Typ und wohl die Jüngste hier. Gaby meldet sich zu Wort:

»Heute Nachmittag können Sie tun und lassen, was Sie wollen. Der Pool ist geheizt. Der Hotelbus bringt Sie ins Städtchen. Sie können auch am Meer entlangspazieren. Baden im Meer ist zurzeit wohl nicht möglich.«

Abends findet das Essen um sieben statt.

»Danach treffen wir uns um halb neun im Raum Teide, im Untergeschoss, wo wir ein Speed-Dating machen, damit sich alle kurz kennenlernen.«

Wir stürmen zur Rezeption, wo wir gegen Vorlage der Pässe unsere Schlüssel bekommen. Ich wohne im elften Stock. Hildegard hat das Zimmer neben mir bekommen und ist erleichtert.

»Ich könnte mich hier glatt verlaufen«, meint sie, eingeschüchtert von dem Hotelklotz.

Speed-Dating! Ich schreibe eine SMS an Felix:

Was habe ich mir da angetan? Hässliches Hotel, schlechtes Wetter und heute Abend SPEED-DATING. War das nicht alles DEINE Idee???

239

Felix antwortet postwendend:

Schau dir alle an, die Typen, und schnapp dir den Besten! Erwarte anschließend Bericht. Detailliert.

Felix zaubert wieder ein Lächeln in mein Gesicht.

Das Hotel ist wirklich nicht hässlich, wenn man mal drin ist. Ich habe ein geräumiges, sauberes Zimmer, und auf dem Balkon muss ich einen Moment lang die Luft anhalten, weil ich von der Aussicht so ergriffen bin.

Nach dem Abendessen sitzen wir Frauen an einem ganz langen Tisch im Kerzenlicht. Die Männer sitzen gegenüber. Alle fünf Minuten werde ein Gong ertönen, und dann müssten die Männer die Plätze wechseln.

»Verschwenden Sie die Zeit nicht, um biografische Daten auszutauschen. Überlegen Sie sich Fragen, direkte, vielleicht knifflige, persönliche. So bekommen Sie in kurzer Zeit einen Eindruck von Ihrem Gegenüber«, rät uns Gaby.

Ich bin jetzt doch ein wenig nervös. Vielleicht wird mir gleich meine große Liebe gegenübersitzen? Was, wenn ich alles vermassle? Oder es gar nicht merke? Auf einem Blatt soll ich notieren, welcher Mann mich ein wenig interessiert, gar nicht oder sehr.

»Morgen werden wir einen Ausflug machen. Ich werde über Nacht diese Kreuze auswerten und Pärchen zusammenstellen. Diese werden sich morgen im Bus zusammensetzen. Gebt euch dann einfach mal eine kleine Chance, locker, unverkrampft. Wer weiß ...«

Meine Güte! Das wird ja eine totale Kuppelei. Jetzt klopft mein Herz so richtig. Im Moment sitzt mir Sven gegenüber. Sein leicht angegrauter Bart gefällt mir. Er sieht gemütlich aus, friedliebend. Seine Augen lächeln immer, egal was der Rest des Gesichtes tut.

»Was sind deine inneren Werte?«, frage ich keck. Lange hatte ich an dieser Frage herumstudiert.

»Ich bin ein zuverlässiger Mann, ernsthaft, wenn es sein

muss. Aber ich finde immer Gründe zu lachen, notfalls auch über mich selber«, erzählt Sven. Ich habe ihn überhaupt nicht aus der Fassung gebracht. »An einer guten Beziehung muss man arbeiten. Ich bin bereit dazu.«

Nett. Sven gefällt mir. Aber arbeiten möchte ich eigentlich nicht. Jedenfalls nicht schon am Anfang einer Beziehung. Da sollte man doch noch auf Wolke Sieben schweben. Sven ist Primarlehrer, sucht aber grad nach einer neuen Perspektive im Leben, würde eventuell sogar eine neue Ausbildung anfangen.

»Warum bist du hier?«, will er wissen.

Ich antworte ehrlich: Liebeskummer, Flucht, Lust auf Sonne, Resturlaub.

Fünf Minuten sind schnell rum. Doch, den Sven würde ich gerne kennenlernen. Aber was hat er wohl angekreuzt?

In fünfzig Minuten lerne ich also zehn Männer kennen. Verrückt!

Alex ist mir auch sehr positiv aufgefallen, mit seinem dunklen Krauskopf und seinem strahlend weißen Lächeln. Ob er sich seine Zähne bleichen lässt? Er beschreibt sich als optimistisch. Das Glas sei immer halb voll für ihn. Er könne dieses Gefühl auch anderen weitergeben. Das sei seine größte Stärke, erzählt er selbstbewusst, ohne überheblich zu wirken. Ich erfahre, dass er Mentaltrainer ist. Und ja, er habe seine Zähne gebleicht, und sogar seine Haare seien gefärbt.

»Ich halte so viele Vorträge, Seminare, stehe vor Leuten, muss mich verkaufen. Da hilft es, wenn man sich besser fühlt.«

Für seine Offenheit bekommt er von mir noch ein paar Zusatzpunkte.

Thomas gefällt mir ebenfalls. Auch wenn seine langen Haare etwas wild wirken. Er schreibt Bücher. Ist er Bestsellerautor, oder nagt er am Hungertuch und träumt davon, irgendwann für seine kläglichen Gedichte einen Verlag zu finden? Sucht er eine Frau, die ihn aushält? Egal. Man kann wirklich gut mit ihm reden. Wir lachen sogar und albern herum. Seine Augen sind fast verboten blau. Man könnte darin versinken. Ich blicke hinein und denke, dass mit Thomas alles möglich wäre.

Ein spannender Abend.

Nur frage ich mich natürlich zwischendurch:

Warum sind sie hier, diese sympathischen, lockeren Männer wie Sven, Thomas und Alex? Warum sind sie nicht längst in festen Händen?

Bei anderen Männern ist das leicht feststellbar. Der stämmige Paul findet, Frauen gehörten an den Herd. Er ist Lastwagenfahrer, und wenn er heimkommt, möchte er, dass jemand in seiner Wohnung mit einem guten Essen auf ihn wartet. Er hat dann auch keine Lust auf Ausgehen und Reisen. Kann ich ja verstehen. Nur mache ich trotzdem bei Paul ein dickes Kreuz, sodass ich sicher keine Zeit mehr mit ihm verbringen muss. Dasselbe gilt für Christian, der zehn Jahre jünger ist als ich. Brian ist mir sogar richtig unangenehm. Er will nur über Sex reden, und er nimmt wohl öfter an solchen Reisen teil, um möglichst leicht Frauen aufzureißen. Roberto erzählt mir in der kurzen Zeit seine ganze Scheidungsgeschichte. Das geht ja gar nicht!

Trotzdem: Ich bin angenehm überrascht. Die meisten Männer sind gepflegt, höflich, interessant. Vielleicht wird die Woche hier ja doch noch spannend.

Zum Abschluss gibt es in der Bar noch einmal ein Glas Sangria. Ich sehe, wie Sabrina bereits umschwärmt wird. Hildegard weicht wieder nicht von meiner Seite. Sie findet, die Männer hier seien alle recht eigenartig. Aber sind wir das nicht alle, wenn wir uns auf so eine Reise einlassen?

Ich setze mich noch kurz an den Hotelcomputer und schreibe ein paar Zeilen an Felix.

Männer, die schnellen Sex suchen oder ein Heimchen am Herd.

Wo hast du mich da bloß hingeschickt? Dazu ein Atlantik, der uns mit meterhohen Wellen vom Baden abhält.

Er scheint auf meine E-Mail gewartet zu haben und antwortet umgehend.

Bei zehn Männern wird doch wohl ein Normaler dabei sein? Hast du auch richtig hingesehen? Was suchst du eigentlich?

Ja, was suche ich eigentlich?

Einen Mann, mit dem man romantische Stunden verbringen kann, notfalls aber auch mal Pferde stehlen könnte, vielleicht auch nur ein ganz kleines, ein Pony.

Felix meint: *So einer müsste doch dabei sein???*

Worauf ich antworte: *Aber genau der hat mich vielleicht dann gar nicht angekreuzt.*

Felix: *ALLE haben dich angekreuzt. Wetten? Du bist eine schöne Frau, intelligent, belesen, offen für Neues. Kim, du bist der Volltreffer. Also verkaufe dich nicht unter deinem Wert. Notfalls stehle ich mit dir ein Pony.*

Felix ist süß. Den hätte ich jetzt gerne hier. Wir könnten zusammen aufs Meer hinausschauen mit einem Glas Sangria in der Hand, völlig entspannt und vertraut. So gehe ich eben ins Bett und höre noch eine ganze Weile den Wellen zu.

Nach einem Frühstück neben Hildegard treffen wir uns in unserer Wanderkleidung vor dem Hotel. Beim Einsteigen in den Bus gibt Gaby die Sitznummern durch. Es ist aufregend. Und dann kommt's: Der mir zugeteilte Partner ist Paul, der Lastwagenfahrer. Fast möchte ich laut aufschreien:

»Ich habe den sicher nicht angekreuzt!!!«

Stattdessen schweige ich schockiert. Wofür dieses ganze Speed-Dating, wenn ich dann neben Paul sitzen muss, der ein Heimchen am Herd sucht? Auch er schaut leicht irritiert aus seinem karierten Hemd, wuchtet sich dann aber schicksalsergeben neben mich.

»Wer hätte das gedacht?«, sagt er und tätschelt mit seiner

Pranke meinen Oberschenkel. Ich nehme eine Prise von seinem Achselschweiß und beschließe, hier und jetzt den Bus zu verlassen. Da kommt Gaby wie ein aufgescheuchtes Huhn durch den Gang und wedelt mit ihrer Liste.

»Ich habe alles durcheinandergebracht. Entschuldigt!«

Sie gibt andere Nummern bekannt und stellt die Paare neu zusammen. Jetzt bekommt Hildegard den Lastwagenfahrer. Das scheint mir irgendwie zu passen. Mir wird Thomas, der Schriftsteller, zugeteilt. Na also. Geht doch.

»Wir fahren heute in die Bananenplantagen. Ich werde euch zeigen, warum die Banane krumm ist. Wir machen eine leichte Wanderung und werden am Ende im Paradies ankommen«, erklärt Gaby.

Hinter Puerto de la Cruz, im Ortsteil La Paz, verlassen wir den Bus. Es ist warm und sonnig. In den Gärten der Villen blühen die farbigsten Blumen. Der Spaziergang durch die Plantagen ist wunderschön.

»Ist doch klar, warum die Banane krumm ist. Damit sie in die Schale hineinpasst«, brüllt der Lastwagenfahrer und lacht dann selber grölend über seinen Witz. Doch Gaby zeigt uns am Beispiel den wahren Grund und erklärt:

»Die jungen Bananen wachsen an den Sträuchern unter Blättern erst gerade nach unten. Sobald die Früchte unter diesen hervorschauen und die Sonne nur spüren, wollen sie aber nach oben, der Sonne entgegen, und krümmen sich dafür.«

Ich unterhalte mich gut mit Thomas. Manchmal müssen wir auch überhaupt nicht reden, was für mich immer ein besonders gutes Zeichen ist.

»Ich muss eine Kurzgeschichte über eine Frühlingsliebe schreiben. Als ich den Prospekt dieser Reise fand, buchte ich spontan. Hier finde ich bestimmt Inspiration«, erzählt mein Poet.

»Dann suchst du gar keine Beziehung? Du recherchierst nur?«

»Ach, warum muss denn das eine das andere ausschließen?«

Thomas lacht, legt mir den Arm um die Schulter und zieht mich ganz kurz an sich. Die kleine, vorsichtige Annäherung fühlt sich gut an.

»Schreiben ist ein einsamer Job. Man vergisst manchmal, wie schön Zweisamkeit wäre.«

Gaby schickt uns steil den Hang hinauf, über einen teilweise schwindelerregenden Pfad. Mir läuft der Schweiß den Rücken hinunter. Das Paradies müsse eben erarbeitet werden, meinte Gaby noch, als es losging. Meine schlechte Kondition muss mir nicht peinlich sein, denn Thomas keucht neben mir wie eine Dampflok.

»Schreibtischtäter«, lacht er entschuldigend, als wir mal kurz stehen bleiben, um ein paar Fotos zu machen. Inzwischen weiß ich, dass ich sogar schon Bücher von ihm verkauft habe. Er schreibt Liebesromane und Krimis. Dazu hält er Lesungen, schreibt Kolumnen und unterrichtet an einer Schreibschule in Bern.

»Hier könnte man gut jemanden entsorgen«, lacht er und packt mich plötzlich von hinten, hält mich aber fest, denn man könnte hier tatsächlich weit hinunterstürzen, bis auf die dem Meer vorgelagerten Felsen. Ich lehne mich kurz an ihn, spüre seinen Herzschlag und merke, wie sich unsere Schweißtropfen vermischen. Es macht Spaß, mit Thomas zu flirten.

Oben angekommen, sind wir beide ziemlich fertig. Im Café Vista Paraíso serviert man uns deutschen Apfelkuchen und Milchkaffee. Das Restaurant gehört einem Deutschen, aber die Aussicht ist sehr spanisch: der Teide, die Bananenplantagen, das Meer, die Wellen. Thomas macht ein paar Notizen in ein Büchlein. Ich halte mein Gesicht der Sonne entgegen, bis sich Hildegard mir in den Weg stellt.

»Ist er nicht süß, der Paul?«, raunt sie mir zu. Gut, dass sie das eigentlich nicht als Frage betrachtet, sondern als Feststellung verkündet. Vielleicht passen die beiden tatsächlich zusammen?

Der Ausflug war ein voller Erfolg. Wieder im Hotel will Thomas schreiben. Ich dusche und lege mich dann in den Park, wo es mir jedoch schnell kalt wird, denn Wolken kommen auf. Nordseite! Ich gehe an den Hotelcomputer.

Felix, ich habe einen netten Mann kennengelernt. Thomas. Er ist Schriftsteller. Vielleicht war es doch eine gute Idee hierherzukommen? Wir haben heute eine wunderschöne Wanderung in den Bananenplantagen gemacht. Bin glücklich. Danke. Kim.

Dann gehe ich ins Zimmer, wo ich ein paar Seiten lese und bald einschlafe, bis zum Abendessen.

Nach dem Essen ergreift Gaby wieder das Wort:

»Ihr habt gestern alle im Flugzeug Formulare ausgefüllt. Diese werde ich heute Nacht im Computer auswerten. Also machen wir morgen wieder einen Ausflug mit neuen Paargruppierungen. Heute Abend spielt in der Bar ein Musiker. Genießt es.«

Alle applaudieren. Es war ein schöner Tag, ein sonniger Ausflug, eine spannende Paarzusammenführung. Ich freue mich auf einen romantischen Abend in der Bar mit Musik, Tanz und Wellenrauschen.

Aber da bricht Hildegard neben mir zusammen. Sie kommt schnell wieder zu sich, und Gaby und ich bringen sie in ihr Zimmer.

»Sieht nach einem Sonnenstich aus«, erklärt Gaby fachmännisch. »Können Sie dafür sorgen, dass Hildegard genug trinkt? Nur trinken kann jetzt helfen.«

Sie legt noch zwei Brausetabletten neben die Wasserflasche, gibt mir ihre Handynummer, und weg ist sie. Mein Abend ist gelaufen. Wahrscheinlich glauben hier alle, wir seien befreundet, weil wir schon im Flugzeug zusammensaßen. Der Lastwagenfahrer lässt sich natürlich nicht blicken. Eine ganze Stunde lang halte ich Händchen und passe auf Hildegard auf. So viel zur Romantik.

Mitten in der Nacht weckt mich eine SMS. Felix schreibt: *Bin schlechter Freund. Kann mich nicht freuen. Irgendwie eifersüchtig auf Schriftsteller. Gute Nacht.*

Eifersüchtig. Das belustigt mich. Wie kann Felix eifersüchtig sein? Er wollte doch nie etwas von mir! Er hat mich ja sogar auf diese Reise geschickt.

Ich schlafe ein mit einem Lächeln im Gesicht und im Herzen.

Vor dem Frühstück klopfe ich bei Hildegard an, und sie öffnet die Türe, schon geschminkt und frisiert.

»Soll ich das blaue oder das rote Shirt anziehen?«, fragt sie mich. Es geht ihr also wieder gut.

Beim Frühstück verkündet Gaby die Auswertung der Fragebogen. Der Mann, der laut Computer am besten zu mir passt, ist – man höre und staune – Thomas. Wir lächeln einander zu.

»Heute machen wir einen Ausflug in die Hauptstadt der Insel, nach Santa Cruz. Später fahren wir zu einem herrlichen Sandstrand, Playa de Las Teresitas. Packt also die Badehose ein!«

Ich kann mir nur schwer vorstellen, dass ich mich in diese meterhohen Wellen werfen werde. Da wird man doch garantiert irgendwo an den Felsen gedonnert. Trotzdem packe ich artig meine Badesachen ein.

Wir halten in La Laguna, wo wir einen riesigen Markt besuchen. Wir sollen uns ein Picknick kaufen, rät uns Gaby. Hier könnte man ganze Schweineköpfe erstehen oder kleine lebende Hunde. Wir entscheiden uns für Früchte, Käse und Brot. Später schlendern wir in der Gruppe durch die Altstadt. Gaby erzählt uns dies und das. Irgendwie bin ich aber nicht so recht bei der Sache, denn Thomas nimmt manchmal frech meine Hand, und mich erfüllt das mit gemischten Gefühlen.

Thomas ist nett, charmant und witzig. Wir können wunderbar gemeinsam lachen und ernsthaft diskutieren. Es stimmt: Wir passen gut zusammen. Aber macht Gelegenheit auch Liebe?

In Santa Cruz setzen Thomas und ich uns in ein Straßencafé. Wir trinken einen typischen kanarischen Kaffee, klein und kräftig. Andere Paare setzen sich zu uns, alles Kulturbanausen, die keine Stadtführung mitmachen wollen. Es ist schön, hier zu sitzen, sich zu unterhalten und in die Sonne zu schauen. Richtig heiß ist es geworden. Man kann sich plötzlich vorstellen, irgendwo am Strand zu liegen.

Südseite eben ...

Der Strand ist dann auch wirklich perfekt. Dass er künstlich mit Saharasand aufgeschüttet worden ist, trübt den ersten Eindruck nicht. Eine Mauer schützt die Badenden vor den hohen Wellen. Wir mieten Liegestühle und genießen den Nachmittag. Einmal schlafe ich sogar eine Weile ein. Genau so hatte ich mir meinen Urlaub vorgestellt!

Gegen Abend fahren wir wieder über die Insel zu unserem hässlichen Hotelturm im Norden.

Nach dem gemeinsamen Abendessen spazieren Thomas und ich über einen romantischen Weg Richtung Städtchen. An einer besonders schönen Stelle umarmt mich Thomas, dann hebt er zärtlich mein Kinn an, sodass unsere Gesichter nur noch Millimeter voneinander entfernt sind, und küsst mich liebevoll.

Zeit, Ort, Gelegenheit, Mann: alles perfekt, alles passend. Aber dann muss ich plötzlich lachen. Die Situation ist einfach völlig falsch, ja fast grotesk.

»Was ist? Habe ich das Küssen verlernt?«, fragt Thomas betroffen.

»Nein, Thomas, du küsst wirklich gut. Du bist überhaupt ein liebenswerter Typ. Wir passen total gut zusammen. Aber ehrlich: Hast du dich in mich verliebt? Wirklich? Oder denkst du auch nur, wir müssten uns verlieben, weil alles so gut passt und der Computer das bestätigt hat?«

Thomas streicht mir über die Haare und lächelt. Frech küsst er mich noch einmal auf die Lippen.

»Ja, du hast recht. Ich wollte dich küssen, ich möchte dich lieben, aber auch mir fehlen irgendwie die Schmetterlinge im Bauch. Vielleicht kommt das noch?«

Ich lache ihn aus.

»Du meinst wie in einer arrangierten Ehe? Man lernt sich dann irgendwann zu lieben? Das ist doch Quatsch, und das weißt du!«

Thomas nimmt mich in die Arme, und wir stehen eine Weile still da, jeder in seine eigene Gedankenwelt versunken.

»Gelegenheit macht Liebe, heißt es doch«, meint Thomas.

»Ich glaube, das ist eine Binsenweisheit«, antworte ich.

»Das ist irgendwie traurig.«

»Ich könnte jetzt diesen einen Satz sagen, aber er klingt so abgedroschen.«

»Du meinst: Lass uns Freunde sein?«, fragt er.

»Genau.«

»Lass uns Freunde sein«, sagt Thomas, wuschelt in meinen roten Locken und lächelt.

»Gute Idee«, gebe ich zurück.

»Aber der Kuss war trotzdem schön«, sagt Thomas.

»Stimmt, aber dabei würde ich es dann auch belassen«, stelle ich klar. Ich muss nicht auch noch mit ihm ins Bett gehen, um zu sehen, dass es mit uns nicht funktionieren wird. Wir brechen den Spaziergang ab und gehen zum Hotel zurück. In der Bar mischen wir uns unter die anderen und bestellen einen Schlummertrunk.

Vor dem Einschlafen gehe ich an den Hotelcomputer und schreibe Felix einen ausführlichen Lagebericht.

Eifersüchtig brauchst du wirklich nicht zu sein. So küssen, das

249

könnten wir zwei wahrscheinlich besser. Es wird wohl doch nichts mit der großen Liebe auf Teneriffa.

Ich schreibe das einfach so dahin, und als ich es später lese, muss ich sagen: Es stimmt. Ich würde sogar viel lieber Felix küssen als Thomas, und es wäre ganz sicher spannend, anschließend meine Gefühle zu analysieren. Ich wundere mich gerade selber über mein Herz und mein Befinden, über meine unerwarteten Gedanken.

Kurz vor dem Einschlafen erreicht mich eine SMS von Felix:

Will dich schon lange küssen. Lass es uns ausprobieren. Vielleicht bin ICH dein Prinz.

Felix will mich küssen? Seit wann denn? Warum?

Plötzlich bin ich hellwach. Er war doch immer einfach ein Freund. Nie kam auch nur eine Andeutung, dass er mehr von mir wollte. Ich wäre auch nicht bereit gewesen für etwas Neues. Bis jetzt. Vielleicht hat er das gespürt und hielt nur deshalb eine gewisse Distanz?

Ich gehe auf den Balkon und atme tief durch. Auch in den Sternen finde ich keine Antwort. Sie funkeln mir einfach zu.

In den nächsten Tagen geht Thomas mir ein wenig aus dem Weg. Ich kann's verstehen. Er soll ruhig andere Frauen kennenlernen. Vielleicht findet er doch noch seine Traumfrau.

Gaby macht keine Spielchen mehr. Jetzt muss jeder selber schauen, wie er die Spreu vom Weizen trennt. Dafür bietet sie jeden Tag Ausflüge und Wanderungen an. Teneriffa ist hierfür die perfekte Kulisse.

Abends sitze ich immer am Computer. Felix und ich haben eine Zeit verabredet, zu der wir uns jeweils im Chat treffen. Es gibt viel zu schreiben. Felix liebt mich. Mit dieser Nachricht überfällt er mich schon am ersten Tag nach dem Intermezzo mit Thomas. Er liebt mich, und das fühlt sich erstaunlich gut an, es bringt mein Innerstes zum Klingen, wühlt mich auf und verwirrt mich auf angenehme Weise.

Kann man sich aus der Ferne verlieben? Plötzlich möchte ich nur noch bei ihm sein, ihn spüren, fühlen, riechen. Musste ich wirklich nach Spanien kommen, um festzustellen, dass Felix und ich zusammengehören? Dass wir uns lieben?

Am letzten Abend feiern wir eine Party in der Bar. Herz-Reisen gibt literweise Sangria aus. Thomas und ich sitzen zusammen, und ich erzähle ihm von meinem inneren Aufruhr und von Felix. Er lacht nur und singt mir ins Ohr:
»Tausendmal berührt – tausendmal ist nix passiert – tausendundeine Nacht – und es hat zoom gemacht...«

Der Sänger Klaus Lage habe schon vor zwanzig Jahren gewusst, dass so etwas halt geschehen könne.

Der Abschied von der Kanarischen Insel fällt mir leicht. Ich will jetzt nur noch heim. Heim zu Felix.

Im Flugzeug sitze ich wieder bei Hildegard und Sabrina. Hildegard ist verliebt und strickt jetzt einen Pullover für Paul. Die Nadeln klappern beflügelt. Sabrina erzählt, dass sie mit zwei Männern geschlafen hat, aber nicht damit rechnet, den Mann fürs Leben gefunden zu haben. Wir drei sind uns allerdings einig: Diese Woche war ein herrliches Erlebnis. Vor allem habe ich nicht nur bezaubernde Aussichten, sondern auch umwerfende Einsichten erleben dürfen.

Als wir in Zürich ankommen, klopft mein Herz wie wild. Aufgeregt gehe ich die Treppe hinunter zur Halle mit den Gepäckbändern. Ich sehe schon von Weitem Felix' Wuschelkopf in der Empfangshalle.

Ich gehe auf die Glaswand zu, langsam, weil ich unglaubliche Angst habe vor dieser Begegnung; sie ist genauso groß wie die Freude, Felix wiederzusehen.

Zerstören wir etwas Wertvolles, nämlich unsere Freundschaft?

Bekommen wir etwas noch Wertvolleres dafür, Liebe?

Felix hält seine offene Hand an die Scheibe, und ich lege meine auf der anderen Seite dazu. Wir lehnen kurz unsere Köpfe an das Glas und schauen uns an. Dieser erste Kontakt ist fast schmerzhaft intensiv. Ich reiße mich los und hole meinen Koffer, der bereits eine Ehrenrunde auf dem Gepäckband dreht. Ich verabschiede mich von allen und umarme Thomas kurz. Dann gehe ich Felix entgegen. Wir stehen uns einen Moment lang gegenüber, halten fast die Luft an. Schließlich öffnet Felix die Arme, und ich stürze mich hinein. Wir halten uns fest, lachen und freuen uns. Es fühlt sich völlig vertraut und richtig an. Dann küssen wir uns zum ersten Mal, vorsichtig zärtlich, später liebevoll leidenschaftlich, mitten im Getümmel des Zürcher Flughafens. Aber in diesem Augenblick gibt es nur uns beide. Ich wische mir eine Träne aus dem Auge.

Mir wird klar, dass ich tatsächlich auf Teneriffa meine große Liebe gefunden habe. Nur dass diese immer schon hier war.

Autorinnen- und Quellennachweis

NICOLA FÖRG Krimilady im äußersten Süden der Republik, lebt dort, wo die Natur opulent ist und ein ganz besonderer Menschenschlag wohnt. Hinter der Geranienpracht und vor den Bergen gibt es viele Gründe, zumindest literarisch zu morden – was sie bereits in zahlreichen Krimi-Bestsellern getan hat. Nicola Förg ist gebürtige Oberallgäuerin und hat in München Germanistik und Geografie studiert. Sie ist auch als Reise-, Berg-, Ski- und Pferdejournalistin tätig und lebt mit ihrer Familie sowie acht Ponys sowie zahlreichen Kaninchen und Katzen auf einem Anwesen im südwestlichen Eck Oberbayerns. Weiteres zur Autorin: www.ponyhof-prem.de

Abgetaucht Erstveröffentlichung
© 2011 Nicola Förg

KATHARINA GERWENS wuchs in einem Dorf im Münsterland auf. Nach ihrer Ausbildung zur Journalistin arbeitete sie in verschiedenen Verlagen und ist heute als freie Lektorin und Autorin tätig. Sie lebt mit Mann und Kater in Niederbayern und schrieb gemeinsam mit Herbert Schröger die beliebten Niederbayern-Krimis, die im fiktiven Ort Kleinöd spielen. Weiteres unter: www.kleinoed.de

Die Dortmunder Offenbarung oder Not am Mann
Erstveröffentlichung
© 2011 Katharina Gerwens

GABY HAUPTMANN geboren 1957 in Trossingen, lebt als freie Journalistin und Autorin in Allensbach am Bodensee. Ihre Romane sind Bestseller, wurden in zahlreiche Sprachen übersetzt und erfolgreich verfilmt. Außerdem veröffentlichte sie mehrere

Erzählungsbände, Kinder- und Jugendbücher. Weiteres zur Autorin: www.gaby-hauptmann.de

Spanische Liebe Erstveröffentlichung
© 2011 Gaby Hauptmann

HEIDI HOHNER heißt im richtigen Leben Sigi Hohner und war mal Diplom-Psychologin. Sie beschloss allerdings nach zu langer Beschäftigung mit psychosomatischen Hautkrankheiten, in die Berliner Medienwelt einzutauchen, kam als hyperaktive News-Reporterin zu MTV und gab erst Ruhe, als ihr entnervt die Chefredaktion überlassen wurde. Nach der Geburt ihres ersten Sohnes verabschiedete sie sich aber vom Musikfernsehen und besorgte sich einen neuen Laptop, um zu schreiben, unter anderem die erfolgreichen Frauenromane um ihre Heldin Heidi Hanssen.

Alfonso Erstveröffentlichung
© 2011 Heidi Hohner

BLANCA IMBODEN geboren 1962 in der Zentralschweiz, war dreizehn Jahre lang Tanzmusikerin und arbeitet heute bei der Neuen Schwyzer Zeitung. Ihre zweite Heimat ist Kenia, das sie schon viele Male abseits von ausgetretenen Touristenpfaden bereist hat. Sie veröffentlichte bereits mehrere Romane. Weiteres zur Autorin unter: www.blancaimboden.ch

Tausendmal berührt Erstveröffentlichung
© 2011 Blanca Imboden

NICOLE JOENS geboren 1961 in München, wanderte nach dem Abitur ohne einen Penny für sieben Lehrjahre nach New York aus und kehrte 1990 zurück, um in ihrer Muttersprache zu schreiben, zunächst viele Drehbücher. Ab 1995 glückliche Mutter von Zwillingen, aber unglückliche Ehefrau, danach viel zu lange alleinerziehend, doch seit 2006 endlich glücklich verheiratet und entspannt erziehend. Sie lebt und schreibt in München und im Chiemgau.

Sturmflut Erstveröffentlichung
© 2011 Nicole Joens

MARTINA KEMPFF ist Autorin, Übersetzerin und freie Journalistin. Sie war Redakteurin bei der Berliner Morgenpost, Reporterin bei Welt und Bunte, bis sie beschloss, Bücher zu schreiben. Besonders bekannt ist sie für ihre historischen Romane, die sich durch hervorragende Recherche und außergewöhnliche Heldinnen auszeichnen. Martina Kempff lebte lange in Griechenland, später in Amsterdam. Acht Jahre verbrachte sie in der Eifel, was sie zu einer einfallsreichen Krimiserie inspirierte. Heute lebt sie im Bergischen Land. Weiteres zur Autorin: www.martinakempff.de

Umwege Erstveröffentlichung
© 2011 Martina Kempff

SUSANNE MISCHKE wurde 1960 in Kempten geboren und lebt heute bei Hannover. Sie war mehrere Jahre Präsidentin der »Sisters in Crime« und erschrieb sich mit ihren fesselnden Kriminalromanen eine große Fangemeinde. Für das Buch »Wer nicht hören will, muss fühlen« erhielt sie die »Agathe«, den Frauen-Krimi-Preis der Stadt Wiesbaden. Zuletzt erschienen ihre Hannover-Krimis, die über die Grenzen Niedersachsens hinaus großen Erfolg haben. Weiteres zur Autorin: www.susannemischke.de

Das Luder Erstveröffentlichung
© 2011 Susanne Mischke

GISA PAULY geboren 1947 in Gronau, stieg nach zwanzig Jahren aus dem Lehrerberuf aus und veröffentlichte 1994 das Buch »Mir langt's – eine Lehrerin steigt aus«. Seitdem lebt sie als freie Schriftstellerin, Journalistin und Drehbuchautorin in Münster und auf Sylt. In ihren turbulenten Sylt-Krimis prallt das Temperament von Mamma Carlotta auf die Mentalität der Inselbewohner, vor allem aber mischt sich die Italienerin immer wieder in die polizeilichen Ermittlungen ihres friesisch-wortkargen Schwiegersohns ein. Weiteres zur Autorin: www.gisa-pauly.de

Arschgeweih Erstveröffentlichung
© 2011 Gisa Pauly

KIM SCHNEYDER verbrachte ihre Kindheit in Deutschland und in der Schweiz. Nach einer pharmazeutischen Ausbildung war sie unter anderem als Werbedesignerin, Werbetexterin und Eheberaterin tätig. Heute lebt sie mit ihrem Mann und ihrer kleinen Tochter in Österreich. Ihre Frauenromane haben schon viele begeisterte Leserinnen gefunden. Weiteres zur Autorin: www.kimschneyder.com

Kichererbsen-Alarm Überarbeitete Version aus:
Weihnachten für Verliebte. Herausgegeben von Lena Franz.
Erschienen 2007 im Piper Verlag
© 2007, 2011 Kim Schneyder

KATRIN TEMPEL wurde in Düsseldorf geboren und wuchs in München auf. Nach dem Studium war sie Journalistin und später Chefredakteurin verschiedener großer Zeitschriften. 2003 machte sie sich selbstständig und berät seitdem Zeitschriften, schreibt Drehbücher (unter anderem den historischen ZDF-Zweiteiler »Dr. Hope«) und Bücher – und lernte 2007 ihren jetzigen Mann kennen, mit dem sie mit ihrer gemeinsamen Tochter in Bad Dürkheim lebt. Unter dem Namen Emma Temple veröffentlicht sie bei Piper auch Neuseeland-Romane wie »Der Tanz der Maori«.

LiebeSMS Erstveröffentlichung
© 2011 Katrin Tempel

MINA WOLF ist gebürtige Münchnerin, hat nach dem Abitur Kommunikationsdesign studiert und als Jungredakteurin bei einem Frauenmagazin gearbeitet. Inzwischen lebt sie mit ihren zwei Hunden, einem Pfau und einigen Hühnern auf einem kleinen Hof bei Immenstadt, schreibt Bücher und malt.

Tunnelblick Erstveröffentlichung
© 2011 Mina Wolf